dtv

»Der Mann kam aus dem Dunkeln. Er trat mit erhobenen Armen von rechts aufs Gleis. Klaus Engler hatte noch die Geistesgegenwart, die Schnellbremsung einzuleiten, und gab ununterbrochen Warnsignale. Die Lichter auf den Armaturen vor ihm spielten verrückt. Dann verlangsamte sich die Zeit. Der Mann war jetzt ganz nah und sah ihn an. Sein Gesicht war jung und weich, sein Blick flehend. Niemand kann aus seinem Gleis, schoss es Engler durch den Kopf.« – Seit Lokführer Klaus Engler einen jungen Mann überfahren hat, wird er von schweren Schuldgefühlen geplagt. Doch damit nicht genug, fühlt er sich schon seit geraumer Zeit von Unbekannten verfolgt und bedroht. Privatermittler Anton Schwarz wird von Engler beauftragt, diese Unbekannten zu finden. Kurz darauf springt ein weiterer Selbstmörder vor Englers Zug. Zufall?

Peter Probst, 1957 in München geboren, studierte Germanistik, Italienische Literatur und Katholische Theologie in seiner Heimatstadt und in Rom. Er war Regieassistent, Regisseur und Dozent an Filmakademien und schrieb seit 1982 etwa neunzig Drehbücher, vor allem für Fernsehspiele und Krimis wie den ›Tatort‹. Mit seiner Frau Amelie Fried hat er die Kinderkrimireihe ›Taco und Kaninchen‹ verfasst und an ihrem Bestseller ›Schuhhaus Pallas – Wie meine Familie sich gegen die Nazis wehrte‹ mitgearbeitet. Peter Probst lebt mit seiner Familie im Süden von München.

Peter Probst

Personenschaden

Schwarz ermittelt

Kriminalroman

Deutscher Taschenbuch Verlag

Von Peter Probst
ist im Deutschen Taschenbuch Verlag erschienen:
Blinde Flecken (21195)

*Ähnlichkeiten mit lebenden Personen
wären rein zufälliger Natur.*

**Ausführliche Informationen über
unsere Autoren und Bücher
finden Sie auf unserer Website
www.dtv.de**

Originalausgabe 2011
© 2011 Deutscher Taschenbuch Verlag GmbH & Co. KG,
München
Umschlagkonzept: Balk & Brumshagen
Umschlaggestaltung: Lisa Helm
unter Verwendung eines Fotos von
plainpicture/Arcangel
Satz: Greiner & Reichel, Köln
Gesetzt aus der Aldus 10/12,5´
Druck und Bindung: Druckerei C. H. Beck, Nördlingen
Gedruckt auf säurefreiem, chlorfrei gebleichtem Papier
Printed in Germany · ISBN 978-3-423-21264-9

1.

19. Juli 2008

Die Hand lag im Schotter wie ein an Land gespülter Fisch. Sie war blass und leicht aufgebläht, von zwei Fingern waren nur blutige Stümpfe übrig. Der Lokführer rannte. Er rannte weg von dem Güterzug, der kreischend zum Stehen gekommen war. Züngelten tatsächlich Flammen aus seiner blauen Dienstjacke? Oder waren das die gleißenden Strahlen der Sonne?

Er kniff die Augen zusammen, um besser sehen zu können, doch ein weißer ICE schob sich zwischen ihn und den fliehenden Lokführer. Der rote Farbstreifen am Zug wurde länger und länger. Als er abriss, war der Lokführer verschwunden.

Die Hand lag immer noch da, als hätte jemand sie vergessen.

Er wollte sich bücken, da spürte er, wie der Schotter zu vibrieren begann. Sein Körper wurde von den Erschütterungen erfasst. Er hörte ein dumpfes Dröhnen wie von einem schweren Insekt. Nur lauter, viel lauter. Er blickte auf und sah den Triebwagen auf sich zurasen: »Die Hand. Aber da liegt noch die Hand!«

Anton Schwarz wurde von seinem eigenen Schrei aus dem Schlaf gerissen und sah sich verwirrt um. Erst als sein Blick an dem Foto mit Monika und der kleinen Luisa auf ihrem Arm hängen blieb, wusste er, dass er zu Hause in seinem Bett lag.

Es war immer derselbe Alptraum. Seit Tim Burger vor

seinen Augen in eine Lokomotive gerannt war, suchte er ihn regelmäßig heim. Schwarz empfand keine Schuldgefühle, der verirrte junge Mann hatte nach seinem gescheiterten Anschlag auf eine friedliche Demo gegen Rechts selbst den Tod gesucht.

Burger war auch nicht der erste Mensch gewesen, den Anton Schwarz sterben sah. Als er noch Hauptkommissar bei der Münchner Kripo gewesen war, hatte der Tod *zum Geschäft gehört*, wie es unter den Kollegen so schön hieß.

Warum also produzierte sein Gehirn Bilder einer im Gleisbett vergessenen Hand? Schwarz hielt nicht viel von tiefenpsychologischen Deutungen: *Krapfen im Traum sind keine Krapfen, sondern ein Traum*, hatte er von seiner Mutter gelernt. Für ihn war der Alptraum eher wie ein Kratzer auf einer gern gespielten Langspielplatte. Er quälte ihn nicht schrecklich, aber er nervte.

Vielleicht bin ich mit dieser Geschichte ja noch nicht am Ende, dachte Schwarz und erhob sich stöhnend vom Bett. Er konnte sich nicht daran erinnern, dass ihn gestern jemand verprügelt hatte, obwohl er sich genau so fühlte. Seine Tochter Luisa hatte ihm kürzlich mit Engelsgeduld ein paar Übungen beigebracht. Aber die Vorstellung, mit den Händen an den Fußknöcheln und dem Kopf zwischen den Oberschenkeln ins eigene Becken zu atmen, erschien ihm gerade nicht sehr verlockend.

Lieber braute er sich seinen morgendlichen Höllenkaffee. Als er den dampfenden Espresso aus der braunen Porzellantasse schlürfte, fühlte er sich sofort besser.

Er sah auf die Ikea-Uhr neben dem Geschirrschrank: fünf vor neun. Um neun würde seine Mutter vor der Tür stehen. Sie hatte ihren Besuch zwei Tage zuvor telefonisch angekündigt und war immer pünktlich. Schwarz goss sich Kaffee nach.

Die Tasse hatte er als Kind in einer Bar in Grado geklaut. Es war der erste und letzte Strandurlaub mit seiner Mutter gewesen, weil sie auf keinen Fall mit Sand in Berührung kommen wollte, Salzwasser verabscheute und vom Sonnenöl Ausschlag bekam. Schon nach drei Tagen hatten sie ihr Ferien-Experiment beendet und waren, um keine neuen teuren Bahntickets kaufen zu müssen, per Anhalter und zuletzt mit einem jugoslawischen Gastarbeiterbus nach Waldram zurückgekehrt.

»Kannst du dich eigentlich noch an unseren Italienurlaub erinnern?«, sagte Schwarz, als er seiner Mutter die Tür öffnete. Sein Grinsen erstarb. Wieso trug sie einen ausladenden, fliederfarbenen Strohhut, ihr hellgelbes Festtagskostüm und darüber den Fuchspelz?

»Habe ich was vergessen?«

»Höchstens mich«, sagte seine Mutter, »aber das ist ja nichts Neues.« Sie schob ihn zur Seite und trat ein.

Schwarz wollte die Tür schließen, aber auf der Schwelle stand Jo, der thailändische Kellner aus dem ›Koh Samui‹ im Erdgeschoss. Er trug zwei schwarze, abgeschabte Lederkoffer, die Hildegard Schwarz wahrscheinlich damals schon für den legendären Grado-Urlaub gepackt hatte.

»Ihre Mutter ist eine wunderbare Frau«, säuselte Jo. »Jetzt weiß ich auch, warum Sie so attraktiv sind.«

Schwarz überhörte die Bemerkung und nahm ihm die Koffer aus der Hand. Ein stechender Schmerz fuhr ihm in den Rücken.

»Da kenne ich eine Übung, Herr Schwarz. Darf ich sie Ihnen kurz zeigen?«

»Nein.«

Jo lächelte nachsichtig und zog sich zurück.

»So was nennt man Loft, oder?«, sagte Schwarz' Mutter und schritt auf ungewohnt hohen Schuhen durch die Wohnung, als nehme sie ein Stück Land in Besitz.

»Das war ein Tanzsaal. In den fünfziger und sechziger Jahren hat hier die Pasinger Jugend Rock'n'Roll-Partys gefeiert.«

Sie seufzte. »Bill Haley, Chuck Berry, Elvis Presley.«

»Ich dachte, du stehst auf Klassik und Egerländer Volksmusik?«

»Ach, Anton. Was weißt du schon von mir?«

Ist das vielleicht meine Schuld, dachte Schwarz.

Seine Mutter hatte sich drei Jahre lang geweigert, ihn in der Landsberger Straße zu besuchen. Sie fand es offenbar deprimierend genug, dass er und Monika sich getrennt hatten, und wollte das Elend nicht auch noch sehen.

Jetzt aber inspizierte sie neugierig die Wohnung. Sie öffnete den Kühlschrank und schlug die Tür gleich wieder zu. Bis auf zwei traurige Flaschen ›König Ludwig Dunkel‹ und eine Tube österreichischen ›Sarepta‹-Senfs war da nichts. Sie betrachtete die Fotos an der Wand hinter dem Schreibtisch und blieb kopfschüttelnd vor dem großen Kleiderberg neben dem Bett stehen. »Wir holen meinen Schrank und mein Schlafsofa. Platz ist hier ja genug.«

Schwarz' Lachen klang bemüht. »Willst du – bei mir einziehen?«

»Mir bleibt wohl nichts anderes übrig. Ich kann doch als Jüdin unmöglich unter lauter Egerländern leben.«

»Mama, du hast sechzig Jahre lang unter lauter Egerländern gelebt. Du bist zu den Treffen der Gmoi gegangen, hast Tracht getragen und Heimatlieder gesungen.«

»Bis du die geniale Idee gehabt hast, mein Testament vor meinem Ableben zu öffnen.«

»Das war ein Missverständnis, das habe ich dir doch lang und breit erklärt.«

»Ganz schön stickig, dein Loft«, sagte Hildegard Schwarz und ließ sich aufs Bett sinken. Plötzlich sah sie sehr erschöpft aus und Schwarz hatte den Eindruck, dass sie unregelmäßig und etwas zu schnell atmete. Dafür, dass sie vor kaum zwei Monaten einen Schlaganfall erlitten hatte, mutete sie sich schon wieder zu viel zu.

»Mama, bitte, jetzt beruhige dich erst mal.«

»Wieso ich?«

»Willst du was trinken?«

Sie schüttelte den Kopf.

»Du musst viel trinken, das ist wichtig.«

»Trinken wird heutzutage überschätzt.«

»Dann gib mir wenigstens deinen Pelz. Wieso trägst du den überhaupt mitten im Sommer?«

»Soll ich ihn in Föhrenwald lassen, damit die Egerländer ihn mir klauen?«

Schwarz verzichtete darauf, sie kleinlich zu verbessern: die aus dem DP-Lager Föhrenwald hervorgegangene Vertriebenen-Siedlung war immerhin bereits 1957 in Waldram umbenannt worden. Den Kommentar zu ihren paranoiden Vorstellungen konnte er sich allerdings nicht verkneifen. »Mit deinen Nachbarn bist du bis vor kurzem wunderbar ausgekommen. Dass sie dich beklaut hätten, ist mir auch nicht bekannt. Außerdem kennt kein Mensch in Waldram dein Geheimnis.«

»Aber du kennst es jetzt und seither werde ich das Gefühl nicht los, dass mich alle für eine Schwindlerin halten.« Sie seufzte tief. »Willst du mich denn gar nicht hier haben?«

»Das ist keine Wohnung für zwei. Es gibt ja nicht mal richtige Zimmer.«

»Nur für ein paar Wochen, Anton.«

»Ich bin beruflich oft die halbe Nacht unterwegs oder sitze ewig am Computer.«

»Stört mich nicht. Hauptsache, ich fühle mich nicht mehr so ... ausgestoßen.« In ihrem Blick lag plötzlich etwas Flehendes.

Sie hat zum zweiten Mal ihre Heimat verloren, dachte Schwarz. Er konnte sie unmöglich wegschicken.

Luisa lag noch verschlafen im Bett, als ihr Vater auftauchte, um zu fragen, ob es in ihrer WG eventuell eine überzählige Matratze gebe.

»Brauchst du die für deine Übungen?«

Schwarz räusperte sich. »Ich habe einen Gast.«

Sie grinste anzüglich. »Echt? Und warum schläft sie nicht bei dir im Bett?«

»Es ist deine Großmutter.«

»Oma zieht bei dir ein? Süß.«

Schwarz fand die Aussicht, mit seiner Mutter zusammenzuleben, alles andere als süß. Was war denn, wenn er zum Beispiel eine Frau kennenlernte und mit nach Hause nehmen wollte? Die Wahrscheinlichkeit war zwar gering, aber immerhin galt er vielen als eine Art Single, obwohl er nach wie vor mit Monika verheiratet war und sporadisch Sex mit ihr hatte. Aber das war eine andere Geschichte, die ihm noch schlechtere Laune machte.

2.

Als Schwarz mit einer leicht angegammelten Matratze nach Hause kam, hatte seine Mutter sich umgezogen. Sie trug bequeme Hosen, Sandalen und eine kurzärmelige Bluse. Um den Kopf hatte sie sich ein rotweiß kariertes Tuch gebunden.

»Dein Staubsauger ist kaputt.«

»Nein, ich muss nur neue Beutel besorgen.«

»Das übernehme ich. Ich mache morgen sowieso einen Großeinkauf. Dein netter, thailändischer Freund fährt mich.«

Schwarz schaute schweigend zu, wie sie einen blauen Müllsack aus der Küche holte. Sie zog das linke Bein noch leicht nach, die Lähmung ihres Arms hingegen war offenbar verschwunden: Energisch begann sie, Zeitungen in den Müllsack zu stopfen.

Schwarz schrie auf. »Was machst du da?«

»Ich räume auf.«

»Das ist mein Archiv. Ich sammle diese Artikel seit zwanzig Jahren.«

»Und, hast du je wieder einen gelesen? Anton, in deinem Alter wird es langsam Zeit, sich von den Dingen zu trennen: *Leichentücher werden ohne Taschen genäht.*«

»Leichentücher? Ich bin noch keine fünfzig.«

»Dafür aber ganz schön verschroben. Du lässt mich jetzt besser allein und heute Abend erkennst du dein Loft nicht wieder.«

Genau das war seine Befürchtung.

»Ein Scherz«, sagte seine Mutter und lächelte sanft. »Ich taste deine Schätze schon nicht an, Tonele.«

Von Schwarz' Wohnung in der Landsberger Straße unweit des Pasinger Marienplatzes bis zur Stelle, wo Tim Burger auf den Gleisen gestorben war, brauchte ein durchschnittlicher Radfahrer etwa zwanzig Minuten. Schwarz hatte keinen Ehrgeiz, diese Marke zu unterbieten, schließlich war er nicht wegen einer Kindesentführung oder eines Bankraubs mit Geiselnahme unterwegs, sondern nur wegen eines lästigen Alptraums. Am Laimer Bahnhof wechselte er die Straßenseite und durchquerte die düstere Röhre unter den Bahngleisen.

Wieder musste er an jenen Tag Ende Mai denken. Als

er damals hier angekommen war, hatten hunderte Schüler, Studenten und Familien mit Kindern den Verkehr zum Erliegen gebracht. Er war einer der wenigen gewesen, der die friedliche und heitere Stimmung nicht teilen konnte, weil er wusste, dass sich ein potentieller Attentäter unter die Demonstranten gemischt hatte.

Einen Kilometer nach der Unterführung erreichte Schwarz den Park. Er lehnte sein Fahrrad an einen Baum unterhalb des Bahndamms. An dieser Stelle hatte er Tim Burger während der Verfolgungsjagd kurz aus den Augen verloren. Er fand das Loch im Maschendrahtzaun sofort wieder, schlüpfte hindurch und stieg zur Gleisanlage hoch.

Oben ließ er seinen Blick schweifen. Etwa dreißig Gleise liefen hier nebeneinander her. Die meisten mündeten in den Münchner Hauptbahnhof, nur ein paar wenige zweigten zum Südring ab.

Burger war in westlicher Richtung schräg über die Gleise gerannt und hatte, ohne zu zögern, auf einen von rechts kommenden Güterzug zugehalten.

Wo genau war es zu dem tödlichen Zusammenprall gekommen?

Es war auf der Strecke zum Südring gewesen, aber auf welchem Gleis wusste Schwarz nicht mehr. Dabei war er nach dem Unfall noch bis zur Bergung der Leiche vor Ort geblieben. Außerdem stellte Schwarz verwundert fest, dass es inzwischen auch zeitliche Lücken in seiner Erinnerung gab. Die letzten Sekunden vor Burgers Tod fehlten ihm komplett.

Er setzte sich auf das alte Fundament eines abgerissenen Schuppens. Züge fuhren an ihm vorbei. Die meisten drosselten ihr Tempo vor dem nahen Bahnhof deutlich, nur einige, die südlich an der Innenstadt vorbeifuhren, gingen mit kaum verminderter Geschwindigkeit in die langgezogene Rechtskurve.

Trotzdem, dachte Schwarz, wenn hier einer heil auf die andere Seite gelangen will und die Augen offen hält, schafft er das auch. Es gab keinen Zweifel: Burger hatte sterben wollen.

Gedankenverloren fuhr er mit den Fingern über die Betonfläche neben seinem Oberschenkel. Plötzlich stutzte er und schaute, was er da ertastet hatte.

Ein Hakenkreuz?

Schwarz stand auf und trat einen Schritt zurück. Das alte Fundament war über und über mit teils geritzten, teils gesprayten Zeichen und Wörtern bedeckt: »Heldengedenkstätte Tim Burger« stand da – umrahmt von SS-Runen, dem eisernen Kreuz und der Zahl 88 als Code für »Heil Hitler«. Außerdem gelobte eine »Kameradschaft Isar« den »Kampf bis in den Tod«. Anton Schwarz verzog angewidert das Gesicht und wollte schon gehen, als ihm eine weitere Inschrift in die Augen stach: »Tötet Engler!«

Engler? War das nicht der Lokführer, dem Tim Burger vor den Zug gelaufen war? Ausgerechnet er konnte nun wirklich nichts dafür, er war selbst ein Opfer. Es war absurd, dass jetzt irgendwelche Neonazis zu seiner Ermordung aufriefen.

3.

Der sogenannte Lokomotivführerbau in der Eisenbahnersiedlung München-Laim war ein vierstöckiger, ockerfarbener Riegel aus der Gründerzeit. Er wirkte trutzig, fast ein wenig einschüchternd. Über dem Eingang prangten das Relief einer Dampflokomotive mit Tender und der Schriftzug »Erbaut

1900«. Damals waren Lokführer noch etwas Besseres gewesen, und das sollte man sehen.

Schwarz ignorierte ein Verbotsschild und lehnte sein Fahrrad an die Fassade. Es war nicht schwierig gewesen, die Adresse des Lokführers herauszufinden, denn Buchrieser, ein ehemaliger Kollege bei der Polizei, war mit den Ermittlungen zu Tim Burgers Selbstmord befasst gewesen.

»Was willst du denn von diesem Engler, Toni?«

»Die Unglücksstelle hat sich zum Wallfahrtsort für Neonazis entwickelt.«

»Ist das ein Problem für dich?«

Schwarz kannte Buchriesers Ansichten zu diesem Thema zur Genüge. Der Polizist fand, dass man zu viel Aufhebens um die Rechten machte. Die meisten von ihnen seien harmlos und wollten nur provozieren.

»Es sollte auch eins für dich sein, aber du hast ja diese Sehschwäche auf dem rechten Auge.«

»Was soll das heißen?«

»Schon gut, Buchrieser.« Er hatte keine Lust auf eine längere Debatte mit seinem Ex-Kollegen, den er immer noch jede Woche beim Stammtisch traf. »Ich möchte den Lokführer besuchen, weil ich es einfach nicht aus meinem Kopf rauskriege, wie Tim Burger umgekommen ist. Ich würde gern hören, wie er das erlebt hat.«

»Hast du zu viel Zeit? Gehen deine Geschäfte als Detektiv so mies?«

»Ich bin Privatermittler.«

»Hast du schon mal gesagt.«

»Dann merke es dir. Außerdem leiste ich mir, solange es geht, den Luxus, auf die interessanten Fälle zu warten.«

»Mir sind die langweiligen inzwischen lieber. Da schlafe ich besser.«

Gut, dass ich kein Beamter mehr bin, dachte Schwarz.

Er fand auf der Klingeltafel aus Messing den Namen Engler und läutete. Im Treppenhaus roch es scharf nach Reinigungsmittel. Eine junge Frau polierte die Glastüren des Aufzugs. »Ich hab's gleich.«

»Ich bin noch ganz gut zu Fuß«, sagte Schwarz und nahm sportlich die ersten Stufen. Doch schon im zweiten Stock musste er stehen bleiben und sich ausruhen. Ich bin noch keine Fünfzig, dachte er, wache jeden Morgen mit Rückenschmerzen auf und schnaufe bei der kleinsten Anstrengung wie ein Walross. Anton, jetzt fängst du endlich mit den Übungen an. Und ins Fitnessstudio gehst du auch – basta.

Es war allerdings nicht das erste Mal, dass er diese tapferen Vorsätze fasste.

»Herr Schwarz?« Der Mittdreißiger, der ihn vor einer Tür im dritten Stock erwartete, trug beige Designerjeans und ein marineblaues Polohemd. Mit seinem blonden, leicht gewellten Haar und den weichen Gesichtszügen wirkte er fast ein wenig weiblich.

»Herr Engler?«, fragte Schwarz zweifelnd. Einen Lokführer hatte er sich anders vorgestellt.

»Der Sohn, Thomas Engler. Mein Vater hat sich kurz hingelegt.«

»Dann schau ich ein andermal vorbei.«

»Nein, nein, kommen Sie rein, er schläft nie lange.«

Sie traten in eine echte Fünfziger-Jahre-Küche. Die pastellfarben lackierten Hängeschränke und der Nierentisch erinnerten Schwarz an seine frühe Kindheit.

»Das ist die Wohnung meines Großvaters«, erklärte Thomas Engler, der Schwarz' Gedanken zu erahnen schien.

»Aber Ihr Vater wohnt auch hier?«

»Vorübergehend. Meine Mutter hat das Ganze psychisch nicht mehr gepackt und brauchte dringend etwas Abstand.«

Etwas Abstand, dachte Schwarz, und sein Magen zog sich zusammen. So hatte Monika es ihm auch erklärt. Und nun führten sie schon seit mehr als drei Jahren eine Ehe auf Abstand.

Thomas Engler deutete auf zwei rote, vinylgepolsterte Stühle. Sie setzten sich.

»Ich kann mir vorstellen, dass Ihre Eltern einiges durchgemacht haben«, sagte Schwarz.

»Das kann man wohl sagen. Besonders in den ersten Tagen danach wusste ja keiner, was in meinem Vater vorging. Er hat nur noch vor sich hingestarrt und auf nichts reagiert. Irgendwann hat er gesagt, dass er unaufhörlich diesen einen Satz denken musste: Warum? Warum habe ich das nicht verhindern können?«

»Er hatte Schuldgefühle?«

»Ja, bis zur Selbstzerfleischung.«

»Aber er ist doch von einem Selbstmörder *benutzt* worden. Was hätte er denn tun können?«

»Das hat er in der ersten Zeit danach nicht so sehen können. Er dachte nur daran, dass durch seine Lok das Leben eines jungen Menschen zerstört worden war. Was meinen Sie, wie lange er ausschließlich mit Medikamenten und bei Licht schlafen konnte? Er war nie ein ängstlicher Mensch gewesen, aber plötzlich traute er sich kaum noch aus der Wohnung und ist bei jedem Geräusch zusammengezuckt.«

»Und jetzt? Wie ist er denn aus diesem Zustand wieder herausgekommen?«

»Ich habe ihn überredet, eine Therapie zu machen. Er war einverstanden, wenn ich ihn zu jeder Stunde begleite. Das habe ich getan.«

»Und ihre Mutter?«

Er schüttelte verlegen den Kopf. »Es hat da einen ... Vorfall gegeben.«

Schwarz wartete auf eine Erklärung.

»Wenn Sie ihn gleich sehen, werden Sie es nicht für möglich halten. Er ist ein so friedlicher, besonnener Mensch. Aber er hat tatsächlich eine Bierflasche nach meiner Mutter geworfen. Ein Reflex. Sie hatte ohne Vorwarnung den Küchenmixer eingeschaltet. Das Geräusch muss ihn an das Kreischen der Zugbremsen erinnert haben.«

Er lächelte. »Aber jetzt ist er wieder ganz der Alte, und morgen führe ich meine Eltern zum Essen aus. Zum besten Italiener im ganzen Münchner Westen.«

»Doch nicht zu Enzo ins ›Eliseo‹?«

»Wohin sonst? Wir feiern das Ergebnis der letzten medizinischen Untersuchung: Mein Vater darf wieder fahren.«

»Freut mich. Das ging ja schnell.«

»Ja, dieses Trauma lässt sich in den meisten Fällen recht gut behandeln, und unsere Psychologen sind da natürlich Experten.«

»Ihre Psychologen?«

»Ich arbeite auch bei der Bahn.«

»In unserer tollen Pressestelle.« Der alte Mann, der das mit einer gewissen Bitterkeit in der Stimme hinzugefügt hatte, war unbemerkt eingetreten. Guter Kopf, dachte Schwarz, markante Nase, buschige Augenbrauen, dichtes, weißes Haar.

»Mein Großvater, Rudi Engler. – Das ist Herr Schwarz, Opa.«

Schwarz wollte sich erheben, aber der Alte legte ihm eine erstaunlich kräftige Hand auf die Schulter.

»Bleiben Sie sitzen. Sie sind doch mein Held.«

Schwarz schaute ihn verständnislos an.

»Also, wie Sie dieses Nazipack aufgemischt haben: Respekt.«

»Aufgemischt, na ja«, wiegelte Schwarz ab und dachte daran, dass sich einige Mitglieder von Tim Burgers Kameradschaft immer noch auf freiem Fuß befanden und dieser von Medingen, der Drahtzieher im Hintergrund, ungehindert seine rechten Hetzparolen verbreiten durfte.

»Jedenfalls wissen wir jetzt, wo der Feind steht«, sagte Großvater Engler und ballte die Faust.

»Opa, ich fürchte, Herr Schwarz hat keine Zeit für politische Debatten. Er möchte mit Papa reden.«

»Wissen Sie, wie das früher war, wenn uns einer vor den Zug gesprungen ist? Wir haben einen Tag frei gekriegt, und das war's. Dass auch Lokführer eine Seele haben, hat sich erst später rumgesprochen. Dabei war mein Fall echt nichts für schwache Nerven: So ein armes, junges Ding hatte sich nachts quer übers Gleis gelegt. Wir haben zehn Minuten lang vergeblich nach ihrem Kopf gesucht. Ich ... «

»Opa, hör auf! Das ist doch nicht nötig.« Thomas Engler war richtig laut geworden. Sein Großvater warf ihm einen geringschätzigen Blick zu, griff zu Pfeife und Tabakbeutel und verließ die Küche.

»Ich liebe ihn, er ist ein Original, aber er kann einem gewaltig auf die Nerven gehen.«

Schwarz registrierte erstaunt, wie schnell Thomas Engler zu seinem jovialen Ton zurückgefunden hatte. Das war wohl die hohe Schule der Öffentlichkeitsarbeit.

4.

Klaus Engler stand groß und etwas schwerfällig am Wohnzimmerfenster und blickte versonnen auf die Schrebergärten mit ihren weiß lackierten Holzzäunen an der Rückseite des Gebäudes.

Als Schwarz eintrat, drehte er sich um und lächelte verlegen. »Entschuldigen Sie mein kurzes Nickerchen. Ich habe meinen Tag-Nacht-Rhythmus leider auf der Schiene gelassen. Der Schichtdienst, wissen Sie?«

»Kein Problem, Herr Engler, ich hatte ein interessantes Gespräch mit Ihrem Sohn.«

Sie nahmen Platz, aber keiner wusste so recht, wie er beginnen sollte. Auch das Wohnzimmer war ganz im Stil der fünfziger Jahre mit einer taubenblauen Polstergarnitur und einem zweiteiligen Wandschrank eingerichtet. Über dem Sofa hing ein Stich mit einer Ansicht des Münchner Hauptbahnhofs aus dem Jahr 1903.

»Uns verbindet was, Herr Schwarz«, durchbrach Engler schließlich das Schweigen.

»Stimmt.«

»Warum haben Sie ihn mir vor den Zug getrieben?«

Schwarz zuckte zusammen. So hatte er das noch gar nicht betrachtet. Sofort waren sie wieder da: die Bilder der Verfolgungsjagd. Burger, der den steilen Bahndamm hinaufhetzt. Burger, der sich noch mal zu ihm umblickt. Burger, der auf den Güterzug zurennt, mit einem Fuß an einer Schwelle hängen bleibt und beinahe das Gleichgewicht verliert – aber eben nur beinahe ...

»Ich habe bis zuletzt gedacht, er bremst noch ab. Ich war mir ganz sicher.«

Engler seufzte tief. »Jetzt habe ich es wenigstens hinter mir. Laut Statistik ist jeder Lokführer einmal im Leben dran. Ich hole uns ein Bier. Trinken Sie Dunkles?«

»Nur.«

»Da verbindet uns ja schon wieder was.« Er verließ lächelnd den Raum.

Schwarz stand auf und trat ans Fenster. In einem der Schrebergärten bückte die junge Frau vom Aufzug sich über die Salatköpfe. Sie war wirklich hübsch und er schaute interessiert zu, bis er begriff, dass sie mit einer Küchenschere Nacktschnecken zerschnitt.

Engler kam zurück und schenkte Schwarz ein. Er selbst trank aus der Flasche.

»›Hoch die internationale Solidarität‹?« Schwarz zeigte auf die verwaschene Gravur des Bierglases.

»Ein Geschenk. Mein Vater ist überall als der rote Rudi bekannt, obwohl er nie zu den Kommunisten gehört hat. Denen wäre er auch viel zu eigensinnig gewesen.«

»Wie lange war er im Fahrdienst?«

»Nicht lange. Für ihn war schon in den Siebzigern Schluss. Wenn ich ihn ärgern will, sage ich: noch zur Dampflokzeit.«

»Er ist in Frühpension gegangen?«

Engler schüttelte den Kopf. »Sie haben ihn in den Schalterdienst versetzt, weil er unbedingt auf einer Gewerkschaftsversammlung verkünden musste, er würde sich eher erschießen lassen, als einen Militärtransport Richtung Osten zu fahren. Als hätte irgendjemand das von ihm verlangt.« Er nahm einen tiefen Schluck. »Trotzdem fühlt er sich immer noch als Lokführer und gibt mir gute Ratschläge für meine erste Fahrt nach dem Unfall.«

»Sie werden sicher auf einer anderen Strecke eingesetzt?«

»Nein. Warum auch? Ich hole mein Holz am Verladebahnhof und bringe es auf meiner Stammstrecke zum Sägewerk bei Zell am See. Mit meiner alten 140er.«

»Ist das die Baureihe?«

»Genau, das ist die verbreitetste Altbau-Lok im Güterverkehr.«

»Wird Sie jemand begleiten?«

Er schüttelte den Kopf. »Ich bin mit dem Bahnarzt Probe gefahren. Er wollte sehen, wie ich reagiere, wenn ich an der Stelle vorbeikomme.«

Schwarz blickte Klaus Engler fragend an.

»Es gibt Kollegen, die in Tränen ausbrechen, weil in dem Moment alles wieder hochkommt ... Ich habe es ganz gut verdrängen können.«

»Ab welchem Moment haben Sie eigentlich begriffen, dass Burger Sie dazu zwingen wird, ihn umzubringen?«

Englers Blick wurde plötzlich starr.

»Entschuldigen Sie, wenn Ihnen die Frage zu nahe geht ...«

»Nein, nein, Sie müssen das wissen. Es ist ja auch Ihr Unfall.« Er kratzte nervös mit dem Fingernagel ein Stück Etikett von seiner Bierflasche.

»Sie haben wahrscheinlich auf die Signale geachtet, Herr Engler?«

»Die kenne ich an dieser Strecke auswendig ... Es war unser Hochzeitstag, verstehen Sie, ich wäre so gern bei meiner Frau gewesen. Ich muss geträumt haben.«

»Aber Sie haben noch gebremst. Das habe ich gehört.«

»Ja, schon. Aber es war mir nicht bewusst.«

Er verbarg sein Gesicht in den Händen. »Erst dieses entsetzliche Geräusch hat mich in die Realität zurückgeholt. Wäre ich bloß nicht mit offenem Seitenfenster gefahren.«

Er nahm einen hastigen Schluck.

»Es ist auch scheißegal, was ich vor dem Aufprall getan habe, ich hätte den verdammten Zug sowieso nicht mehr stoppen können.« Bei den letzten Worten war er laut geworden. »Herr Schwarz, wissen Sie, dass bei einem Gewicht von ungefähr fünfhundert Tonnen und einer Geschwindigkeit von achtzig Kilometern der Bremsweg über einen Kilometer lang ist?«

»Sie hatten nicht die geringste Chance.«

»Keiner hat eine Chance«, sagte Klaus Engler, »weil niemand aus seinem Gleis kann. Verstehen Sie, was ich meine?«

»Ich glaube schon«, sagte Schwarz zögernd.

Sie schwiegen wieder. Dann endlich gab Schwarz sich einen Ruck und erzählte, dass er noch einmal dort war.

Engler sah ihn an.

»Und wissen Sie, was ich entdeckt habe?« Er brachte es kaum über die Lippen. »Jemand hat ›Tötet Engler‹ auf eine Mauer am Rande der Gleisanlage geschrieben.«

»›Tötet Engler?‹«, wiederholte der Lokführer ungläubig.

»Es hat wahrscheinlich nichts zu bedeuten. Irgendein Schwachkopf, der sich wichtig machen wollte.«

»Ja, wahrscheinlich.«

»Sagen Sie, Sie sind in letzter Zeit nicht etwa bedroht worden oder haben Briefe oder anonyme Anrufe erhalten?«

»Nein.« In seinem Blick wurde leichte Panik bemerkbar.

»Ihnen sind auch keine verdächtigen Personen aufgefallen?«, versuchte Schwarz es noch einmal.

Engler schüttelte mit zusammengepressten Lippen den Kopf. Was war mit ihm los?

Schwarz stand unvermittelt auf. »Ja, dann kann ich Ihnen nur alles Gute wünschen.« Er hielt ihm die Hand hin.

Aber der Lokführer blieb sitzen und starrte zu Boden. »Ich bin beobachtet worden.«

»Und warum wollten Sie mir das nicht sagen?«

»Weil ich es keinem gesagt habe – bis jetzt.«

»Warum nicht?«

»Ich – ich hatte Angst, für verrückt gehalten zu werden. Ich war ja noch völlig neben der Spur, als ich den Mann zum ersten Mal bemerkt habe. Ich dachte: Ah, das ist jetzt der Geist von Tim Burger. – Er stand auch da wie eine Statue, völlig reglos.«

»Sie haben ihn öfter gesehen?«

»Ja. Angefangen hat das ungefähr zehn Tage nach dem Unfall. Irgendwann waren sie dann sogar zu dritt.«

Schwarz schüttelte ungläubig den Kopf. »Drei Männer? Können Sie die beschreiben?«

»Ich weiß nicht. Der erste war vielleicht dreißig oder vierzig, die beiden anderen ein ganzes Stück jünger.«

»Und ihr Aussehen?«

Engler zuckte hilflos die Schultern. »Kommen Sie.«

Er führte Schwarz in das Schlafzimmer neben der Küche. Das Fenster zeigte auf die Straße vor dem Haus. »Sehen Sie die Kinder dort drüben?«

»Die unter dem Baum vor der Konditorei?«

»Ja. Versuchen Sie mal, die zu beschreiben.«

Er hatte recht. Es war nicht so sehr die Entfernung von höchstens hundert Metern, als die Perspektive von oben, die eine genaue Personenbeschreibung unmöglich machte.

»Woher wollen Sie wissen, dass die Männer keine andere Wohnung im Visier hatten?«

Er zuckte die Achseln. »Es ist nur eine Vermutung – weil ich doch diesen Jungen überfahren habe.«

»Die sind also immer nur da gestanden und haben zu Ihrer Wohnung hoch geschaut? Sonst ist nichts passiert?«

Der Lokführer reagierte nicht und wich seinem Blick aus.

»Ihr Vater hat nichts bemerkt?«

»Nein. Der ist seit Wochen nur auf Achse, er bereitet eine Ausstellung vor.«

»Und die Nachbarn?«

»Kenne ich nicht.«

»Weil Sie nur vorübergehend hier wohnen, klar.«

Schwarz blickte nachdenklich zu dem Baum vor der Konditorei. Die Kinder waren verschwunden. Was für eine merkwürdige Geschichte. »Haben Sie eine Idee, wie die Männer an Ihren Namen und die Adresse hier gelangt sein könnten?«

Engler lachte trocken. »Haben Sie die Reportage in der ›Süddeutschen‹ nicht gelesen? ›Der Schatten über den Schienen‹. Eine ganze Seite mit Bild.«

Ich habe sie sicher ausgeschnitten, in mein Archiv eingeordnet und vergessen, dachte Schwarz.

»Es war die Idee von Thomas. Er fand, dass die Öffentlichkeit auf das Schicksal traumatisierter Lokführer aufmerksam gemacht werden muss.«

»Und Sie sind da namentlich erwähnt?«, fragte Schwarz ungläubig.

»Nicht direkt. Aber da stand, dass ich der Sohn von Rudi Engler bin, dem berühmten roten Rudi.«

»Ihr Vater steht im Telefonbuch?«

»Natürlich. In meiner Wohnung haben sie mich nicht gefunden, da haben sie hier geschaut.«

»Wann sind die Männer denn zum letzten Mal aufgetaucht?«

»Vor drei Wochen.«

»Dann haben sie es inzwischen wahrscheinlich aufgegeben.«

»Nein«, brach es aus Engler heraus, »die geben nicht auf. Neulich, auf dem Weg zu meiner Probefahrt mit dem Bahnarzt, ist mir ein Auto gefolgt, und als ich gestern Abend spazieren gegangen bin, war auch wieder jemand hinter mir.«

Schwarz betrachtete den Lokführer. Seine Wangen waren gerötet, die Augen dunkel umschattet, seine Lippen rissig. Litt er womöglich wirklich an Verfolgungswahn? Andererseits, es gab Stalker, die genau auf solche Zeitungsartikel ansprangen und unschuldigen Menschen das Leben zur Hölle machten. Von Stalkern, die zu dritt auftraten, hatte er allerdings noch nie gehört. Aber da waren auch noch diese rechten Schwachköpfe, die dem Lokführer Tim Burgers Tod anlasteten. ›Tötet Engler‹, was für ein Irrwitz, dachte er.

»Sie sind doch Detektiv?«, sagte Engler unsicher.

»Privatermittler.«

»Dann können Sie aber doch vielleicht rausfinden, was das für Leute sind?«

»Vielleicht.«
»Würden Sie das für mich tun?«
»Wenn Sie mir den Auftrag erteilen.«
»Sie sind sicher nicht billig?«
»Stimmt.«
Engler holte tief Atem. »Ich habe ein ganz dummes Gefühl, Herr Schwarz. Wenn jetzt etwas passiert, bevor ich wieder fahren kann ... Dann wäre der ganze Kampf umsonst gewesen.«
Schwarz nickte. »Beim Honorar finden wir sicher eine Lösung.«
»Wirklich?«
»Sie haben es ja gesagt: Uns verbindet da etwas.«

5.

Als Administrator des Internet-Forums nannte er sich *Novalis*. Angefangen hatte es mit dem Hauptseminar ›Suizid in der Literatur‹ am Germanistischen Institut der Münchner Universität. Der Dozent, ein selbstverliebter Enddreißiger, hatte mit seinen postmodernen Spiegelfechtereien vor allem zwei höhere Töchter vom Starnberger See beeindrucken wollen. Nachdem er endlich auch mit der zweiten im Bett gewesen war, hatte er sich wegen einer Depression krankschreiben lassen – zwei Tage vor der Sitzung, in der es um ›Literarische Inszenierung und Wirkung des Doppelselbstmords Heinrich von Kleists und Henriette Vogels‹ gehen sollte. Für alle ernsthaft am Thema interessierten Teilnehmer war das eine herbe Enttäuschung.

Da hatte Novalis die Idee mit dem Internetforum gehabt – *www.muenchner-freitod.de* – ein besserer Name war ihm auf die Schnelle nicht eingefallen.

Bis zu jenem Tag war er ein eher unauffälliger Student gewesen, der weder durch brillante Leistungen noch extravagantes Auftreten auf sich aufmerksam machte. Man sah und hörte ihm an, dass er aus einer bayerischen Kleinstadt kam. Er war nicht peinlich provinziell, aber auch nie ganz in der Großstadt angekommen. Nach drei Semestern in München hatte er noch immer keine richtigen Freunde gefunden.

Aber das war Vergangenheit, denn nun stand Novalis im Mittelpunkt – zumindest in seinem Forum. Er überwachte und moderierte fast rund um die Uhr auf drei Bildschirmen gleichzeitig mehrere Threads und den Chat. Er strukturierte die verschiedenen Diskussionen, brachte neue Aspekte ein oder löschte Beiträge, die gegen die von ihm aufgestellten Regeln verstießen. Inzwischen ging es nur noch am Rande um den Suizid in der Literatur, dafür interessierten sich höchstens ein paar Seniorenstudenten. Stattdessen hatte Novalis Threads zur Melancholie, zum Thema Selbstverletzung oder den unterschiedlichen Formen und Methoden des Suizids eröffnet.

Außerdem diskutierten die angemeldeten Mitglieder reale Suizidfälle, die durch die Medien gingen, und manchmal sogar Fälle aus dem persönlichen Umfeld.

Der seit vielen Wochen bestbesuchte Thread widmete sich dem Suizid des jungen Rechtsextremisten Tim Burger, der auf der Flucht vor der Polizei in eine Lok gerannt war. Er faszinierte und polarisierte die User wie kein anderer Fall.

Novalis saß bleich und mit rot geränderten Augen in einem Raum, der nur vom Leuchten der Monitore erhellt war. Wenn er nicht tippte, klopfte er nervös mit dem breiten Edelstahlring an seinem Mittelfinger gegen den Rand der Tastatur. Er befand sich in einem Zustand permanenter Erregung, denn www.muenchner-freitod.de war längst kein harmloser akademischer Gesprächskreis mehr. Hier wurde offen und schonungslos über gescheiterte Selbstmordversuche gesprochen, über Verzweiflung, Krankheit, Todessehnsucht oder die Angst vor dem entscheidenden letzten Schritt. User suchten Tipps für die Vorbereitung ihres Freitods, andere sahen ihre Aufgabe darin, den Verzweifelten Mut zuzusprechen und ihnen neue Lebensperspektiven zu eröffnen.

Vor einigen Wochen hatte der Dozent angerufen, um ihn auf die Fortsetzung des »krankheitsbedingt« unterbrochenen Seminars hinzuweisen. Aber Novalis dachte nicht daran, an die Universität zurückzukehren. Stattdessen hatte er seinen ehemaligen Lehrer freundlich aufgefordert, sich doch bei www.muenchner-freitod.de anzumelden.

Nur zu gut war ihm der arrogante Ton des Dozenten noch im Ohr. »Ah ja, interessant. Davon hat man mir erzählt. Worum geht es denn in Ihrem Forum?«

»Um Lebens- und Sterbehilfe und neue Erkenntnisse zum Thema Suizid.«

»Was für ein bescheidener Anspruch.«

Novalis hatte es ihm nicht übel genommen. Kein Wunder, dass der Mann verunsichert war. Er lockte mit seinen Seminaren kaum mehr als fünfzehn Teilnehmer, während www.muenchner-freitod.de sich vor Neuanmeldungen kaum retten konnte. Novalis hatte die Zahl der Mitglieder inzwischen rigoros begrenzen müssen, damit die Qualität der Diskussionen nicht litt und er den Überblick nicht verlor. Deswegen und nicht etwa aus Lokalpatriotismus sollten User grundsätzlich aus dem Großraum München stammen. Das war zwar kaum kontrollierbar, hielt aber doch einige davon ab, sich anzumelden.

Wie in vielen Foren gab es auch bei www.muenchner-freitod.de User, die in eine Rolle schlüpften. Novalis liebte solche Spiele und fand es aufregend, darüber zu spekulieren, ob etwa das Mitglied mit dem Nickname *Kain*, das seine Suizidpläne mit großer Aggressivität beschrieb, nicht womöglich ein schüchternes Mädchen war, das in der virtuellen Welt die Aufmerksamkeit forderte, die es in der Wirklichkeit nicht bekam. Hinter der tieftraurigen *Henriette* versteckte sich vielleicht ein kühler Vernunftmensch, der im Forum seine schwachen und zerbrechlichen Seiten auslebte. *Deepness*, die eine ziemlich drastische Sprache verwendete, hatte von sich behauptet, sie spüre sich nur beim Ritzen, wenn sie sich mit einer Rasierklinge tiefe Schnitte in Arme und Schenkel zufüge. Viele hatten sie bedauert und ihr gute Ratschläge erteilt. Novalis hingegen traute der Geschichte nicht ganz. Er konnte sich gut vorstellen, dass *Deepness* eine taffe Managerin war, die sich im Forum von den Strapazen des Konkurrenzkampfs in der freien Wirtschaft erholte.

Einige User waren wie kleine Kinder, die eine Krankheit vortäuschten, um gestreichelt zu werden, andere standen zweifellos am Rand des Abgrunds und suchten verzweifelt Hilfe. Für sie gab es Links zu verschiedenen psychologischen Diensten und den Hinweis, dass www.muenchner-freitod.de weder eine Psychotherapie, noch eine Krisenintervention ersetzen könne.

Novalis konnte von jedem Mitglied sagen, wie es sich im Lauf der Zeit entwickelt hatte. *Helper* etwa war mit der Mission angetreten, Selbstmordkandidaten von der Schönheit des Lebens zu überzeugen. Nachdem er für diese naive Haltung nur Spott und Hohn geerntet hatte, entwickelte er sich nach und nach zum Berater für Suizidwillige und propagierte die Versöhnung mit sich selbst als Voraussetzung für den geglückten Freitod.

Das Forum war wie eine Familie. Auch hier gab es Mitglieder, die nur auf Krawall aus waren. Novalis ließ diese sogenannten *Trolle* gewähren, solange sie Leben in die Diskussionen brachten; diffamierende, extremistische oder obszöne Kommentare entfernte er kompromisslos. Akzeptierte einer die Regeln trotz mehrfacher Ermahnung nicht, schloss er ihn aus.

Außerdem wollte er sich als verantwortlicher Administrator auf keinen Fall juristische Probleme aufhalsen. Angeblich wurden Foren wie seines zunehmend von Cyber-Cops beobachtet, die im Internet auf Streife gingen. Anstiftung zum Selbstmord war zwar kein Straftatbestand, doch wo lag die Grenze zum Totschlag in mittelbarer Täterschaft, wenn ein offensichtlich psychisch krankes Mitglied gezielt manipuliert und in den Suizid getrieben wurde?

Novalis hatte kein Interesse daran, dass sein Forum zum Marktplatz für Suizid-Tipps wurde. Deshalb löschte er auch alle Beiträge, die detailliert zum Beispiel über die Dosierung von Schlafmitteln oder Psychopharmaka informierten.

Die Uhr in der Menüleiste zeigte 0:13. Zu keiner Zeit waren mehr User online. Novalis ließ die Bildschirme nicht aus den Augen und wurde zum Regisseur, der alle Fäden in der Hand hielt. Die Diskussion mit den meisten Usern drehte sich wieder mal um Tim Burger.

Helper: Habe grade 'nen alten Artikel zu Burgers Geliebter gegoogelt.

Pusher: Linda irgendwas?

Helper: Linda Heintl, exakt. Überschrift: ›Ich war dem Luder hörig‹.

Pusher: ›Bild‹?

Helper: ›AZ‹. Es ging um die Zeit vor seiner Amokfahrt.

Amok: Und die behaupten, dass diese Linda an allem schuld war?

Helper: Nein, aber der Artikel erklärt manches.

Deepness: Auch, wie er zum Nazi geworden ist?

Helper: Nö. Das kommt nicht vor.
Deepness: Typisch.
Cobain: Wieso ist das denn wichtig? War auch nur ein Ausdruck für seine Verzweiflung.
Deepness: Ich heule gleich: der verzweifelte Nazi.
Cobain: Ich versuche halt, Tim zu verstehen.
Deepness: Oder zu verklären.
Amok: Quatsch. Cobain ist einfach von ihm fasziniert.
Deepness: Von einem Nazi?
Cobain: Jetzt lasst doch die Nazigeschichte mal weg. Tim Burger hatte einen großen Plan, ist komplett gescheitert und hat die Konsequenzen gezogen.
Amok: Für dich ist er also ein Held?
Cobain: Ja, irgendwie schon.
Amok: Und wann ziehst du die Konsequenzen?
Cobain: Ich weiß nicht, ob ich stark genug bin.
Henriette: Wieso reden eigentlich alle immer über Burger und nie über den Lokführer? Der ist doch das arme Schwein.
Amok: Der arme, traumatisierte Lokführer.
Deepness: Spar dir deinen Zynismus. Hast du die Reportage in der ›SZ‹ gelesen?
Amok: Total verlogen. Wer sich umbringt, kann keine Rücksicht nehmen.
Deepness: Schwachsinn.
Novalis: Keine Beleidigungen, Deepness.
Deepness: Hab ich dich beleidigt, Amok?
Amok: Quatsch, kein Grund zur Panik.

Novalis ärgerte sich, zu früh eingegriffen zu haben. Aber Deepness ging ihm schon lange auf die Nerven. Er dachte kurz nach, dann flogen seine Finger über die Tastatur.

Novalis: Burgers Suizid war vielleicht seine Antwort auf die Fragen, die ihm im Leben keiner beantwortet hat.
Deepness: Ich kotze gleich.

Novalis zögerte keinen Moment und löschte den Kommentar.

Deepness: He, warum werde ich jetzt zensiert?

Novalis: Weil du dich nicht an die Netiquette hältst, Deepness.

Deepness: Ich scheiß auf die Höflichkeit. Ist das hier 'n Mädchenpensionat?

Novalis: Tut mir leid, es gibt Regeln.

Deepness: Du kannst mich mal!

Sie loggte sich aus. Novalis lächelte milde. Deepness würde wiederkommen. Sie war fast jede Nacht online und wie die meisten User süchtig nach dem Forum.

Henriette: Noch mal zum Lokführer.

Amok: He, wir sind kein Eisenbahner-Forum.

Henriette: Ich frage euch trotzdem: Kann sich ein Mensch je von so einem Schock erholen?

Amok: Das steckt einer wie der doch weg.

Henriette: Woher willst du das denn wissen?

Amok: Ich habe die Info, dass er bald wieder fährt.

Cobain: Das heißt, du kennst ihn?

Amok: Nicht hier. Gib mir deine Adresse, ich melde mich.

Cobain: matti.sass@aol.com.

Novalis starrte auf die letzten Zeilen. Er hasste es, wenn User sich seiner Kontrolle entzogen und außerhalb des Forums in Kontakt traten. Er zündete sich mit zittrigen Fingern eine Zigarette an, der Rauch brannte ihm in den Augen. Amok war widerlich. Er hatte sich zielsicher den Labilsten und Sanftesten von allen ausgesucht. Aber was hatte er mit Cobain vor?

6.

Schwarz betrat die Konditorei an der zentralen Straßenkreuzung des Eisenbahnerviertels. »Einen Bienenstich zum Hier-Essen, bitte.«

»Den machen wir noch selber«, erklärte eine ältere, recht stämmige Verkäuferin. »Was dazu?«

»Eine Tasse Kaffee bitte.«

»Kaffee, der Herr, gern.«

Während sie den Kuchen auf einen Teller hob und Kaffee einschenkte, spähte Schwarz durch das Schaufenster zum Lokomotivführerbau. Das letzte Fenster rechts im dritten Stock musste Rudi Englers Küche sein. Links daneben war das Schlafzimmer.

»Bitteschön, Ihr Kaffee. Milch und Zucker stehen auf dem Tisch.«

Schwarz trug sein zweites Frühstück zu einem Stehtisch. Der Bienenstich war so süß, wie er ihn zuletzt während seiner Volksschulzeit in Geretsried gegessen hatte.

»Eigentlich was Furchtbares so ein Bienenstich«, sagte er und versuchte vergeblich, einen auf seinem hintersten Backenzahn pappenden Mandelsplitter mit Kaffee wegzuspülen.

»Stimmt«, sagte die Verkäuferin, »wenn man an die ganze Sahne und Kondensmilch denkt, die da verbacken wird. Aber hin und wieder muss man sich so was gönnen, gell?«

»Wie viele Bleche Bienenstich verkaufen Sie pro Tag?«

»Zwei, höchstens drei. Vor zehn Jahren war es noch die doppelte Menge. Auch die Eisenbahner sind inzwischen gesundheitsbewusst.«

»Sie sind aus dem Viertel?«

Sie nickte. »Mein Mann war Zugbetreuer, wie das heute heißt.«

»Schaffner also.«

»Genau. Aber Sie habe ich hier noch nie gesehen.«

»Sie kennen wohl alle Ihre Kunden?«

»Die meisten. Wir haben fast nur Stammkundschaft.«

»Da fällt Ihnen natürlich gleich auf, wenn hier mal ein Fremder auftaucht?«

»Sicher. Ich rate dann immer, was für einen Beruf er hat. Das ist ein Hobby von mir. Bei Ihnen zum Beispiel habe ich sofort gewusst, dass Sie bei der Polizei sind.«

»Bin ich aber nicht«, sagte Schwarz.

Die Verkäuferin machte ein enttäuschtes Gesicht. »Ich hätte schwören können.«

Sie bediente eine Frau mit zwei kleinen Kindern, die Bio-Fünfkornsemmeln bekamen, und trat dann an Schwarz' Tisch. »Sie dürfen es nur nicht zugeben, stimmt's?«

Schwarz hielt es für strategisch besser, nicht zu widersprechen. »Vor einigen Wochen«, sagte er, »haben sich hier drei Männer herumgetrieben.«

Die Verkäuferin blickte ihn gespannt an, als lese er ihr aus einem Krimi vor.

»Sind sie Ihnen aufgefallen?«

»Ach so«, sagte sie, »ich habe gedacht, Sie verraten mir, was mit denen los war.«

»Sie haben sie also gesehen?«

»Ja, freilich. Erst war nur der ältere da, dann hat er noch zwei andere mitgebracht. Schüler oder Lehrlinge, würde ich sagen.«

»Haben die bei Ihnen eingekauft?«

»Nein, sie sind nur immer unter der Linde gestanden und haben zum Lokomotivführerbau rübergeschaut. Nach einer Weile sind sie wieder gegangen. Ich wollte es melden, aber dann hätte es wieder geheißen: die Vroni ist so eine G'schaftlhuberin.«

»Können Sie die Männer beschreiben?«

Sie überlegte. »Die zwei jungen waren recht kräftig, aber nicht besonders groß. Könnten Brüder gewesen sein.«

»Und wissen Sie noch, was die anhatten?«

»Schwarz, nur schwarz. Schwarze Jeans, schwarze Jacken.«

Bei so einer Häufung seines Namens durchzuckte es Schwarz immer noch, obwohl er nach fast fünfzig Jahren gelernt haben sollte, dass er nur in den seltensten Fällen gemeint war.

»Und der ältere Mann?«

»Der hat bei jedem Wetter einen Parka angehabt. Krank hat er ausgeschaut und gehinkt ist er – aber eher wie einer, der eine Prothese trägt.« Sie schaute Schwarz erwartungsvoll an, als müsste er jetzt endlich die Auflösung des Rätsels liefern. Als er schwieg, riet sie: »Es hat was mit dem Engler Rudi zu tun, stimmt's?«

»Wie kommen Sie darauf?«

»Ich mag den Rudi, aber er hat auch viele Feinde, weil er das Maul immer so weit aufreißt. Sie müssten mal hören, was der so alles zur Privatisierung der Bahn sagt.«

»Was denn zum Beispiel?«

»Da fragen Sie ihn besser selber. Ich kenne mich nicht so aus mit der Politik. Am wütendsten aber wird der Rudi, wenn ihm einer mit Nazisprüchen kommt.« Sie kam mit verschwörerischer Miene ganz nah an sein Gesicht heran. Er konnte riechen, dass sie Zwiebeln gegessen hatte.

»Die zwei Burschen waren garantiert solche Neonazis. Einmal haben sie ihre Kapuzen nicht aufgehabt, da habe ich die Glatzen gesehen.«

Sie nahm Schwarz die Tasse aus der Hand, trocknete den Boden mit einer Papierserviette ab, gab sie ihm zurück und tupfte noch einen Kaffeetropfen von der Untertasse. »Ein Kaffee mit Fußbad ist doch nichts für einen Herrn Kommissar, oder?«

»Jetzt glauben Sie es mir halt, dass ich keiner bin«, sagte Schwarz, zahlte und bedankte sich für die Auskünfte.

Die Verkäuferin schaute ihm stirnrunzelnd hinterher, wie er die Straße überquerte und zum Lokomotivführerbau strebte: »Dann halt ein Detektiv.«

Als Schwarz ins Treppenhaus trat, kam die junge Frau gerade zur Hintertür herein. Sie nickte ihm freundlich zu. Sein Blick fiel auf die Schere in ihrer Hand. So ein schönes Gesicht und so grausam, dachte er.

Sie schien seine Gedanken zu erraten und lächelte verlegen. »Damit geht es schneller als mit Schneckengift oder Bier.«

Schwarz reichte ihr seine Visitenkarte. Sie warf einen Blick darauf und sah ihn fragend an.

»Sind Sie hier Hausmeisterin?«

»Ja, gemeinsam mit meinem Mann. Wir sind vor sechs Jahren aus Tschechien gekommen.«

»Ach. Von wo denn?«

»Aus Pilsen. Kennen Sie das?«

»Ich war nie dort, aber meine Mutter stammt aus Karlsbad.«

»Aus Karlovy Vary? Dann sind Sie ja halber Tscheche?«

Schwarz lächelte unbestimmt und verzichtete auf eine nähere Definition seiner Herkunft. Stattdessen erklärte er der Hausmeisterin sein Anliegen.

Sie hörte aufmerksam zu und nickte. Sie habe die Männer gesehen und sei beunruhigt gewesen. Aber ihr Mann habe sie ausgelacht: München sei eine der sichersten Städte der Welt, und wer wirklich etwas Böses plane, mache das doch im Verborgenen.

»Ja«, sagte Schwarz, obwohl er eigentlich Nein meinte. Wenn die drei Klaus Engler hatten einschüchtern wollen, mussten sie sich offen zeigen. Plötzlich kam ihm ein Gedanke: War die Tatsache, dass die Männer seit drei Wochen nicht mehr aufgetaucht waren, vielleicht ein Hinweis darauf, dass sie jetzt etwas Größeres planten? Wieder hatte er die Schrift auf der Betonmauer vor Augen: »Tötet Engler«.

Die Personenbeschreibung, die ihm die Hausmeisterin lieferte, deckte sich weitgehend mit den Angaben der Verkäuferin. Innerlich musste Schwarz grinsen, wie gut die nachbarschaftliche Überwachung im Eisenbahnerviertel funktionierte. Aber die junge Tschechin hatte noch einen interessanten Hinweis. Sie hatte beobachtet, wie der ältere der drei in einem schwarzen Fiat Punto am Haus vorbeifuhr.

»Einem Punto, sicher?«

»Ja, wir haben genau so einen.«

»Das Kennzeichen haben Sie sich nicht zufällig gemerkt?«

Sie machte eine bedauernde Geste. »Nur die ersten Buchstaben: TÖL.«

»Bad Tölz?«

Sie hob die Schultern. Mit polizeilichen Kennzeichen hatte sie sich während ihres sechsjährigen Deutschlandaufenthalts offenbar noch nicht intensiver befasst.

Wie viele mutmaßliche Beinprothesenträger Mitte dreißig, die einen schwarzen Fiat Punto fuhren, gab es wohl im oberbayerischen Landkreis Bad Tölz-Wolfratshausen? Wäre ich noch Kommissar, dachte Schwarz, würde ich jetzt den Staatsanwalt bitten, beim Tölzer Landratsamt die Herausgabe der Daten zu verlangen. Allerdings würde der mir was husten. Wegen einer Schmiererei auf einer Mauer, würde er sagen, und ein paar Kerlen, die auf der Straße herumlungern? Herr Schwarz, ich bitte Sie, bleiben Sie mal auf dem Teppich. Und aus seiner Sicht hätte er sogar recht.

7.

Schwarz wartete, bis es dunkel war, dann machte er sich noch einmal zu der Stelle auf, wo Tim Burger gestorben war. Die Straßen rund um den Park am Bahndamm waren mit Autos zugestellt. Im nahen ›Hirschgarten‹ war der Teufel los. Schwarz fiel ein, dass seine Mutter den Biergarten früher bei jedem Aufenthalt in München besucht und ihr über Monate gesammeltes, altes Brot ins Wildgehege geworfen hatte. Er nahm sich vor, sie, bevor die schönen Tage wieder vorbei waren, auf ein Hähnchen und eine Halbe Bier einzuladen. Allerdings lieber vormittags, da war das Risiko nicht so groß, dass die bayerische Blaskapelle so schöne Lieder wie ›Heute hau'n wir auf die Pauke, ja wir machen durch bis morgen früh‹ spielte.

Zur Schwarz' Überraschung war das Loch im Maschendrahtzaun geflickt, außerdem lag ein Teil des Bahndamms im Licht von Scheinwerfern. Was war da los? Hatte Buchrieser den Vorwurf, er schaue dem Treiben von Neonazis untätig zu, doch nicht auf sich sitzen lassen wollen?

Das grelle Flutlicht allerdings stammte von einer Baustelle, auf der auch nachts gearbeitet wurde. Schwarz erinnerte sich, dass hier ein neuer Bahnhof entstehen sollte. Die Besucher des ›Hirschgartens‹ freuten sich bestimmt schon darauf, bald vom Biertisch direkt zur S-Bahn torkeln zu können.

Er kletterte über den Zaun, stieß aber schon nach einigen Metern auf eine Bretterwand mit dem obligatorischen Hinweis »Eltern haften für ihre Kinder«. Schön wär's, dachte Schwarz und bahnte sich den Weg durch dichtes Gebüsch. Immer wieder verfing er sich in den Ästen und musste aufpassen, sich nicht Hände und Gesicht zu zerkratzen.

Als er auf der anderen Seite ankam, sah er sie – die Gruppe hockte auf der Betonmauer. Kerzen flackerten, die hohen Kräne der Baustelle warfen lange, bizarre Schatten.

»Da ist jemand«, rief ein Mädchen.

»Guten Abend.« Schwarz näherte sich den Jugendlichen bewusst langsam. Es waren sechs oder sieben. Alle waren schwarz gekleidet, die Jungen trugen lange Ledermäntel, die Mädchen Korsetts, Netzstrümpfe und Plateaustiefel. Ihre Augen und Lippen waren dunkel umrandet. Manche hatten ihr Haar auf einer Seite rasiert, andere trugen über der kahlen unteren Kopfhälfte einen Pferdeschwanz. Schwarz war kein Experte für Jugendkulturen, aber die Gruppe sah nicht so aus als würde sie zur rechten Szene gehören.

»Was wollen Sie hier?«, fragte einer, der seine Augen hinter einer Sonnenbrille versteckte – dem Ton nach war er der Anführer.

»Ich sehe mich nur ein bisschen um.«

»Sie haben sich verletzt«, sagte das Mädchen.

Schwarz wischte sich über die Stirn und sah etwas Blut auf seinem Handrücken.

Das Mädchen kam näher und reichte ihm ein Papiertaschentuch. Es war höchstens fünfzehn, extrem dünn und hatte schöne, ebenmäßige Gesichtszüge. Während Schwarz sich das Tempo gegen die Stirn drückte, stellte er sich vor, dass die bürgerlichen Eltern des Mädchens gerade eine feine Essenseinladung oder eine Aufführung der Münchner Oper besuchten.

»Wenn Sie ein Nazi sind«, lispelte ein Junge mit Piercings in Ohren und Nase, »kommen Sie zu spät.«

»Sehe ich so aus?«

»Es soll auch Altnazis geben«, meinte der Anführer.

Ein Zug ratterte vorbei, dann kam aus der anderen Richtung eine S-Bahn. Der Fahrtwind blies einige Kerzen aus, ein Junge zündete sie geduldig wieder an.

»Hier waren nämlich eben noch Nazis«, sagte das Mädchen.

»Und wieso haben die sich verzogen?«

»Die Bullen haben eine Razzia gemacht. – Hier ist noch was«. Sie nahm Schwarz das Taschentuch aus der Hand und tupfte einen Bluttropfen von seiner Wange.

»Danke.«

»Ich glaube, ich weiß, was der will«, sagte der Anführer. »Sie suchen Ihr Kind, stimmt's?«

Gute Idee, dachte Schwarz und nickte mit ernster Miene. »Ja, meine beiden Söhne.«

»Ich würde mich umbringen, wenn meine Kinder Nazis wären«, sagte das Mädchen und lächelte traurig.

»Es gibt viele gute Gründe, sich umzubringen«, sagte der Junge mit den Piercings.

Schwarz begriff, dass er wegen eines Knopfs in der Zunge lispelte. »Habt ihr die Razzia beobachtet?«

»Wir treffen uns, bevor wir weggehen, immer an der Friedenheimer Brücke«, sagte der Anführer, »haben zuschauen können, wie die Bullen aufräumen.«

»Und? Haben die welche festgenommen?«

»Ich glaube, alle.«

»Waren da zwei Glatzköpfe dabei, die wie Brüder aussehen?«

»Weiß nicht. Dazu waren wir zu weit weg.«

Schwarz setzte sich zu den Jugendlichen auf die Mauer. »Und was sucht ihr jetzt hier?«

»Wir schauen noch ein bisschen den Zügen zu.«

»In Zügen«, sagte das Mädchen, »sitzen Menschen, die vielleicht bald sterben, Züge haben Menschen in den Krieg transportiert.«

»Manche werfen sich auch vor Züge«, sagte Schwarz. »Ihr seid doch wegen Tim Burger hergekommen.«

Der Anführer lächelte herablassend. »Und wenn?«

»Was interessiert euch an ihm?«

Ein ICE machte die Verständigung unmöglich. Schwarz starrte auf den vorbeifliegenden roten Farbstreifen und dachte an seinen Alptraum.

»Wir träumen nur vom Tod«, sagte das Mädchen, »er hat ernst gemacht.«

»Tim war ein furchtloser Held des Todes«, sagte der lispelnde Junge.

»Blödsinn«, widersprach Schwarz. »Burger war keine Comic-Figur. Er war ein von Hass zerfressener Mensch. Er hat alle gehasst, die irgendwie anders waren – Leute wie euch zum Beispiel. Er war bereit, auf der großen Demo Männer, Frauen und kleine Kinder in die Luft zu sprengen.«

»Glaube ich nicht«, sagte der Anführer. »Das war sicher nur Show, um auf sich und seinen Tod aufmerksam zu machen.«

»Von wegen.« Schwarz sprang auf. »Er hat eine Handgranate gezündet. Er konnte nicht ahnen, dass sie nicht funktionieren würde. Dann ist der Feigling abgehauen und vor den Zug gerannt. Tim Burger war kein Held, er war ein Arschloch.«

»Wie hart ist der denn drauf?«, sagte der lispelnde Junge und wandte sich ab. Die ganze Gruppe schwieg jetzt. Einige starrten in die Kerzenflammen, andere blickten melancholisch über die Gleise. Alle taten so, als wäre Schwarz nicht mehr da.

Nur das Mädchen sah ihn an. »Es geht Ihnen schlecht wegen Ihrer Söhne, nicht?«

Schwarz vergaß einen Moment lang, dass er gar keine glatzköpfigen Söhne, sondern eine politisch eher unverdächtige Tochter hatte, und nickte dankbar.

»Übrigens sind Sie nicht der Erste, der uns nach den Nazis fragt. Kurz nach Tims Tod wollte schon mal einer wissen, wo die sich treffen.«

Schwarz wurde hellhörig. »Was war das für ein Typ?«

»Ein total fertiger«, sagte der Anführer, »einer, der schon zum Frühstück Jägermeister trinkt und sich nur deshalb einen Zopf bindet, damit man nicht sieht, dass er nie die Haare wäscht.«

»Hat er gehinkt?«

Das Mädchen nickte. »Kennen Sie den Mann?«

»Noch nicht.«

Auf der Wiese unterhalb des Bahndamms stand jetzt ein Mann in Lederhosen und erbrach sich. Ein paar Meter weiter hockte eine Frau im Gras, ordnete ihr Dirndl und schimpfte vor sich hin. Schwarz machte einen großen Bogen um beide, stieg auf sein Fahrrad und radelte los.

Kurz vor dem Laimer Bahnhof kam ihm die Idee, dass es vielleicht noch nicht zu spät war, seinen Auftraggeber anzurufen. Er wählte die Nummer.

»Guten Abend, Herr Engler, Schwarz hier. Ich hoffe, Sie haben noch nicht geschlafen?«

»Ach was. Sie wissen doch: mein verkorkster Tag-Nacht-Rhythmus.«

»Ich wollte Ihnen nur sagen, dass ich gut vorankomme.«

»Wirklich? Erzählen Sie!«

»Also, der ältere der drei hat offenbar eine Behinderung, vielleicht trägt er eine Beinprothese. Er stammt aus der Tölzer Gegend.«

Schwarz wartete auf eine Reaktion. »Herr Engler, sind Sie noch da?«

»Ja.«

»Haben Sie mich verstanden?«

Wieder schwieg der Lokführer lange, dann räusperte er sich. »Es ist mir etwas unangenehm, Herr Schwarz, aber eigentlich will ich gar nicht wissen, was das für Spinner waren.«

»Spinner?« Schwarz glaubte, nicht recht zu hören. Was sollte denn das? Jetzt, da er herausgefunden hatte, dass Engler keineswegs paranoid, und die Bedrohung real war, machte der einen Rückzieher? »Darf ich erfahren, wieso Sie es sich plötzlich anders überlegt haben?«

»Ja, sicher. Ich bin heute noch mal Probe gefahren und dabei ist es mir sehr gut gegangen. Da habe ich beschlossen, mir nicht weiter mein Leben vermiesen zu lassen. Ich möchte jetzt nur noch nach vorne schauen. Können Sie das verstehen, Herr Schwarz?«

»Ja, natürlich«, sagte Schwarz, obwohl ihm sofort klar war, dass der Lokführer ihm etwas vormachte. Er hatte offenbar begriffen, von wem er beobachtet worden war, und wollte nicht, dass Licht in die Sache kam.

»Sie sind mir hoffentlich nicht böse, Herr Schwarz?«

»Aber nein. Es ist Ihre Entscheidung. Dann gute Fahrt, Herr Engler.«

8.

Eine Woche später war das *Loft* in der Landsberger Straße nicht mehr wiederzuerkennen. Hildegard Schwarz hatte mit Hilfe einiger Freunde von Jo nicht nur eine geblümte Schlafcouch und ein Ungetüm von Kleiderschrank aus ihrem Häuschen in Waldram nach München transportiert, sondern auch ein Küchenbüfett, zwei Polstersessel, einen Paravent und mehrere Ölbilder zweifelhafter Qualität. Schwarz', bis dahin selten ordentliche, aber doch funktionale Wohnung glich nun einem Trödelladen. Er musste bei allem, was er suchte, seine Mutter fragen – bei seinen Lieblingsschuhen, seiner italienischen Espressotasse und dem, zugegeben leicht beschädigten, Fön, den sie aus Sicherheitsgründen im Müll entsorgt hatte.

Auch ihr Lebensstil und ihre Interessen waren zu unterschiedlich für eine Wohngemeinschaft. Sie liebte Telenovelas und Doku-Soaps, er benutzte den Fernsehapparat ausschließlich zum Abspielen seiner Sammlung klassischer Krimis und Thriller. Sie kochte intensiv riechende Eintöpfe mit Lauch, Kohl, Zwiebeln und Kraut, während er lieber eine Pizza in den Ofen schob oder gleich unten im ›Koh Samui‹ aß. Sie fand, dass ein fast fünfzigjähriger, leicht übergewichtiger Mann nicht in Unterhosen durch die Wohnung laufen sollte, er, dass Wäsche grundsätzlich zum nahen Waschsalon gebracht und auf keinen Fall in der Wohnung zum Trocknen aufgehängt werden durfte.

Anton Schwarz tröstete sich damit, dass seine Mutter ja nur vorübergehend bei ihm wohnte: Sie hatte von »einigen Wochen« gesprochen. Zwar deuteten gewisse Anzeichen, wie der aufwändige Möbeltransport, auf längerfristige Pläne hin, doch da mochte er sich täuschen. Er hätte natürlich Klartext sprechen können, aber das Risiko, dass seine Mutter ihn missverstand, war ihm zu groß. Er wollte auf keinen Fall, dass sie ihn für undankbar hielt. Schließlich hatte er ihr nie vergessen, dass sie ihn in schwierigen Zeiten ohne jede männliche Unterstützung großgezogen hatte.

Insgeheim hatte Schwarz gehofft, seine Wohnung wäre für jemanden, der bisher im beschaulichen Waldram gelebt hatte, viel zu laut. Er hatte mehrfach darauf hingewiesen, dass die Landsberger eine der am meisten befahrenen Münchner Straßen sei, und viele Anwohner wegen des unerträglichen Lärms und der hohen Luftverschmutzung krank würden. Doch seine Mutter schlief selig hinter ihrem Paravent, während er neuerdings nicht nur an Einschlaf-, sondern auch an Durchschlafstörungen litt.

Auch heute stand Anton Schwarz wieder mitten in der Nacht auf und rückte seinen Deckchair an eines der Fenster. Er blickte in den blauschwarzen Himmel, der durch sich kreuzende

Stromleitungen in unregelmäßige Rechtecke zerteilt war, und hörte seiner Mutter beim Schnarchen zu. Sie schnarchte dezent und klang dabei sehr zufrieden. Überhaupt hatte Schwarz sie lange nicht mehr so ausgeglichen erlebt. Sie schien völlig mit sich im Reinen zu sein. Vielleicht, dachte er, hat sie ja immer gehofft, dass die Wahrheit über ihre jüdische Herkunft ans Licht kommt. Vielleicht hat sie es sogar selbst eingefädelt, dass ich sie von ihrer Lebenslüge befreie. Wenn sie mir wirklich böse wäre, würde sie doch jetzt nicht bei mir wohnen.

Sie war also da. Unübersehbar und unüberhörbar. Und daran würde sich, wenn er den Tatsachen ins Auge sah, so schnell auch nichts ändern. Außer, er hätte eine geniale Idee.

»So wird nie was aus dir, Anton.« Seine Mutter stand vor dem Deckchair und klopfte mit dem Zeigefinger auf ihre Uhr. »Es ist fast zehn, und du liegst hier faul rum. Hast du etwa in dem Stuhl übernachtet?«

»Nein, ich bin nur früh aufgewacht und habe mich noch mal kurz hingelegt.«

Sie ließ sich nichts vormachen. »Warum schläfst du nicht, wenn es dunkel ist?«

»Weil ich nicht kann.«

»Hast du Sorgen?«

»Nein.«

»Anton, du musst mir sagen, wenn dich was bedrückt.«

Er hüstelte. »Machst du mir einen Espresso?«

»Immer trinkst du diesen starken Kaffee. Und dann wunderst du dich, dass du nicht schlafen kannst.«

Schwarz schlurfte Richtung Toilette und ahnte nicht, dass sie der Ort einer Eingebung werden sollte. Die kam allerdings nicht sofort, sondern erst am Ende einer langen Reihe lose verknüpfter, morgendlich trüber Gedanken. Während er so dasaß, wurde ihm als Erstes bewusst, dass sein Alptraum ihn schon seit einigen Nächten verschont hatte. Er traute dem Frieden zwar noch nicht ganz, hatte aber offenbar gut daran getan, sich noch einmal mit Burgers Suizid auseinanderzusetzen. Dann dachte er an den Lokführer Engler und überlegte, wie es dem wohl inzwischen ergangen war. Ob er wieder regelmäßig fuhr? Die drei ominösen Männer fielen ihm ein und der süße Bienenstich in der Konditorei. Der würde meiner Mutter schmecken, dachte er. Und plötzlich wurde es hell in seinem Kopf.

Das Eisenbahnerviertel!

Ja, das war es! Dort könnte es ihr gefallen. Es war wie ein Dorf mitten in der Stadt, mit Läden, Kneipen und begrünten Innenhöfen. Auch die Bewohner waren, zumindest auf den ersten Blick, von einer ähnlichen Bodenständigkeit, wie seine Mutter sie aus Waldram kannte. Bloß, wie kam man dort an eine Wohnung? Wenn er sich recht erinnerte, hatten die Bahn die ganze Siedlung vor einigen Jahren an eine Immobiliengesellschaft verscherbelt. Viele Eisenbahner hatten die Gelegenheit genutzt und die Wohnung, in der sie lebten, gekauft. Die Frage war, ob in der Siedlung inzwischen auch vermietet wurde. Vielleicht konnte Thomas Engler helfen. Er war im Eisenbahnerviertel groß geworden und hatte als Mitarbeiter der Pressestelle der Bahn sicher die besten Kontakte.

Doch als seine Mutter ihm den Espresso mit einem Tropfen Milchschaum reichte, beschlichen Schwarz schon wieder Zweifel. Egal, wie sympathisch das Eisenbahnerviertel war und wie schön die Wohnungen dort sein mochten: Sie würde sich abgeschoben fühlen.

Er nahm einen Schluck. »Sehr gut.«

Sie lächelte charmant wie ein junges Mädchen.

Es ist ja nicht so, dachte er, dass unsere merkwürdige Wohngemeinschaft die Hölle wäre. Eine Weile halte ich es schon noch mir ihr aus. Von meiner Idee mit dem Eisenbahnerviertel kann ich ihr ja immer noch erzählen. Wir haben Zeit.

9.

Die Sache ließ Novalis keine Ruhe. Nachdem Cobain nicht mehr im Forum aufgetaucht war, hatte er ihm an die Adresse matti.sass@aol.com eine Mail geschrieben und ihn gebeten, sich zu rühren. Sogar seine Handynummer, die er sonst keinem Menschen gab, hatte er ihm geschickt, aber keine Antwort bekommen. Er hatte auch Amok gemailt, aber eine Fehlermeldung erhalten. Wahrscheinlich hatte dieser bei seiner Anmeldung im Forum wie die meisten User eine Wegwerf-E-Mail-Adresse benutzt, die danach wieder deaktiviert wurde. Über die Telefonauskunft hatte Novalis erfahren, dass es in München drei Teilnehmer mit dem Namen Matthias Sass gab. Der erste hatte ihn auf die Frage, ob er ein Suizid-Forum frequentiere, für verrückt erklärt, der zweite sich alles erklären lassen, um sich dann nach den Modalitäten einer Mitgliedschaft zu erkundigen. Unter der dritten Nummer hatte er bislang trotz mehrerer Versuche niemanden erreicht.

In Novalis' Leben gab es niemanden mehr, mit dem er sich hätte beraten können. Die Verbindung zu seinen Freunden in Mühldorf war abgerissen, nachdem er zum Studieren in die Stadt gegangen war. Von den wenigen Bekannten in München hatte er, seit er nur noch für sein Forum lebte, nichts mehr gehört. Er war, auch wenn er Tag und Nacht mit Menschen kommunizierte, völlig allein. Aber obwohl seine Wirklichkeit sich mehr und mehr auf drei Monitore verengt hatte, wurde er das Gefühl nicht los, dass sich irgendwo da draußen ein großes Unheil zusammenbraute.

Er wählte erneut die Nummer. Er hörte das Freizeichen und wartete. Als er gerade auflegen wollte, wurde auf der anderen Seite abgehoben.

»Matthias Sass. Hallo?«

Die Stimme klang jung und unsicher.

»Ich bin's, Novalis.«

Matthias schwieg.

»Ich würde dich gern treffen.«

»Wieso?«

»Ich möchte mit dir reden – über Tim Burger.«

»Über Tim?«

»Ich habe etwas entdeckt, was nicht ins Forum gehört.«

Er wartete gespannt, ob Matthias auf den Köder ansprang.

»Und was?«

»Wo können wir uns sehen?«

Matthias schwieg lange, Novalis dachte schon, er hätte aufgelegt. Dann war plötzlich jemand anderer am Apparat. »Lass ihn in Ruhe, Novalis«, sagte er scharf. »Er braucht dich und dein Scheißforum nicht mehr.«

Amok? War das Amok?

Dann wurde die Verbindung unterbrochen.

10.

Schwarz fuhr wie immer mit dem Fahrrad zum *Dienst in der Karibik*, so nannte er selbst seinen Job als Wachmann beim Honorarkonsulat eines karibischen Kleinstaats. Der Blick auf das Thermometer an seiner Hausapotheke warf ihn beinahe aus dem Sattel: 28 Grad. Und das abends um halb acht. Er beneidete Menschen, die kein Problem damit hatten, ihr welkes Fleisch zur Schau zu stellen. Er selbst hatte sich noch nie dazu überwinden können, kurze Hosen zu tragen. Dafür büßte er jetzt, genauso wie für die Wahl seines Hemds. Schon nach wenigen hundert Metern klebten die langen Flanellärmel wie nasse Lappen auf seiner Haut.

Schwarz beschloss, nicht zu leiden, sondern die Hitze zu ignorieren. Er versuchte, seinen schwitzenden Körper nicht mehr zu fühlen und sich dafür ganz auf das zu konzentrieren, was er sah.

Von seiner Haustür bis zur *Karibik* waren es genau 2,9 Kilometer. Da Schwarz die Strecke seit über drei Jahren mehrmals wöchentlich zurücklegte, sollte er eigentlich jedes Haus und jeden Baum kennen.

Aber dazu veränderte die Landsberger Straße sich zu schnell. Über Nacht verschwanden Läden, die zwar über Jahrzehnte nur ein kümmerliches Dasein gefristet, aber doch zum spröden Charme der Straße beigetragen hatten. Dafür wuchsen ständig neue Büro-, Verwaltungs- und Shoppingcenter hinter Bauzäunen hervor und verdrängten die türkischen und ex-jugoslawischen Gebrauchtwagen- und Reifenhändler. Statt auf schlecht sanierte Fassaden aus den fünfziger Jahren blickte er nun auf Beton, Stahl und getöntes Glas. Bald würden die letzten Brachflächen und der Straßenstrich verschwunden sein, dann war auch die Zeit für die zahlreichen Friseure an der Landsberger Straße abgelaufen und mit ihnen die der Nagelstudios und Bistros.

Die Straße würde zur Verwaltungswüste werden und dabei so hässlich bleiben wie eh und je – aber es war mit Sicherheit nicht mehr die ehrliche Hässlichkeit, die Schwarz so liebte.

Die Landsberger sehen, heißt München verstehen. Zu dieser kühnen Behauptung verstieg Schwarz sich manchmal, weil jede Epoche der letzten hundert Jahre der Straße ihren Stempel aufgedrückt hatte. Hier begegnete man dem dekorverliebten Bürgerstolz der Gründerjahre, dem tumben Protz der Nazis, der spröden Funktionalität des Wiederaufbaus, der bemühten Modernität der siebziger Jahre und der Selbstverliebtheit der Postmoderne. Schwarz überlegte, was die Fassaden, die dieser Tage entstanden, wohl einmal über unsere Zeit und die Menschen, die hinter ihnen lebten und arbeiteten, erzählen würden.

Er hatte keine Idee und beschloss, mit dem Philosophieren, das in seinem Fall ja doch nur eine gehobene Form des Grantelns war, aufzuhören.

Sofort spürte er wieder die Hitze.

Mittlerweile war seine Kleidung so nass, als wäre er damit durch das nahe ›Westbad‹ geschwommen. Der Schweiß lief ihm in die Augen, die Haare standen ihm wirr vom Kopf. Ihm war bewusst, dass er alles andere als respekteinflößend wirkte. Aber das war auch nicht nötig. In seiner gesamten Zeit als Wachmann in der *Karibik* hatte er keine einzige, auch nur annähernd gefährliche Situation erlebt. Er fragte sich, wieso das Konsulat eines Staates, den kein Mensch kannte, überhaupt bewacht werden musste. Das Pfefferspray jedenfalls, das er an diesem Abend in seiner Hosentasche mitführte, war nicht für den Einsatz im Dienst bestimmt.

»Happy birthday, Anton!« Cindy, die nichts als weinrote Hotpants und einen schwarzen Latex-BH trug, lehnte aufreizend an ihrem Wohnmobil. »He, was ist los mit dir? Was machst du denn für ein finsteres Gesicht?«

Schwarz brummte missmutig.

»Komm rein, ich habe einen Ventilator und Sekt.«

»Du weißt doch, dass ich keinen Sekt mag.«

»Und? Haben dir schon viele gratuliert?«

Schwarz schüttelte den Kopf. Er hatte morgens das Telefon von der Leitung genommen, sein Handy erst gar nicht angeschaltet und den Briefkasten ignoriert. Ihm zum Fünfzigsten zu gratulieren – diesen Triumph gönnte er niemandem.

»Aber ein bisschen gefeiert hast du schon?«

»Meine Mutter hat einen Guglhupf gebacken. Beim Ausblasen der Kerzen habe ich ihn noch schön mit Wachs verziert.«

Cindy, die eigentlich Heike hieß und aus Duisburg stammte, lachte. »Lust auf eine schnelle Nummer? Wäre gratis zur Feier des Tages.«

Schwarz schüttelte den Kopf. Er hätte seine Freundschaft zu Cindy niemals für schnellen Sex aufs Spiel gesetzt – ob gratis oder nicht. Er reichte ihr das Pfefferspray.

»Triebabwehrspray?«

»Tierabwehrspray. Muss wegen dem Waffengesetz drauf stehen. Wenn Rottweiler den Schwanz einziehen, wirkt es auch bei lästigen Freiern.«

»Du bist ein Schatz«, sagte Cindy, zog mit einer schnellen Bewegung ihren unter die Nippel gerutschten BH hoch und küsste Schwarz auf den Mund. »Wie verhindere ich, dass ich mich selbst außer Gefecht setze?«

Schwarz griff nach dem Spray und streckte den Arm durch, um den fachgerechten Gebrauch zu demonstrieren. »Wichtig ist, die Dose mit dem Ventil nach vorne möglichst weit vom Körper weg zu halten. Du darfst auf keinen Fall damit in der Luft rumfuchteln. Stattdessen zielst du, so ...«

»Hau ab«, sagte Cindy.

»Was?«

»Kundschaft«, flüsterte sie.

Er ließ das Spray schnell in der Hosentasche verschwinden, zwinkerte Cindy zu und stieg wieder aufs Rad.

Schwarz begann am nahe gelegenen Konsulat mit der üblichen Überprüfung der Überwachungskameras, alarmgeschützten Türen und Rollläden. Wie immer konnte er nichts Auffälliges entdecken. Von den nahen Bahngleisen her hörte man das Rattern eines Güterzugs. Kurz war es von einem Pfeifen überdeckt, dann wurde es allmählich leiser. Er musste sofort an Klaus Engler, den Lokführer, denken.

11.

Der große Parkplatz am Holzverladebahnhof war bis auf zwei Autos leer. Nachtfalter flogen Loopings um die Scheinwerfer. Klaus Engler parkte seinen Renault vor einem hohen Stoß ungeschälter Fichtenstämme. Als er ausstieg, roch es versengt. Er schnupperte, aber es war nicht sein Wagen, es war der Geruch unzähliger, verbrannter Insekten. Er holte seinen Rucksack von der Rückbank und verstaute darin die Thermosflasche mit dem Eistee. Zum Essen hatte er nur eine Tüte Mandelkekse dabei. Anna hatte ihm immer liebevoll mit Essiggurken belegte Wurst- oder Emmentalerbrote eingepackt.

Während er durch den Kies stapfte, musste er plötzlich lächeln. Er dachte an das Abendessen mit seiner Frau im ›Eliseo‹. Sie war rot geworden, als er ihr ein Kompliment wegen ihrer neuen Frisur gemacht hatte. Vor dem Nachtisch hatte Thomas sich plötzlich verabschiedet, angeblich um sich auf ein Meeting am nächsten Tag vorzubereiten. Sein Manöver war so durchschaubar gewesen, dass sie erst stumm und verlegen dasaßen. Dann war Anna es gewesen, die den erlösenden Satz ausgesprochen hatte: Sie sollten es vielleicht noch mal miteinander versuchen – bald. Danach hatten sie beide das Gefühl gehabt, dass ein Knoten geplatzt war, sie hatten geredet und geredet. Über die Wochen vor dem Unfall, über den dauernden Schichtdienst und die ständigen Fahrplanänderungen. Und darüber, dass sie sich vermissten – nach all diesen Jahren. »Ich würde nicht noch mal einen Lokführer heiraten«, hatte sie gesagt und mit Tränen in den Augen nach seiner Hand gegriffen.

Klaus Engler ging an der Kantine vorbei, die nachts geschlossen war. Noch vor ein paar Jahren hatte er hier immer mit Kollegen gesessen und Neuigkeiten über zu Hause ausgetauscht oder auf den Dienststellenleiter geschimpft. Er sah ein, dass es sich nicht lohnte, wegen ein paar Eisenbahnern einen Wirt und eine Kellnerin zu beschäftigen, trotzdem war es traurig.

Er zog das Handy aus der Brusttasche seines hellblauen, kurzärmeligen Hemds und meldete sich zum Dienst. Eine Stimme sagte ihm, auf welchem Gleis seine Lok stand, aber das wusste er selbst, weil sie immer dort stand.

»Schade, dass ich Sie nicht mal persönlich kennenlernen kann«, sagte die Stimme. »Ich habe den Artikel über Sie gelesen. Toll, wie Sie diesen Personenschaden weggesteckt haben.«

Jetzt nennen sie es Personenschaden, dachte er. Früher haben manche »Gulasch« dazu gesagt – das war noch ekelhafter.

Als er vor die Lok hintrat, nickte er kurz zur Begrüßung – es war sein persönlicher Aberglaube, von dem er nie jemandem erzählt hätte.

Sein Vater hatte seinen Loks noch Namen gegeben, Frauennamen natürlich, wie Marianne, Rosa oder Käthe. Er war immer dabei geblieben, wenn sie repariert wurden, wie ein Angehöriger am Krankenbett.

Klaus Engler begann mit der Vorbereitung. Er ging um die Lok herum, bückte sich da und dort, um mit seiner Taschenlampe auf Räder und Achsen zu leuchten, und inspizierte alles genau. Schließlich meldete er über das Diensthandy: »Lok fertig«.

Er kletterte die schmalen Stufen der Einstiegstreppe zum Führerraum hoch. Als seine Hände die Läufe aus Metall umfassten, spürte er seine alte Kraft und Sicherheit wieder. Er hätte jubeln können. Ich habe es geschafft, dachte er, ich funktioniere wieder.

Klaus Engler fuhr die 140er zur Kontrolle zwei Mal im Bahnhof hin und her, ohne irgendetwas Ungewöhnliches zu bemerken. Die Lok konnte planmäßig an den Zug gekoppelt werden. Danach musste er warten, bis der Wagenmeister, ein Bosnier namens Mahmud, mit dem er schon mal länger über Sarajewo und den Krieg gesprochen hatte, unter seinem Fenster auftauchte: »N' Abend, Klaus. Heiß heute, was?«

»Morgen soll's regnen, Mahmud. Machen wir die Probe?«

»Dazu sind wir da«, sagte der Wagenmeister, ging den Zug entlang und kontrollierte den Stand der Bremsen. Ganz hinten angekommen rief er: »Bremsen anlegen!«

»Sind angelegt.«

Er kontrollierte noch einmal alles und gab dann das Kommando »Bremsen lösen.«

»Bremsen gelöst!«, rief Engler.

Zuletzt wurde noch die Druckluft in den Bremszylindern überprüft. »Passt«, sagte der Wagenmeister, »alles in Ordnung.«

»Danke, Mahmud.«

Den Beförderungspapieren schenkte Klaus Engler keine große Beachtung, er transportierte Holz und kein Gefahrengut. Den Bremszettel mit dem Gewicht und der Zahl der Achsen hingegen und die Fahrplanunterlagen las er konzentriert durch.

Er blickte auf die Uhr und gab Mahmud ein Zeichen. Alles lief planmäßig, in knapp zwei Minuten war es soweit.

Klaus Engler kniff die Augen zusammen und wartete auf das grüne Ausfahrsignal.

12.

Zur selben Zeit stand Anton Schwarz vor seiner Wohnungstür und suchte zerstreut in den Hosentaschen nach dem Schlüssel. Er zog sein Schweizer Taschenmesser und das Pfefferspray heraus, das er bei Cindy nicht losgeworden war, weil in dieser schwülen Sommernacht bei ihr ein Freier den anderen abgelöst hatte. Während er den Schlüssel ins Schloss steckte, hielt er die Spraydose in der Linken.

Er öffnete die Tür und sah sich von einem grellen Licht geblendet. Vielleicht war es auch der plötzlich losbrechende Lärm, der ihn zusammenzucken und auf den Sprühknopf geraten ließ.

Schwarz begriff überhaupt nichts mehr. Seine Wohnung war voller Leute und alle keuchten und husteten. Ich Depp, schoss es ihm durch den Kopf. Was habe ich getan? Er stürzte zum Fenster, ließ frische Luft herein und starrte erschrocken auf die Überraschungsgäste, auf seine Mutter im hellgelben Festtagskostüm, auf Luisa, die sich eine rote Rose ins Haar gesteckt hatte, auf Kolbinger, Jankl, Buchrieser und Stamm, seine ehemaligen Kollegen von der Polizei, auf seine neuen Freunde, die er bei einem seiner letzten Fälle kennengelernt hatte, Rechtsanwalt Loewi mit seiner Frau Rebecca und die junge Eva Hahn, die mit einem Kerzenleuchter aus Messing in der Hand in ihrem Rollstuhl saß.

Alle diese Menschen, die ihm eine Freude bereiten hatten wollen, japsten noch immer nach Luft.

Wie kann man nur so saublöd sein, dachte er. Und während

er besorgt von einem zum anderen ging und Entschuldigungen stammelte, fegte er die Kanapees vom Tisch, die Monika und Justus zubereitet hatten. Ob das nur ein Missgeschick war, wusste er selbst nicht.

Der Chilipfeffer verflüchtigte sich rasch, und nach und nach gingen die Hustenanfälle schon wieder in Lachen über.

»Das passt zu dir, Toni«, krächzte Kolbinger, »greifst zur Waffe, nur weil man dich feiern will.«

»Das Spray verstößt gegen das Waffengesetz, Herr Ex-Kollege«, rief Buchrieser.

»Komm in meine Arme, Tonele«, sagte seine Mutter und drückte ihn fest. Er hörte sie an seinem Ohr flüstern. »Es gibt ein jiddisches Sprichwort: *As men will nit alt wern, sol men sich jungerhejt ojfhengen.* Wer nicht alt werden will, soll sich in der Jugend aufhängen.«

»Zu spät«, sagte Schwarz.

»Geh, komm, hast sie doch gar nicht schlecht hingekriegt, deine ersten fünfzig Jahre. Alles Gute weiterhin.«

Schwarz ließ sich abküssen und schielte dabei unauffällig zu Monika, die Justus herumschickte. Er kroch auf allen Vieren hüstelnd über den Boden und versuchte, wenigstens einen Teil der Häppchen zu retten. Wie konnte sie bloß mit diesem Idioten auftauchen – als wären sie nicht mehr verheiratet? Schwarz hatte gute Lust, noch mal zum Pfefferspray zu greifen und Justus für den Rest des Abends außer Gefecht zu setzen. Doch jetzt begannen seine Gäste zu singen.

Erst stimmten die Ex-Kollegen ein beherztes ›Hoch soll er leben!‹ an, dann folgte Eva mit ihrer festen Alt-Stimme: »Hajom jom huledet, hajom jom huledet, hajom jom huledet le Anton. Chag lo same'ach, vezer lo pore'ach, hajom jom huledet le Anton.«

Schwarz blickte zu seiner Mutter, die andächtig lauschte. Soviel er wusste, verstand sie kein Wort Hebräisch, aber es war wohl das erste Mal seit Jahrzehnten, dass sie wieder Juden begegnete. Er hätte zu gern in ihr Inneres geblickt.

»Und jetzt eine Rede«, rief Heiner, kaum dass Eva ihr Lied beendet hatte. Schwarz warf ihm einen vernichtenden Blick zu. Sein alter Klassenkamerad wusste genau, dass er Reden hasste.

»Ja, Herr Schwarz, bitte«, sagte Jo, der zur Feier des Tages einen weißen Smoking trug.

Schwarz hielt nach einer Fluchtmöglichkeit Ausschau. Der Weg durch die Tür war von seinen Gästen versperrt, der rettende Sprung durch das offene Fenster zu riskant, die Wohnung lag immerhin im ersten Stock.

»Ich kann nicht reden«, sagte er.

»Er lügt«, behauptete seine Mutter dreist.

»Er redet wie ein Buch, wenn er will«, stimmte Monika, die Verräterin, zu.

Die Runde blickte erwartungsvoll auf ihn. Luisa nickte aufmunternd, und Eva hielt ihm die Daumen.

Plötzlich kam Schwarz der Gedanke, dass so ein runder Geburtstag neben allen Unannehmlichkeiten doch auch für etwas gut sein musste. Vielleicht sollte er die Gelegenheit nutzen und ein paar Dinge in seinem Leben ändern. Die Scheu, im Mittelpunkt zu stehen, war für einen fünfzigjährigen Mann doch eher peinlich. Was hatte er zu verlieren? Es war völlig egal, ob er eine gute, eine schlechte, eine geistreiche oder langweilige Rede hielt: Seine Freunde würden ihr Bild von ihm nicht mehr groß korrigieren. Er konnte sie höchstens überraschen.

Schwarz holte tief Luft. »Liebe Mama, liebe Luisa, liebe Monika, liebe Freunde und Kollegen. Bis heute war ich davon überzeugt, dass ein Eigenbrötler wie ich niemals Opfer einer Surprise-Party werden kann. Ihr trefft mich deshalb völlig unvorbereitet und zwingt mich, laut über diesen seltsamen

Brauch nachzudenken. So eine gut geplante Überraschung mag ja lieb und nett gemeint sein, aber schwingen dabei nicht auch niedere, sadistische Motive mit? Mal ganz ehrlich: Habt ihr nicht eigentlich darauf gewartet, dass ich ohnmächtig zu Boden sinke oder unter Schock Dinge sage, die ich später bitter bereue? Vielleicht sind Surprise-Partys auch eine Art Belastungstest: Wer sie ohne Zusammenbruch übersteht, erwirbt das Recht auf ein paar weitere Lebensjahre. Meistens verplappert sich ja vorher irgendjemand. Dann muss der Überraschte ein verdammt guter Schauspieler sein, um seine Freunde nicht zu enttäuschen. Er muss immer wieder kopfschüttelnd sagen: ›Mein Gott, ich glaube es nicht, das hätte ich nie erwartet.‹ Leider hat es unter euch keinen Verräter gegeben, dafür ist der Einsatz meines Tierabwehrsprays der eindeutige Beweis.«

Alle lachten.

Es läuft ganz gut, dachte Schwarz nicht ohne Stolz, ich kann ja doch reden. Das allerdings war der Moment, in dem er seine rhetorische Unschuld verlor. Sein Denken geriet ins Stocken und die Worte verließen ihn. Er ahnte, dass seine Zuhörer noch einen kleinen Ausblick in die Zukunft wünschten, hatte aber nicht die geringste Idee, was er sagen und wie er es formulieren sollte.

Was erwartete er überhaupt von der nächsten Zukunft? Auf jeden Fall, dass Monika Justus in die Wüste schickte und er in ihr gemeinsames Haus nach Untermenzing zurückkehren konnte. Außerdem, dass seine Mutter endlich das Vertrauen fand, mit ihm über ihre traumatischen Erlebnisse in der Nazizeit zu sprechen. Beide Wünsche waren viel zu intim, um sie auf einer Surprise-Party auszuposaunen.

»Für die Zukunft wünsche ich mir ...«, stammelte er.

»Jede Menge dunkles Bier«, reimte Buchrieser und rettete ihn.

»Genau«, sagte Schwarz schnell, »aber vorher möchte ich

mich noch bei euch bedanken – vor allem für eure Geduld. Ich hoffe, ihr haltet es noch ein paar Jahre mit mir aus.«

Buchrieser schenkte ihm ein Glas ›König Ludwig Dunkel‹ ein, aber bevor Schwarz auch nur davon nippen konnte, musste er einen langen Applaus, unzählige Umarmungen und gute Wünsche über sich ergehen lassen. Beim ersten Schluck dann dachte er, dass es gar nicht so übel war, gefeiert zu werden.

Seine Mutter hatte ihren Polstersessel neben Eva Hahns Rollstuhl rücken lassen und unterhielt sich angeregt mit ihr.

13.

Die Fahrt verlief ohne Störungen. Ein S-Bahnhof tauchte vor Klaus Engler auf. Er wusste, dass es in der Nähe eine große Diskothek gab. Überall saßen Gruppen von Jugendlichen, die noch rasch große Mengen Red Bull mit Wodka in sich hineinschütteten, um sich später keine teuren Cocktails kaufen zu müssen. Am Ende des Bahnsteigs stand eine schwankende Gestalt und pinkelte aufs Gleis. Der Lokführer gab das Warnsignal und hielt den Atem an.

Der Junge machte vor Schreck einen Satz nach hinten.

Jetzt hat der Arme eine nasse Hose, dachte Engler und drückte schmunzelnd den Sifa-Taster. Er erinnerte sich noch gut an den Ausbilder, der ihnen diese Sicherheitsfahrschaltung damals erklärt hatte. »Der Totmannknopf, Leute, ist euer bester Freund. Er sorgt dafür, dass ihr nicht einpennt oder zwangsgebremst werdet, wenn euch im Führerstand der Schlag treffen sollte.«

Engler stutzte. Wie war das eigentlich bei seinem Unfall gewesen? Wann hatte er den Taster da zum letzten Mal gedrückt? Er konnte sich nicht entsinnen.

Wieder flog ein Bahnhof vorbei. Engler hatte die Münchner Stadtgrenze erreicht. Plötzlich ging sein Atem schneller und seine Hände wurden feucht. Die alte, fixe Idee war zurückgekehrt, der verbotene Gedanke daran, wie winzig sein Handlungsspielraum war. Ein Auto oder ein Flugzeug konnte einem Hindernis ausweichen, ein Zug nie. Er entgleiste höchstens und die Folgen waren entsetzlich.

Das Gefühl, dass nicht er den Zug fuhr, sondern der Zug ihn, wurde übermächtig. Er hatte doch kaum einen Einfluss darauf, ob die Lok ihn ans Ziel brachte oder mit ihm unaufhaltsam in die Katastrophe raste.

Was war, wenn irgendwo auf der Strecke ein Stück Schiene fehlte? Vielleicht waren Gleisarbeiter in die Mittagspause gegangen und hatten bei ihrer Rückkehr versehentlich an einer anderen Stelle weitergemacht.

Engler wischte sich mit einer fahrigen Bewegung über die Stirn, als könne er die bösen Gedanken so vertreiben. Ich hätte mir doch mehr Zeit geben sollen, dachte er.

Zwischen den Weichen blühten wilde Rosensträucher. Hier, mitten in der Stadt, sah er oft Hasen, Füchse und sogar Dachse. Das Vorsignal kündigte eine Langsamfahrstelle an. Sie war neu. Die Geschwindigkeitstafel zwang ihn, den Zug auf sechzig Stundenkilometer herunterzubremsen.

Das verstand die Bahn unter Wirtschaftlichkeit. Statt aufwändiger Sanierungen stellte man lieber billige Schilder auf. Damit wegen der vielen, nur noch langsam befahrbaren Streckenabschnitte keine Fahrten gestrichen werden mussten, verkürzte man eben die Vorbereitungs- und Wartungszeiten. Sein Vater war über diese Entwicklungen so erbost, dass er den Bahnvorstand samt Aufsichtsrat am liebsten zur Viehwagenreinigung geschickt hätte, wo er sich selbst damals mit kaum fünfzehn Jahren seine ersten Sporen verdient hatte.

Der Zug nahm wieder an Fahrt auf. Vom Bahnhof München-Laim hätte Klaus Engler bequem zu Fuß nach Hause gehen können, bis zur Siedlung waren es keine zwei Kilometer. Er dachte wieder an Anna. Wie viele Nächte hatte sie allein im Ehebett gelegen, während er hier vorbeifuhr. Obwohl, es hatte auch eine Zeit gegeben, da war sie nicht allein gewesen, wie sie ihm irgendwann gestanden hatte. Aber auch damals hatten sie sich wieder zusammengerauft. Ich liebe dich, Anna, flüsterte Klaus Engler.

Es war immer noch heiß, viel zu heiß für die Uhrzeit. Auf der linken Seite tauchte eine große, hell erleuchtete Nachtbaustelle auf. Engler fuhr, wie vorgeschrieben, exakt achtzig Stundenkilometer schnell. Es war nicht mehr weit bis zur Abzweigung nach Süden.

Der Mann kam aus dem Dunkeln. Er trat mit erhobenen Armen von rechts aufs Gleis. Klaus Engler hatte noch die Geistesgegenwart, die Schnellbremsung einzuleiten, und gab ununterbrochen Warnsignale. Die Lichter auf den Armaturen vor ihm spielten verrückt.

Dann verlangsamte sich die Zeit. Der Mann war jetzt ganz nah und sah ihn an. Sein Gesicht war jung und weich, sein Blick flehend. Niemand kann aus seinem Gleis, schoss es Engler durch den Kopf. Dann verschwand der Selbstmörder nach unten aus seinem Gesichtsfeld. Engler wollte noch die Hände vor die Ohren halten, aber da hörte er schon das Bersten des Körpers und die wie dürres Holz splitternden Knochen.

Als acht Minuten später ein Sanitäter in den Führerraum der 140er trat, saß Engler mit geschlossenen Augen auf seinem Stuhl und drückte die Zeigefinger in die Ohren. Er summte leise vor sich hin – keine Melodie, nur immer denselben Ton, als könne er damit dieses entsetzliche Geräusch überdecken.

»Keine sichtbaren Verletzungen«, rief der Sanitäter und verschwand wieder.

Mitarbeiter der Bundespolizei trafen ein, die Unfallstelle wurde großräumig abgesperrt, die Lokomotive vom Strom genommen und eine Umleitung organisiert.

Inzwischen redete Peter Hamberger, Mitglied des Kriseninterventionsteams, beruhigend auf Klaus Engler ein. »Ich kenne durch meine Arbeit einige Kollegen von Ihnen, die das erlebt haben. Sie haben mir gesagt, am schlimmsten ist das Gefühl der Ohnmacht.«

Engler reagierte nicht.

»Sie fühlen sich missbraucht – als Waffe, als Handlanger zum Selbstmord.« Hamberger war sich nicht sicher, ob der Lokführer ihn überhaupt hörte.

Vor der Lokomotive standen jetzt zwei Beamte der Kriminalpolizei. Der ältere war Buchrieser, der Mühe hatte, sich nicht anmerken zu lassen, dass er direkt von einem feuchtfröhlichen Geburtstagsfest zum Einsatz gerufen worden war. Bahnsuizide waren für einen alten Hasen wie ihn reine Formsache. Der Täter war tot, man konnte ihn nicht mehr zur Rechenschaft ziehen.

»Schätz mal, wie viele sich jedes Jahr so umbringen?«, sagte Buchrieser zu seinem jungen Kollegen. »Weit über tausend. Was glaubst du, was das die Bahn kostet – allein durch die Verspätungen.« Er winkte den Mann, der sich um den Lokführer kümmerte, ans Fenster. »Können wir ihn noch befragen?«

»Nein, auf keinen Fall.«

»Morgen ist auch noch ein Tag. Gute Nacht.« Er salutierte bestens gelaunt und zog sich mit seinem Assistenten zurück.

Hamberger schlüpfte aus seiner orangefarbenen Sicherheitsweste, sein T-Shirt klebte am Körper. Er strich nachdenklich über seinen Schnauzer. »Ich werde Sie in unser Büro bringen,

Herr Engler. Kommen Sie, bitte.« Er legte dem Lokführer die Hand auf die Schulter, aber der rührte sich nicht. »Herr Engler, hören Sie mich?«

Wieder kam keine Antwort. Engler summte noch immer vor sich hin.

»Dann informiere ich jetzt Ihre Angehörigen. Man hat mir die Nummern Ihrer Frau und Ihres Sohns gegeben. Ich versuche es erst bei Ihrer Frau, ist das recht?«

Er zog einen Zettel aus der Tasche und tippte die Nummer in sein Handy. Es dauerte eine Weile, bis abgehoben wurde.

»Frau Engler, hier ist Hamberger vom Kriseninterventionsteam. Neben mir sitzt Ihr Mann. Er hat leider gerade einen Selbstmord erleben müssen.«

14.

Die beiden letzten Gäste der Überraschungsparty waren vor einer Viertelstunde gegangen. Luisa hatte ihrer Großmutter noch beim Spülen geholfen und Schwarz mit Jo die Möbel zurück an ihren Platz gerückt.

Jetzt waren Mutter und Sohn allein und packten die Geburtstagsgeschenke aus.

»Die wissen doch, dass ich keinen Sekt trinke«, sagte Schwarz und stellte die Magnumflasche zur Seite, die seine ehemaligen Kollegen von der Polizei mitgebracht hatten.

»Stammt wahrscheinlich von einem Bestechungsversuch«, sagte seine Mutter und zog die Flasche unauffällig in ihre Richtung.

Im nächsten Päckchen befand sich ein Büchlein mit einem fetten, gekrönten Elefanten auf dem Cover: ›Ganz bei mir und ganz bei dir – Wege zum neuen Glück.‹ Schwarz blätterte ein wenig. Ein esoterischer Ratgeber zur Partnersuche.

»Altpapier«, sagte seine Mutter.

»Geht nicht, ist von Luisa.«

Es folgten die obligatorischen CDs. Heiner hatte ihm Hardrock von Whitesnake geschenkt, Jo einen Sampler aus der Café-del-mar-Reihe, Rebecca und Karl Loewi Barbra Streisands ›Live in concert 2006‹.

»Nette Leute«, sagte seine Mutter, »ein bisschen sehr jüdisch vielleicht.«

Schwarz musterte sie streng. »Vorsicht, du bist hier nicht bei deiner Gmoi.«

Seine Mutter grinste schlitzohrig und reichte ihm das Briefchen, das Eva an den Kerzenleuchter gehängt hatte.

Schwarz öffnete es und las laut vor. »Lieber Anton, ich weiß, eine Menora ist kein sehr originelles Geschenk, aber ein anständiger Jude muss einfach eine besitzen.«

»Siehst du hier anständige Juden?«, fragte seine Mutter.

»Über was habt ihr eigentlich die ganze Zeit gesprochen, du und Eva?«

»Über dies und das. Sie ist ein reizendes Mädchen und erinnert mich so an meine Cousine Marga.«

»Marga? Du hast mir nie von ihr erzählt.«

»Weil sie tot ist. Tonele, lass uns über was anderes reden. Schau, da ist noch ein Päckchen von Monika.«

Schwarz spürte, wie sein Magen sich verkrampfte. Warum wich seine Mutter stur jedem Gespräch über die Vergangenheit aus?

»Hoffentlich hast du Eva keines von deinen Lügenmärchen aufgetischt.«

Sie schüttelte den Kopf. »Wenn du es genau wissen willst, habe ich ihr von meinem letzten Purimfest in Karlsbad erzählt.«

»Warum ihr und nicht mir?«

Sie seufzte tief. »Es ist leichter bei jemandem, der einen nicht kennt. Viel leichter.«

»Aber es ist mein Recht, zu erfahren, wo ich herkomme.«

»Ich weiß.«

»Warum erzählst du nicht mal was von deiner Mutter?«

»Meiner Mutter?« Sie starrte ihn erschrocken an.

»Ja, was für ein Mensch war sie?«

Schwarz sah, dass ihr Tränen in die Augen traten. Ihre Hilflosigkeit rührte ihn. Er nahm sie in den Arm. »Schon gut. Tut mir leid.«

Sie zwang sich zu lächeln. »Dann weihe ich jetzt deine Menora ein. Der Schabbes hat zwar schon vor ein paar Stunden begonnen, aber so gesetzestreu sind wir nicht.«

Schwarz brachte ihr Streichhölzer und sah zu, wie sie die sieben Kerzen anzündete.

»Musst du nicht irgendwas beten?«

Sie zuckte verlegen die Achseln.

»Du hast es vergessen?«

»Wir waren nie ein richtiges jüdisches Haus. Meine Mutter hat nur gebetet, wenn mein katholischer Vater länger auf Geschäftsreise war. Außerdem will ich keinen Fehler machen. Das bringt sicher Unglück.«

»Verstehe: Du bist zwar nicht religiös, dafür aber abergläubisch.«

»An irgendwas muss ich mich ja festhalten.« Sie schob ihren Sessel vor die Menora und sah andächtig dem Flackern der Kerzen zu.

Schwarz war jetzt doch neugierig, was er von Monika bekommen hatte. Es war eine CD, ›Echoes‹ von Pink Floyd, zur Erinnerung an ihr erstes gemeinsames Konzert. Schwarz fragte sich, ob Monika vergessen hatte, dass sie auch damals mit einem anderen zusammen gewesen war. Sie hatten sich immer nur heimlich treffen können und es hatte Monate gedauert, bis sie sich endlich ganz für ihn entschied.

Den Zettel, der innen an der Verpackung klebte, hätte er beinahe übersehen: Besuch mich doch morgen. Justus ist auf Fortbildung.

In dieser Nacht wurde Anton Schwarz wieder von seinem Alptraum gequält. Er stand hilflos vor der im Schotter liegenden Hand und schaffte es weder, sich nach ihr zu bücken, noch sich vor dem heranrasenden Zug in Sicherheit zu bringen. Er schrie verzweifelt.

»Anton, was hast du denn?«

Schwarz versuchte, zu begreifen, wo er war und wer mit ihm sprach. »Monika?«

Neben ihm stand seine Mutter und reichte ihm ein Glas Wasser. »Du wirfst dich schon die ganze Zeit im Bett herum und redest im Schlaf. Was ist denn los?«

Er trank hastig. »Ich weiß nicht.«

Aber das stimmte nicht. Er wusste genau, was los war. Er hatte die Stunde, die er zum Einschlafen brauchte, dazu genutzt, Bilanz zu ziehen. Er war fünfzig. Er hatte einen interessanten Beruf, von dem er einigermaßen gut lebte. Er hatte Freunde, auf die Verlass war. Für die Geschichte mit seiner Mutter würde er noch viel Geduld brauchen, aber etwas war in Bewegung gekommen.

Es gab nur ein ungelöstes Problem in seinem Leben – wenn er sich nicht vor sich selbst lächerlich machen wollte, musste er dafür endlich eine Lösung finden.

15.

Schwarz hatte noch immer den Schlüssel zu seinem Haus in Untermenzing, das seiner Ansicht nach eines der schönsten Reihenmittelhäuschen der Stadt war. Die Spalierrosen waren in diesem Jahr so gewachsen, dass sie die verblichenen, blauen Fensterläden zum größten Teil überdeckten und schon morgens einen unvergleichlichen Duft ausströmten. Schwarz erinnerte sich noch gut an seine Panik, als sie den Kreditvertrag unterschrieben hatten, aber auch an das Glücksgefühl, als sie sich zum ersten Mal im Schlafzimmer unter dem Dach geliebt hatten.

Es war kurz nach zehn. Wie er Monika kannte, schlief sie noch. Sie war gestern fast bis zum Ende der Party geblieben, außerdem war ihre Arbeit als Direktorin eines Pasinger Gymnasiums aufreibend, sodass sie am Wochenende dringend Kraft tanken musste. Vielleicht war auch Justus noch da und brach erst später zu seiner Fortbildung auf. Aber das war Schwarz egal. Er stieg die Treppe zum Schlafzimmer hoch und klopfte an die Tür.

»Ja?«

»Ich bin's.«

»Anton, komm rein.«

Sie lag im Bett und blinzelte ihm entgegen. »Du hast es aber eilig.« Sie streckte lächelnd die Arme nach ihm aus.

Schwarz blieb auf der Schwelle stehen.

»Keine Angst, Justus ist weg.«

Schwarz schüttelte stumm den Kopf.

»Stimmt was nicht?«

Ihr Nachthemd war über eine Schulter gerutscht und er konnte ihre Brust sehen. Er sehnte sich danach, sie zu berühren und zu küssen. Er hatte es immer geliebt, wenn Monika noch verschlafen und bettwarm war.

»Jetzt komm halt, Anton.« Ihre Stimme war sanft und verführerisch.

»Nein.«

Monika richtete sich auf und sah ihn fragend an.

»Ich kann das nicht mehr.«

Sie stöhnte auf. »Anton, auf Psychospielchen habe ich echt keine Lust.«

»Hör zu, Monika. Ich bin weder dein Dackel, noch dein Geliebter, ich bin dein Mann.«

»Wie langweilig.«

»Wenn du das nicht akzeptieren kannst, lass dich endlich scheiden.«

»Was? Aber uns geht's doch gut.«

»Uns geht's gut? Wenn du bei meinem 50. Geburtstag mit diesem Affen auftauchst? Abgesehen davon finde ich es unwürdig, mich wie ein Dieb in mein eigenes Haus schleichen zu müssen, wenn meine Frau mich gnädig empfängt.«

»Wir haben mehr Sex als während unserer Ehe.«

»Es geht doch nicht nur um Sex.«

Sie schaute ihn fassungslos an. »Anton, bitte sag, dass das nicht wahr ist.«

»Es ist mein voller Ernst.«

Er drehte sich um und ging. Als er langsam die Stufen hinunter stieg, hätte sie ihn vielleicht noch aufhalten können. Es wäre nicht ganz einfach geworden, aber am Ende hätte sie ihn dazu gebracht, ihr noch eine letzte Chance zu geben. Die nicht verhandelbare Bedingung wäre allerdings Justus' sofortiger Auszug gewesen.

Aber Monika war viel zu stolz, um ihm hinterherzurufen und sich für irgendetwas zu entschuldigen.

Plötzlich wusste Schwarz, dass er das Richtige tat. Er zog die Haustür hinter sich zu und warf seinen Schlüssel in den Briefkasten. Dann ging er, ohne sich noch einmal umzublicken, auf dem kleinen Trampelpfad zwischen den Weißdornbüschen zur Würm hinunter. Er zog seine Schuhe aus, setzte sich auf einen der Felsquader am Ufer und ließ die Füße ins Wasser hängen.

Am Himmel zogen erste Wolken auf. Die angekündigte Regenfront würde nicht mehr lange auf sich warten lassen und die seit Tagen erhoffte Abkühlung bringen.

Sein Handy klingelte.

»Monika?«

»Ich bin's, Thomas Engler. Können Sie bitte sofort kommen?«

»Um was geht es denn?

»Um meinen Vater ... Bitte, es ist dringend.«

»Ich bin in einer halben Stunde bei Ihnen.«

»Danke, Herr Schwarz.«

16.

Vierzig Minuten später betrat Schwarz den Lokomotivführerbau. Obwohl er nicht mit dem Fahrrad, sondern mit seinem kleinen Alfa gekommen war, wollte er, um Kraft zu sparen, auf keinen Fall wieder die Treppe nehmen. Doch der Aufzug war außer Betrieb. Das Sicherheitsglas der Türen war offenbar unter heftigen Schlägen zersprungen, unzählige kleine Splitter hingen zwischen den verbogenen Drahtfäden. Schwarz schaute ins Innere der Kabine. Am Boden und an den Wänden klebte Blut.

Die junge Hausmeisterin tauchte auf.

»Was ist denn da passiert?«, fragte Schwarz.

»Der Sohn vom Herrn Engler ...«, sagte sie und brach in Schluchzen aus.

Schwarz stieg eilig die Treppe hoch. Im zweiten Stock kam ihm Buchrieser mit einem jüngeren Kollegen entgegen, den er nicht kannte.

»Anton, was willst du denn hier?«

»Was ist mit Engler los?«

»Dem ist einer vor die Lok gerannt.«

Einen Moment lang hatte Schwarz das Gefühl, dass der Boden unter seinen Füßen wankte. »Das ist nicht wahr.«

»Doch, und noch dazu an derselben Stelle.«

Schwarz sah ihn fassungslos an.

»Nachahmungseffekt«, bemerkte der junge Kollege altklug.

»Wir sind hier jedenfalls fertig«, sagte Buchrieser unbeeindruckt und setzte seinen Weg nach unten fort. »Ah, Toni!« Er drehte sich noch einmal um. »Deine Party war Spitze. Aber dass du ein Jude bist, hättest du uns mal sagen können. Da haben wir ja echt Massel gehabt, dass uns beim Stammtisch nie was Falsches rausgerutscht ist.«

»Arschloch«, murmelte Schwarz für sich.

Bei den Englers herrschte der Ausnahmezustand. In der Küche versuchte Rudi Engler, eine weinende Frau zu beruhigen. Im Wohnzimmer redete Thomas erregt auf einen Arzt ein, im Flur verhandelte ein Sanitäter lautstark am Handy mit der Einsatzzentrale. Schwarz schob sich an ihm vorbei.

»Kommen Sie, kommen Sie«, rief Rudi Engler.

Schwarz nickte der Frau zu, die sich mit einem Taschentuch die rot geweinten Augen wischte.

»Das ist meine Schwiegertochter Anna.«

»Anton Schwarz. Es tut mir sehr leid, was Ihrem Mann passiert ist.«

Sie sah ihn an, als hätte sie ihn nicht verstanden und nestelte nervös an ihrem schwarzen, von grauen Fäden durchzogenen Haar. Aus ihren Augen quollen schon wieder Tränen.

»Setzen Sie sich«, sagte Engler. »Wollen Sie was trinken?«
Schwarz schüttelte den Kopf.

»Haben Sie den Aufzug gesehen?«

Er nickte.

»Das ist letzte Nacht passiert. Ich habe einen Anruf bekommen vom ... KIT, kann das sein?«

»Ja, das Kriseninterventionsteam.«

»Man hat mich um Hilfe gebeten, weil mein Sohn nach dem Unfall nicht mehr aus seiner Lok raus wollte. Es war ganz einfach. ›Wir gehen jetzt heim, Klaus‹, habe ich gesagt. Da ist er aufgestanden und mir gefolgt. Wir haben ein Taxi genommen. Die ganze Fahrt über hat er kein Wort geredet und ich habe mir gedacht, ich lasse ihn besser in Ruhe.«

»Beim ersten Mal konnte er auch nicht mehr sprechen«, sagte Anna Engler.

»Unten habe ich ihm die Haustür aufgehalten und er ist zum Lift gegangen wie ein Roboter. Ich habe den Knopf gedrückt, aber in dem Moment, da der Aufzug losfährt, fängt er zu randalieren an und will wieder raus. Wir sind gleich oben, Klaus, habe ich gesagt, aber er schreit immer verzweifelter: raus, raus! Und plötzlich rammt er den Kopf gegen die Tür, zwei, drei Mal mit voller Wucht.«

Seine Schwiegertochter verbarg ihr Gesicht in den Händen und schluchzte.

»Danach ist er zu Boden gesunken und liegen geblieben. Er war nicht richtig bewusstlos, aber wie erstarrt. Ich habe zehn Minuten lang versucht, ihn aus dem Aufzug rauszuziehen, dann habe ich Thomas zu Hilfe gerufen – und Anna.« Er legte die Hand auf den Arm seiner Schwiegertochter.

Thomas Engler trat in die Küche. »Keine Chance«, sagte er. »Der Arzt sagt, er muss in die Klinik. Hallo, Herr Schwarz.«

»Hast du ihm nicht gesagt, dass er das schon mal durchgemacht hat?«, fragte Anna Engler.

»Doch, natürlich, aber der Arzt hält ihn diesmal für suizidgefährdet und will kein Risiko eingehen.«

Im Flur wurde Klaus Engler vorbeigeführt. Er trug einen Kopfverband und war, offenbar unter dem Einfluss starker Beruhigungsmittel, sehr wackelig auf den Beinen.

»Klaus!«, schrie Anna Engler und stürzte zu ihm. Sie klammerte sich an ihrem Mann fest, aber er schien sie nicht zu bemerken. Sein Blick war völlig leer und ausdruckslos.

»Gehen wir«, sagte der Arzt.

»Ich komme mit!«

»Mutter, das hat doch keinen Sinn«, sagte Thomas Engler und hielt die verzweifelte Frau im Arm, während Klaus Engler aus der Wohnung gebracht wurde.

Rudi Engler zündete seine Pfeife an.

»Tut mir leid, Herr Schwarz«, sagte Thomas Engler. »Ich wollte Sie nicht in diese Situation bringen. Ich dachte eigentlich, dass es ihm schon besser geht.«

»Ich nicht«, sagte der alte Engler. Schwarz bemerkte, dass sein Enkel ihm einen beschwörenden Blick zuwarf.

Doch Rudi Engler war nicht zu bremsen. »Ich glaube nämlich nicht an diese Lehre, dass immer alles gut wird. Aber mein höchstes Ideal ist ja auch nicht die Effizienz.«

»Papa, bitte«, flehte seine Schwiegertochter.

»Ist doch wahr. Thomas hat es ja kaum erwarten können, bis sein Vater endlich wieder auf dem Bock steht.«

»Das wollte er doch selbst«, sagte Thomas, »um jeden Preis.«

»Weil du es ihm eingeredet hast. Und warum? Damit alle sehen, was für ein toller Hecht du bist. Die nächste Reportage war doch schon geschrieben: ›Wie Thomas Engler seinem traumatisierten Vater ins Leben zurück half.‹ Eine ganze Seite mit Foto. So einem edlen Menschen vertrauen die Leute dann auch, wenn es im Arbeitskampf gegen die Lokführer geht oder wenn er ihnen die hirnrissigen Privatisierungspläne der Bahn verkaufen soll.«

»Was hat denn das miteinander zu tun? Für wie zynisch hältst du mich eigentlich?«

Der Alte schwieg bedeutungsvoll.

»Wir sind alle ziemlich durcheinander«, sagte Thomas Engler entschuldigend zu Schwarz.

»Ich glaube, Thomas hat das wirklich nur für Klaus getan«, sagte Anna Engler.

Der Alte sog an seiner Pfeife. »Seit wann tut er denn was für andere?«

Schwarz beobachtete, wie Thomas Engler die Lippen aufeinander presste und um Beherrschung rang. Er erhob sich. »Ich glaube, ich lasse Sie jetzt besser allein.«

»Ja … vielen Dank, Herr Schwarz, und entschuldigen Sie noch mal. Ich melde mich bei Ihnen.«

»Ich wünsche Ihnen allen viel Kraft. Auf Wiedersehen.«

Rudi Engler hantierte mit dem Pfeifenstopfer und sah nur kurz auf. Aber Schwarz hatte das Gefühl, dass er ihm gern noch etwas gesagt hätte.

17.

»Ich möchte dich zum Mittagessen in den Hirschgarten einladen. Hast du Lust?«

Hildegard Schwarz sah ihren Sohn erstaunt an.

»Ich finde, wir machen zu wenig miteinander.«

»Du führst doch etwas im Schilde.«

»Nein, Mama. Komm, wer weiß, wie lange das Wetter noch hält.«

Tatsächlich hingen schwere, dunkle Wolken über dem Biergarten, als Anton Schwarz seiner Mutter Essen und Getränke von der Selbstbedienungstheke an den Tisch servierte.

»Ich habe vergessen, was für die armen Hirsche mitzunehmen«, sagte sie.

»Sie sind nicht arm, nur fett und träge. Hier, dein Emmentaler und dein Rettich. Willst du die Hälfte von meinem Wurstsalat?«

Sie schüttelte den Kopf. Schwarz merkte erst jetzt, wie hungrig er war, und begann sofort zu essen. Seine Mutter schaute ihm zu und wartete geduldig, bis er zum ersten Mal aufsah.

»Was ist? Schmeckt's dir nicht?«

»Ich kriege nichts runter, solange du die Karten nicht auf den Tisch legst. Was willst du?«

»Nur deine Gesellschaft.«

»Blödsinn. Du möchtest, dass ich wieder ausziehe, und weißt noch nicht, wie du es mir beibringen sollst.«

Er sah sie überrascht an. Sie hatte also begriffen, dass ihre Wohngemeinschaft für ihn nicht die ideale Lebensform war.

»Ich kann es verstehen, dass ein alleinstehender Mann in den besten Jahren von etwas anderem träumt als von einem Leben mit einer alten Schachtel. Vor allem, wenn es sich um die eigene Mutter handelt.«

Ich bin nicht alleinstehend, wollte Schwarz widersprechen, ich habe eine Frau. Doch da fiel ihm ein, dass er ja mit dieser Lebensphase heute endgültig abgeschlossen hatte.

»Ich bin für alle Lösungen offen«, sagte seine Mutter, »ich will nur nicht nach Föhrenwald zurück.«

»Es heißt Waldram.«

»Ich weiß, seit über fünfzig Jahren.«

Schwarz spießte die letzte, von Essig und Öl triefende Wurstscheibe und einen Zwiebelring auf seine Gabel. Während er kaute, sah er, wie aus den Blättern der Kastanie über ihnen eine Ameise auf den Blusenkragen seiner Mutter fiel. Er wischte sie mit seiner Serviette weg.

»Danke. Ich kann mein Häuschen verkaufen, die Nachbarin interessiert sich dafür. Sie hofft, dass ihre Tochter einzieht.«

»Aha.«

»Von dem Geld kaufe ich mir dann eine kleine Wohnung. Hier in München. Du schaust so skeptisch?«

»Nein, ich bin nur überrascht, wie schnell du ...«

»In meinem Alter hat man nicht mehr so viel Zeit. Eine andere Möglichkeit wäre es, Eva zu fragen, ob wir gemeinsam was mieten.«

»Eva? Eva Hahn?«

Sie nickte.

»Ihr habt euch gestern erst kennengelernt.«

»Und heute schon eine Stunde telefoniert. Ihre Eltern sind dauernd auf Reisen, und allein fühlt sie sich nicht wohl in ihrem großen Haus.«

Schwarz freute sich über die spontane Sympathie zwischen seiner Mutter und Eva, doch welcher vernünftige Mensch beschloss nach einer einzigen Begegnung, eine Wohnung zu teilen? Oder war er nur neidisch, weil Eva in drei Stunden mehr über die jüdische Vergangenheit seiner Mutter herausgefunden hatte als er in seinem ganzen Leben?

»Ich finde, du solltest nichts überstürzen, Mama. Mich stört es nicht, wenn du noch eine Weile bei mir wohnst.«

Sie zog misstrauisch eine Augenbraue nach oben.

»Ich bin doch froh, dass wir uns so gut verstehen. Wenn ich sehe, was für Abgründe sich in anderen Familien auftun ...«

Er dachte an die Englers und die heftigen Spannungen, die dort zutage getreten waren.

Seine Mutter schnitt ein Stück Emmentaler ab, salzte und pfefferte es und ließ es auf ihrem Teller liegen. »Ich verstehe überhaupt nichts mehr. Ich war mir sicher, dass du mich lieber heute als morgen loshaben willst.«

Schwarz wischte sich einen Regentropfen von der Stirn. »Nein, da täuschst du dich.«

Warum gab er ihr nicht recht? Er könnte es charmanter formulieren, aber in Wahrheit konnte er den Tag nicht erwarten, an dem er seine Wohnung wieder für sich alleine hatte. Vor allem, nachdem er jetzt wirklich und mit voller Überzeugung Single war.

Nun äußerte seine Mutter zu seiner Verblüffung konkrete Auszugspläne und er ermutigte sie nicht? Er verstand sich selbst nicht mehr.

Hildegard Schwarz blickte nach oben. Schwere Regentropfen trommelten auf das Blätterdach über ihnen. Erstaunlicherweise hielt es dicht und sie saßen weiter im Trockenen.

Es ist wahrscheinlich so, dachte Schwarz, dass mein limbisches System keine zwei Trennungen an einem Tag verträgt – morgens von meiner Frau und mittags von meiner Mutter.

»Ich soll mir also Zeit lassen?«, fragte sie.

»Du sollst nicht, aber du kannst.«

»Ah.«

Sie sah nicht so aus, als hätte sie die Botschaft verstanden, und ihm ging es genauso.

Da kitzelte Schwarz etwas im Nacken. Er fischte eine Ameise unter seinem Hemd hervor, seine Mutter schob eine andere mit dem Messer von ihrem Käse. Das war der Auftakt einer Invasion. Der plötzliche Regen vertrieb die Insekten in Massen von den Kastanienblättern. Bald krabbelten sie überall herum und Hildegard und Anton Schwarz blieb keine andere Wahl als die Flucht.

Als sie am Wagen ankamen, waren sie tropfnass und übersät mit kleinen Quaddeln. »Mein Gott, wie das juckt«, sagte Schwarz, »obwohl da gar keine Ameisen mehr sind.«

»Ich glaube, das ist ein Lebensprinzip«, sagte seine Mutter und sie lachten.

18.

Drei Tage später kam der angekündigte Anruf von Thomas Engler. Er bat zum Gespräch in seine Schwabinger Wohnung. Als Schwarz über die Schwelle des ausgebauten Dachgeschosses trat, stockte ihm der Atem. Die Wohnung war lichtdurchflutet, die großen Galeriefenster mit Tropenhölzern eingefasst, die dezent mit dem überall verlegten Schiffsbodenparkett korrespondierten. Auf der Dachterrasse standen Terracotta-Töpfe mit Oliven- und Orangenbäumchen und edle Gartenmöbel. Eine filigrane Wendeltreppe führte zu einer Art Empore im Dachspitz, auf der Engler seinen Arbeitsplatz hatte. Auch die offene Küche hätte das Cover jeder Architekturzeitschrift schmücken können.

»Wissen Sie, dass ich, seit ich hier wohne, kein einziges Mal Gäste bekochen konnte«, sagte Engler, »obwohl das meine große Leidenschaft ist?«

»Wie kommt's?«

Seine Miene verriet, dass er die Frage naiv fand. »Haben Sie vergessen, was bei uns im letzten Jahr los war?«

»Bei Ihnen?«

»Der Lokführerstreik.«

»Verstehe. Und was hatten Sie damit zu tun?«

Englers Miene wurde offiziell. »Als Pressestelle waren wir vor allem damit beschäftigt, erboste Kunden zu beruhigen und davon abzuhalten, der Bahn den Rücken zu kehren. Wir haben die Bevölkerung mit objektiven Informationen über Ursachen und Ziele des Streiks und natürlich mit unseren

Positionen versorgt. Die andere Seite hat ja mit allen Mitteln versucht, den Tarifkonflikt zur Soap Opera hochzustilisieren, nach dem Motto: arme, ausgebeutete Lokführer gegen böse, geldgierige Bahnvorstände.«

»Zur anderen Seite gehören Ihr Vater und in gewisser Weise auch Ihr Großvater. Rühren die Spannungen zwischen Ihnen daher?«

Schwarz sah am Zucken von Englers Backenmuskeln, dass ihm diese Frage unangenehm war.

»Die Stimmung damals war sehr aufgeheizt, davon blieb auch unsere Familie nicht verschont. Aber am Ende war alles wieder in Ordnung, Sie wissen schon: Pack schlägt sich, Pack verträgt sich.«

Sein Lachen klang künstlich. Er öffnete den Kühlschrank, holte eine Flasche französisches Mineralwasser heraus und schenkte Schwarz ein. »Aber ich wollte mit Ihnen nicht über den Lokführerstreik sprechen.«

»Sondern über Ihren Vater. Wie geht es ihm inzwischen?«

»Etwas besser, aber insgesamt deutlich schlechter als nach dem ersten Mal. Deshalb möchte ich Sie auch um Hilfe bitten.«

Schwarz sah ihn fragend an und nippte an dem Wasser, das anders als die tosenden Gebirgsbäche auf dem Etikett es vermuten ließen, nach eingeschlafenen Füßen schmeckte.

»Kennen Sie einen Hauptkommissar Buchrieser?«, fragte Engler.

Schwarz nickte.

»Was halten Sie von ihm?«

Er hat ein Alkoholproblem und liebt Waffen mehr als Frauen, dachte Schwarz. Aber er sagte: »Er ist ein sehr erfahrener Polizist.«

»Erfahren? Nennt man das so, wenn einer nur noch Dienst nach Vorschrift macht? Dieser Buchrieser hat nicht das geringste Interesse, etwas über den Hintergrund des Suizids herauszufinden.«

»Das ist auch nicht seine Aufgabe, Herr Engler. Er hat nur zu klären, ob Ihren Vater irgendeine Schuld trifft und ob es sich tatsächlich um eine Selbsttötung gehandelt hat.«

»Genau das ist die Frage. Es gibt einen Zeugen, der den Selbstmörder kurz vor der Tat beobachtet hat.«

»Woher wissen Sie das?«

»Hat dieser Kommissar erwähnt.«

Schwarz sah Engler fragend an.

»Der Zeuge hat ausgesagt, dass der Selbstmörder nicht allein war.«

»Das hat Ihnen Buchrieser auch verraten?«

»Ja, allerdings mit der Bemerkung, der Mann sei nur ein Aufschneider.«

›Aufschneider‹ klingt nach Buchrieser, dachte Schwarz. Und wenn er den Zeugen so charakterisiert, stimmt es wahrscheinlich auch.

»Der Mann ist Gleisbauer«, fuhr Engler fort. »Ich kann Ihnen seinen Namen und seine Adresse geben.«

»Mir?«

»Ich dachte, Sie hätten verstanden, dass ich Sie engagieren möchte?« Er hielt Schwarz die Hand hin.

»Moment, so schnell bin ich nicht. Was wäre der Auftrag?«

»Dass Sie diesem Zeugen auf den Zahn fühlen. Vielleicht hat der Kommissar ja recht, aber falls nicht ...« Er dämpfte die Stimme. »Es wäre die Rettung.«

»Ich verstehe nicht, Herr Engler.«

»Nein? Überlegen Sie doch mal, was das für meinen Vater bedeuten würde, wenn der Mann, den er überfahren hat, gar nicht sterben wollte.«

Schwarz schaute skeptisch. »Sie meinen, der zweite Mann könnte ihn genötigt haben?«

»Oder sogar vor die Lok gestoßen. Das wäre doch möglich.«
Schwarz nahm noch einen Schluck Wasser.

»Herr Schwarz, für einen Lokführer, der einen Suizid erlebt, ist es das Schlimmste, dass er dafür niemanden zur Rechenschaft ziehen oder hassen kann. Weil der Selbstmörder genauso bedauernswert ist wie er selbst.«

Schwarz begriff. »Das wäre im Fall eines Mordes anders.«

»Ja, klar«, rief Engler erregt. »Sie müssen mir diesen zweiten Mann liefern.«

»Ich liefere niemanden«, sagte Schwarz. »Mein Job ist es, die Wahrheit herauszufinden. Und damit gehen meine Auftraggeber dann meistens zur Polizei.«

»Ist doch selbstverständlich«, sagte Engler schnell. Verdächtig schnell. Aber das registrierte Schwarz in diesem Moment nicht.

Anton Schwarz trat auf die Terrasse und blickte zu den schlanken Türmen der Ludwigskirche, die über die Dächer hinausragten. Er brauchte einen Moment Zeit für seine Entscheidung. Englers Mordthese klang ihm sehr nach Verschwörungstheorie, andererseits, es gab nichts, was es nicht gibt. Diese Erfahrung hatte er bei der Kripo und später als Privatermittler immer wieder gemacht.

Aber hätte Buchrieser eine Spur in diese Richtung übersehen? Sein alter Kollege mit dem berühmten kriminalistischen Instinkt? Sicher, er wartete seit geraumer Zeit nur noch auf die Pensionierung und hatte seine alte Leidenschaft für die Ermittlungsarbeit längst verloren. Aber es war nicht Buchrieser, der Schwarz zögern ließ. Ihn verunsicherte etwas anderes: es wäre innerhalb kurzer Zeit der zweite Auftrag eines Mitglieds der Familie Engler. Nachdem Klaus Engler zunächst unbedingt die Identität seiner Beschatter geklärt haben wollte, hatte er dann den Auftrag Hals über Kopf zurückgezogen. Nun sollte Schwarz erneut die Identität eines Unbekannten klären. Das ließe sich notfalls unter Zufall verbuchen. Was ihn verstörte, war die seltsame Parallele zum Selbstmord von Tim Burger. Der Gedanke, dass ein Mensch sein Leben exakt an der Stelle vor der Lok desselben Lokführers ausgelöscht hatte, erschien ihm aberwitzig.

»Ich mache Ihnen einen Vorschlag, Herr Engler«, sagte Schwarz. »Ich rede erst mit dem Zeugen und entscheide hinterher, ob ich den Auftrag annehme. So spare ich *mir* möglicherweise Zeit und Ihnen Geld.«

»Einverstanden. Darf ich Sie nach Ihrem Tagessatz fragen?«

»Zweihundertfünfzig«, sagte Schwarz.

Engler schluckte und setzte dann ein lässiges Grinsen auf. »Da bekommt ja der Bahnvorstand weniger. Trotzdem.« Er hielt ihm wieder die Hand hin.

Diesmal schlug Schwarz ein.

19.

Es war nur eine kleine Meldung: »Störung bei der Bahn. Am späten Freitagabend kam es im Raum München zu erheblichen Behinderungen des Güter- und Fernverkehrs. Ursache war offenbar ein Personenschaden.«

Novalis, der regelmäßig alles rund um das Thema Suizid googelte, starrte auf die Online-Ausgabe eines Anzeigenblattes. Ihm wurde flau im Magen. Er tippte hastig die Adresse der ›Süddeutschen‹ ein, aber sie berichtete genauso wenig über den Vorfall wie die anderen Münchner Blätter. Novalis wusste, dass die Presse sich dazu verpflichtet hatte, möglichst wenig über Bahnsuizide zu schreiben, um keine Nachahmer auf den Plan zu rufen. Darüber war auch bei www.muenchner-freitod.de heiß diskutiert worden.

Er öffnete sein Archiv und fing zu suchen an. Eine sinnlose Aktion, er wusste genau, dass Amok und Cobain nicht wieder aufgetaucht waren.

Amok: Ich habe die Info, dass er bald wieder fährt.
Cobain: Das heißt, du kennst ihn?
Amok: Nicht hier. Gib mir deine Adresse, ich melde mich.
Cobain: matti.sass@aol.com.

Das waren ihre letzten Einträge gewesen.

Novalis sprang auf, lief zum Fenster und zog die Rollos hoch. Er war überrascht, wie hell es draußen war, und hielt schützend die Hand vor die Augen. Der Gehweg unten wurde geteert. Eine kleine Walze glättete die zähe, schwarze Masse. Novalis öffnete das Fenster. Der Geruch erinnerte ihn an seine Kindheit. Seine Großmutter hatte mit ihm oft den Asphaltierungsarbeiten zugesehen. Sie war davon überzeugt, dass seine Lungen durch die Dämpfe gekräftigt würden. Novalis sog gierig den Teergeruch ein.

Er stürzte zurück an den Computer und schrieb eine Mail an Cobain. »Hi, alles in Ordnung bei dir? Ich vermisse deine Beiträge im Forum. CU Novalis.«

Woher kam diese quälende Unruhe? Warum hatte er solche Angst, es könnte Cobain gewesen sein, der sich vor den Zug geworfen hat? Er war immer dafür eingetreten, den Suizid aus einer möglichst neutralen Perspektive zu betrachten, ohne Moral und persönliche Betroffenheit. Selbstmord war für ihn nur ein Phänomen gewesen, das er mit Gleichgesinnten zu ergründen suchte.

Er kannte Cobain alias Matthias Sass ja nicht einmal. Was ging es ihn an, wenn er seinem Leben ein Ende gemacht hatte? Es war dessen freie Entscheidung.

Novalis erinnerte sich an Cobains ersten Auftritt im

Suizid-Forum. »Hallo, ich bin Cobain und mir geht's sehr schlecht. Ich weiß nicht, ob ich weiterleben soll oder nicht. Ich bin leider nicht sehr stark, aber vielleicht könnt ihr mir ja helfen.« Mit seiner Ehrlichkeit und Naivität hatte Cobain sofort die Aufmerksamkeit der User auf sich gezogen. Helper hatte sein übliches Lebensrettungsprogramm gestartet, andere warteten mit guten Tipps gegen die Angst vor dem Tod auf. Cobain hatte auch eindeutige, sexuelle Angebote erhalten, denn keiner zweifelte daran, dass er auch in Wirklichkeit der sensible Theologiestudent im dritten Semester war, als der er sich ausgab.

Ich habe die Telefonnummer, dachte Novalis. Soll ich noch mal anrufen? Was ist, wenn er gar nicht tot ist und abhebt? Er wird denken, ich will was von ihm, obwohl ich doch von niemandem was will.

Aber alles war besser als diese nagende Ungewissheit. Die Nummer war in seinem Handy gespeichert. Er tippte und wartete.

»Sass«, sagte eine Frauenstimme.

»Könnte ich«, stammelte Novalis, »mit Co..., also mit Matthias sprechen?«

»Wer sind Sie?«

»Ein Studienkollege.«

»Matthias ist tot«, sagte die Frau mit tonloser Stimme.

Novalis spürte, wie es ihm den Boden unter den Füßen wegzog, und drückte das Gespräch weg. Tot? Woher hatte Cobain die Kraft genommen, sich umzubringen? Er hatte doch nur mit dem Gedanken gespielt, weil er vom Leben überfordert war. Er war keiner, der ernst machte. Außerdem war er doch religiös, und für einen Katholiken war Selbstmord eine Todsünde.

Aber da war ja noch Amok. Er besaß die Kraft, die Cobain fehlte.

Novalis versuchte, sich zu erinnern, was Amok im Forum geschrieben hatte. Es gab kaum Beiträge, die etwas über seine Persönlichkeit verrieten. Meistens hatte er nur kommentiert und beobachtet wie ein Forscher, der statt einer seltenen Tierart eben potentielle Selbstmörder studierte. Er verachtete Selbstmitleid und Koketterie und machte kein Geheimnis aus seiner rigorosen Haltung zum Suizid: Jeder Mensch könne frei über den Zeitpunkt seines Todes entscheiden. Mit dem Entschluss zum Freitod ende jede soziale Verantwortung.

Amok konnte sehr direkt, manchmal sogar brutal werden. Aber das war nur eine Seite an ihm. Die andere war schwerer zu fassen.

Er war ein Manipulator, dachte Novalis, und hat wie eine Spinne seine kaum sichtbaren Fäden durch das Forum gezogen. Wenn die anderen sich darin verfangen hatten, war er oft schon wieder verschwunden.

War Cobain für immer in Amoks Spinnennetz hängen geblieben?

Erhebliche Behinderungen des Güter- und Fernverkehrs. Amok hatte Cobain Informationen über den Lokführer versprochen. Sie hatten sich getroffen. Und es war sicher nicht bei einer Begegnung geblieben. Obwohl Cobain leicht zu beeinflussen war, brauchte Amok mehr Zeit, um Macht über ihn zu gewinnen. Hatte er ihn am Ende wie der Fürst der Finsternis an den Rand seines Grabes geführt? Hatte er ihn davon überzeugt, dass er keine andere Wahl hatte, als den entscheidenden Schritt zu gehen?

Aber warum? Was hatte Amok davon, wenn ein anderer sich umbrachte?

Er trank die Dose Red Bull in einem Zug aus. Ekelhaft. Eigentlich müsste er die Polizei benachrichtigen. Aber er hatte Angst vor den Konsequenzen. Man würde sein Forum durchleuchten, ihn auf die nächste Polizeiinspektion schleppen und ihm peinliche Fragen stellen. Und am Ende würde man von ihm vielleicht sogar die Schließung von www.muenchner-freitod.de verlangen.

Seine Augen brannten. Er schloss das Fenster, ließ das Rollo herunter und setzte sich wieder vor seine drei Monitore. Ihr Flackern im dunklen Raum war für ihn wie ein wärmendes Feuer. Was hatte er mit der Polizei zu schaffen? Was ging die Welt draußen ihn an?

Er musste schmunzeln. Deepness war wieder online.

20.

Am Unfallort flatterten noch die zerrissenen, rotweißen Absperrbänder. So hatte Anton Schwarz keine Mühe, die Stelle zu finden, wo der Selbstmörder sich vor Klaus Englers Lokomotive geworfen hatte. Der Schotter war blutgetränkt. Er blickte sich um und ging etwa fünfzig Meter die Gleise entlang bis zu einem Markierungsschildchen, das die Spurensicherung vergessen hatte.

Schwarz hob den Blick. Direkt vor ihm lag die Friedenheimer Brücke. Dahinter sah er das Hauptzollamt mit seiner imposanten Kuppel, die alles überragende Rundsäule des Munich City Towers und ein ganzes Stück entfernt die Zwiebeltürme der Frauenkirche. Links von ihm, auf der anderen Seite des breiten Gleisgeländes, war die Baustelle des neuen Bahnhofs am ›Hirschgarten‹ und an ihrem östlichen Rand der Ort, den Neonazis zur Gedenkstätte für Tim Burger erklärt hatten.

Schwarz war klar, dass er nicht viel Zeit hatte. Wahrscheinlich war schon die Bundespolizei informiert, dass sich jemand auf der Bahnanlage herumtrieb. Er stapfte eilig zur Unfallstelle zurück, als er plötzlich zwischen den Schwellen einen hellen, seltsam verformten Gegenstand sah. Sollte die Spurensicherung etwas übersehen haben? Sein Herz begann zu rasen. Er hielt Ausschau, ob sich auch kein Zug näherte, dann lief er los und fand sich mitten in seinem Alptraum wieder: Es war die Hand! Er holte tief Luft, bückte sich ... und griff nach einer vom Wind aufgeblasenen Plastiktüte.

Sein Lachen hatte etwas Befreiendes. Vielleicht konnte er sich jetzt so langsam mal von seinem Alptraum verabschieden.

»Hallo?« Ein Mann in orangefarbener Kleidung näherte sich. »Sie wissen, Sie dürfen hier nicht rumlaufen.«

Schwarz nickte unbeeindruckt.

»Da, sonst kriegen Sie Stress.« Er hielt ihm eine Weste in Warnfarbe hin.

»Kriege ich sowieso. Außerdem trage ich keine Kindergrößen.« Er hängte sich die zu kleine Weste über die Schulter.

»Sie sind doch Herr Schwarz?«

Er nickte. »Und Sie Herr Ebubekir?«

»Edi, einfach Edi.«

»Herr Engler hat mir gesagt, dass Sie ursprünglich aus Albanien stammen und schon lange beim Gleisbau arbeiten?«

»Genau, und ich helfe gern, wenn mich so ein Promi drum bittet.«

»Ein Promi? Engler?«

»Ja, klar. Der ist einer von denen da ganz oben. Sie wissen schon: Börsengang und so.«

»Thomas Engler? Sagen Sie bloß. Jetzt erzählen Sie mal, was Sie beobachtet haben.«

Edi nickte eifrig und rannte zu einer mächtigen Mauer,

die das Gleisgelände von einem höher gelegenen Grundstück an der Landsberger Straße trennte. Er trat halb hinter einen Stützpfeiler, wedelte mit den Armen und rief etwas, das Schwarz wegen eines vorbeifahrenden Güterzugs nicht verstand. Aber er wusste auch so, dass Edi ihm sagen wollte, dass der Selbstmörder und sein Begleiter dort auf den Zug gewartet hatten.

Die weitere Rekonstruktion des Suizids wurde, wie von Schwarz schon befürchtet, durch zwei Bundespolizisten vereitelt, die ihn und Edi ziemlich rüde vertrieben.

»Kein Problem«, sagte Edi, »ich kenne Kneipe.«
»Sind Sie nicht im Dienst?«
»Habe mich für Pause abgemeldet.«

Der ›Biertopf‹ lag nicht weit von Cindys Wohnmobil entfernt auf der anderen Seite der Landsberger Straße zwischen einer Zoohandlung und einem Geschäft für Hörgeräte. Schwarz hatte als Polizist die trostlosesten Stehkneipen der Stadt kennengelernt, diese hier fehlte ihm aber noch in seiner Sammlung. Der schlauchartige, fensterlose Raum mit der abgehängten, nikotinfarbenen Gipsdecke hätte ihn nicht weiter beeindruckt, aber die dicke Schicht aus Fett und Staub, die auf einer weißblauen Marienfigur aus Plastik, einem mit zahlreichen Unterschriften versehenen Damenslip und anderen sympathischen Erinnerungsstücken lag, verursachten ihm leichte Übelkeit. Er wich den klebrigen Bierpfützen auf dem Stragula-Boden aus und erreichte den Tresen.

»Hier stört uns keiner«, sagte Edi.
»Das glaube ich sofort.«
Eine gut siebzigjährige Blondine im weit ausgeschnittenen Top stellte ihnen unaufgefordert zwei Pils hin.
»Wenn schon, hätte ich gern ein Dunkles«, sagte Schwarz.

»Wir sind eine Pilskneipe.«

»Auch recht.«

»Ja, was habe ich gesehen?«

Edi warf sich in Pose, und in dem Moment begriff Schwarz, warum Buchrieser ihm keinen Glauben geschenkt hatte. Der Ex-Kollege war leider nicht frei von Vorbehalten gegenüber, wie er es nannte, orientalischen Geschichtenerzählern, selbst wenn sie aus Sizilien oder Spanien stammten. Das hatte Buchriesers kriminalistischen Spürsinn auch zu dessen besten Zeiten beeinträchtigt.

»Also, ich gehe noch mal die Strecke ab, wo wir gearbeitet haben. Bleibt oft Werkzeug liegen, verstehen Sie?«

»Wann war das ungefähr?«

»Auftrag vom Rottenführer habe ich um elf gekriegt.«

»Rottenführer? Klingt ja schaurig«, sagte Schwarz.

»Heißt aber echt so.«

»Hm.«

»Ich gehe also mit der Lampe bis Ende Bauabschnitt und wie ich mich umdrehe, sehe ich die zwei.«

Schwarz vergaß, dass er an dem Pilsglas Spuren von Lippenstift entdeckt hatte, und nahm einen Schluck.

»Ich habe sofort gecheckt, da ist was faul.«

»Weil die im gesperrten Bereich unterwegs waren?«

»Nicht nur. Die sind ganz schnell gelaufen und haben immer geschaut, ob sie einer sieht.«

»Und Sie nicht bemerkt, Edi?«

Er schüttelte den Kopf. »Ich war ja ganz drüben auf der anderen Seite.«

»Das sind zweihundert Meter, dann können Sie die beiden gar nicht beschreiben?«

Er seufzte tief. »Nicht so gut.«

Schwarz wartete auf eine Fortsetzung des Berichts, doch Edi machte keine Anstalten.

»Und weiter?«

Der Gleisarbeiter zuckte die Achseln. »Der Rottenführer hat gefunkt, wo ich bleibe. Da bin ich zurück.«

»Den Suizid selbst haben Sie gar nicht mitgekriegt?«

»Ich habe Warnsignale und die Bremse gehört, aber gesehen ... nein.« Er machte ein trauriges Gesicht.

Schwarz legte ein paar Münzen für das Bier auf den Tresen, da fiel ihm noch etwas ein. »Als die Männer zu ihrem Versteck hinter dem Pfeiler gelaufen sind, ist Ihnen da etwas aufgefallen?«

Edi schloss theatralisch die Augen, um sich die Situation zu vergegenwärtigen. Als er sie endlich wieder öffnete, schüttelte er den Kopf.

»Schade«, sagte Schwarz und wandte sich zum Gehen.

21.

Die Telefonnummer, die Schwarz von Thomas Engler bekommen hatte, war ununterbrochen besetzt. Als er endlich zu einer Sekretärin durchkam, erfuhr er, dass der Chef gerade in einer Pressekonferenz sei. Schwarz erkundigte sich nach dem Ort.

»Sind Sie akkreditiert?«

»Nein, sonst müsste ich Sie nicht fragen.«

»Dann tut es mir leid.«

Schwarz musste seine ganze Überredungskunst aufbieten, damit sie ihm die *Location* verriet.

Das neue ›Railway Plaza Hotel‹ lag in einem lange Zeit ungenutzten, historischen Gebäude direkt am Bahnhof. Trotz seiner Größe und Schönheit hatte Schwarz es bisher nicht bewusst wahrgenommen, vielleicht weil er nicht zur potentiellen Klientel eines Fünfsterne-Hauses gehörte. Das bemerkte allerdings auch das Empfangspersonal.

»Hallo? Wohin wollen Sie?«, rief ein junger Mann in Operettenuniform streng.

»Zur Pressekonferenz der Bahn.«

»Ach so. Da entlang, der Herr. Im Maffei-Saal.«

Schwarz kam zu spät. Thomas Engler, in modischem beigefarbenem Anzug und hellblauer Krawatte, war bereits mitten in seinen Ausführungen. Er sprach in druckreifen Sätzen über den »Werther-Effekt«. Schwarz war sich sicher, dass das Thema der Pressekonferenz nicht die schädliche Wirkung von Sahnebonbons auf Mitarbeiter oder Kunden der Bahn war. Also spielte Engler auf die Selbstmordwelle an, die Goethes ›Werther‹ seinerzeit unter jungen Lesern ausgelöst hatte.

»Wegen des Nachahmungseffekts haben wir, sehr geehrte Damen und Herren, mit Ihnen seit vielen Jahren ein Stillhalteabkommen. Wissenschaftler bestätigen uns, dass es äußerst wirksam ist. Dank Ihrer kooperativen Haltung wurden viele Selbstmorde auf dem Gleis verhindert – das ist statistisch erwiesen. Ich bitte Sie also, lassen Sie uns an dieser Strategie festhalten. Verzichten Sie weiterhin auf spektakuläre Darstellungen von Bahnsuiziden in Presse und Fernsehen und vor allem auf Hintergrundberichte, die Verständnis für die Motive der Selbstmörder wecken oder Mitleid mit ihnen hervorrufen könnten. Dadurch nämlich würden gefährdete Menschen regelrecht herausgefordert und Sie als Journalisten trügen – ich muss es so hart formulieren – eine Mitschuld an deren Schicksal und an den schweren seelischen Verletzungen unserer betroffenen Lokführer.«

Im Saal entstand Unruhe. Ein älterer Journalist mit kurz geschorenem Haar und Jeanshemd hob die Hand und bekam das Wort erteilt.

»Herr Engler, ich denke, Sie müssen hier nicht mit solchen Geschützen auffahren. Für die Medien ist das eine schwirige Gratwanderung. Unsere Aufgabe ist ja nicht die Suizidprävention im Einzelfall, sondern die Information einer breiten Öffentlichkeit.«

»Richtig. Ganz genau«, riefen einige.

Thomas Engler lächelte. »Dann muss ich Sie aber fragen, welchen Informationswert ein sogenannter Bahnsuizid hat. Es ist ja keine Sensation, dass Menschen sich auf diese Weise das Leben nehmen.«

»Nur leider ist der Öffentlichkeit aufgrund unserer zurückhaltenden Informationspolitik nicht bewusst, dass sich in Deutschland jedes Jahr über tausend Menschen vor einen Zug werfen«, sagte ein jüngerer Reporter mit Baseballkappe.

»Wir haben nichts dagegen, wenn Sie diese Zahlen nennen«, erwiderte Engler, »und über die Lokführer berichten, die laut Statistik alle damit rechnen müssen, in ihrem Berufsleben mindestens einmal die Katastrophe eines Suizids zu erleben.«

Er machte eine kurze Pause. »Ich nehme an, Sie haben die Reportage über meinen Vater gelesen?«

»Da bin ich jetzt gespannt«, sagte der ältere Journalist, »die war doch aus Ihrer Werkstatt?«

Einige Anwesende, die das wohl auch geahnt hatten, schmunzelten, andere schauten ungläubig zu Thomas Engler.

Er machte eine Unschuldsgeste. »Manchmal juckt es mich halt noch in den Fingern. So lange ist es auch noch nicht her, dass ich als Journalist in Ihren Reihen gesessen bin.«

»Und diese Reportage war kein Verstoß gegen das Stillhalteabkommen?«, rief der Journalist mit der Baseballkappe.

»Nein«, sagte Engler mit bebender Stimme, »weil nicht der Selbstmörder im Mittelpunkt stand, sondern der Lokführer, der dazu missbraucht wurde, einen Menschen zu töten – in diesem Fall war es mein Vater.«

Unter den Pressevertretern war es still geworden. Sie alle kannten Thomas Engler nun schon eine Weile in dieser Position und hatten ihn stets als jovial und eher distanziert erlebt. Mit einer solchen persönlichen Einlassung hatte wohl niemand gerechnet.

Er fuhr ruhiger fort. »Ich weiß, Ihr Job ist eine möglichst objektive Berichterstattung. Und natürlich interessieren Sie sich für den Selbstmörder. Trotzdem möchte ich Sie auch bei dem letzten, tragischen Fall wieder zur Zurückhaltung aufrufen.«

Schwarz hatte schon eine ganze Weile zwei junge Frauen beobachtet, die aufgeregt miteinander tuschelten. Jetzt erhob sich eine der beiden. »Claudia Karner, Stadtbote. Wir haben in unserem Blatt eine kurze Meldung über den aktuellen Bahnsuizid gebracht.«

»Keine Sorge, das wird bestimmt keine großen Wellen schlagen«, höhnte der ältere Journalist.

Die junge Kollegin zog einen Mundwinkel nach oben und sprach weiter. »Wir haben heute einen anonymen Anruf erhalten. Dabei wurden uns die Namen des Selbstmörders und des Lokführers genannt, die ja von der Bahn zurückgehalten wurden.«

Schwarz konnte sehen, wie Thomas Englers Gesichtszüge entgleisten und er sich mit der Hand ein paar Mal nervös durchs Haar fuhr, ehe er sich wieder fasste. »Ich hoffe, Sie greifen sonst auf seriösere Quellen zurück als auf anonyme Anrufer?«

»Wir haben selbstverständlich versucht, bei der Polizei eine Bestätigung zu bekommen«, sagte die Journalistin, »aber dort hat man sich auf den Datenschutz berufen.«

»Vielleicht sollten Sie den dann auch respektieren.«

Da sprang die zweite Mitarbeiterin des Werbeblatts auf. »Was reden wir noch drum herum? War der betroffene Lokführer zum zweiten Mal Ihr Vater oder nicht?«

Alle im Saal schauten jetzt gespannt zu Engler, der wie paralysiert auf dem Podium saß.

»Dann«, brach der ältere Journalist endlich das Schweigen, »muss ich Sie aber fragen, Herr Engler, ob Sie wirklich davon überzeugt sind, dass eine Reportage wie die über Ihren Vater keine Nachahmer provoziert?«

Thomas Engler räusperte sich. »Mein Anliegen war es, mit einer Reportage über die Auswirkungen eines Bahnsuizids auf den Lokführer potentielle Selbstmörder abzuschrecken. Nur das und nichts anderes. Über die Hintergründe des aktuellen Falls weiß ich einfach nicht genug.«

Er trank einen Schluck Wasser und korrigierte die Position seines Mikrophons. »Meine Damen und Herren, ich habe diese Pressekonferenz auf Drängen aus Ihren Reihen einberufen. Ich wollte sie dazu nutzen, unser Abkommen zur Prävention der Bahnsuizide noch einmal zu erläutern und mit Ihnen zu erneuern. Wir alle sind doch davon überzeugt, dass in diesem Bereich mit freiwilliger Zurückhaltung eine Menge zu gewinnen ist. Ich danke Ihnen für Ihre Aufmerksamkeit.«

Der Beifall war kurz. Die Journalisten umringten sofort die beiden Kolleginnen. Engler blieb erschöpft auf dem Podium sitzen. Schwarz ging zu ihm. »Dürfte ich Sie sprechen?«

Engler hob den Kopf und erkannte ihn nicht sofort. »Ach, Herr Schwarz, gut, dass Sie da sind. Gehen wir ins Restaurant?«

»Ich komme nach.«

Engler nickte und verließ, von niemandem beachtet, den Saal.

Schwarz trat unauffällig an den Pulk Journalisten heran.

»Was heißt, die Stimme war verfremdet?«, fragte der ältere Reporter die Kolleginnen.

»Na, dass sie unnatürlich klang.«

»Voice over IP vielleicht?«, warf jemand ein.

»Könnte sein.«

»Was ist das?«

»Internet-Telephonie.«

»Und der Anrufer hat nur die beiden Namen genannt?« Alle Köpfe drehten sich in Schwarz' Richtung und gleich wieder zu den beiden Journalistinnen.

Diese sahen sich an, zögerten.

»Wirklich nicht mehr?«, insistierte Schwarz.

Eine der beiden Frauen räusperte sich. Er sagte noch: »Klaus Engler ist eine Drecksau«.

Der ältere Journalist winkte ab. »Vergesst es. Das ist irgendeine persönliche Rachekiste.«

»Das denken wir auch. Als ich ihm vorgeschlagen habe, doch heute zur Pressekonferenz zu kommen und das öffentlich sagen, hat er sofort aufgelegt.«

Schwarz zuckte zusammen und blickte sich nach allen Seiten um. Doch der Mann, der die ganze Zeit unauffällig in der letzten Reihe gesessen war, verließ gerade den Saal. Er zog ein Bein nach.

22.

Thomas Engler saß vor einer unberührten Tasse grünen Tees und starrte durch ein Panoramafenster des Restaurants auf die Stahlkonstruktion der Bahnsteighalle. Als Schwarz ihn ansprach, zuckte er zusammen.

Er zeigte auf den Platz neben sich. »Bitte!«

Schwarz setzte sich. »Das war kein Spaziergang gerade, was?«

Engler sah ihn an. Sein Gesicht war grau.

Der Kellner trat an den Tisch. Schwarz bestellte einen doppelten Espresso und ein Glas Wasser.

»Haben Sie mit diesem Edi gesprochen?«

Er lenkt ab, dachte Schwarz.

»Ist er ein Wichtigtuer?

»Ist er.«

Die Enttäuschung war Thomas Engler anzusehen.

»Aber nicht in unserem Fall.«

»Was heißt das?«

»Edi ist sicher einer, der seine Erlebnisse ausschmückt und vielleicht um die eine oder andere erfundene Wendung bereichert. Auch diesmal hätte er gern eine spannende Geschichte erzählt, aber er hat sich nicht getraut.«

»Aus Respekt vor Ihnen?«

»Eher vor Ihnen, Herr Engler. Er weiß, dass Sie ein wichtiger Mann sind bei der Bahn. Vielleicht hat er auch Angst um seinen Job.«

»Mein Einfluss beim Gleisbau ist eher gering.« Ironie lag ihm nicht.

»Vielleicht weiß er um Ihre guten Kontakte. Aber egal, ich bin mir sicher, dass der Zeuge, gerade weil er so wenig zu berichten hatte, die Wahrheit gesagt hat.«

»Was hat er denn nun gesehen?«

»Eigentlich fast nichts.«

Der Kellner brachte den Espresso. Schwarz probierte und schob ihn zur Seite. Er war zu magenschonend. »Der Selbstmörder ist von einem zweiten Mann begleitet worden.«

»Gut.«

»Gut?«

»Nein ... ich meine, das heißt doch, dass Sie den Auftrag annehmen?«

Schwarz nickte und bemerkte eine ungeheure Erleichterung in Englers Miene. Er sieht mich offenbar als Retter, dachte er. Aber wen soll ich retten? Tatsächlich seinen Vater, wie er behauptet? Oder gleich die ganze Familie Engler, durch die ein tiefer Riss geht? Oder sorgt er sich doch nur um seinen durch die Zeitungsreportage ziemlich angekratzten Ruf?

»Wie werden Sie vorgehen, Herr Schwarz?« Da war er wieder, der schneidende Ton des Machtmenschen. Schwarz schätzte es zwar nicht sonderlich, als Subalterner behandelt zu werden, andererseits beruhigte es ihn, dass Engler wieder zu Kräften kam. Schließlich war er Ermittler und kein Therapeut für zerrüttete Eisenbahnerfamilien oder Manager in der Sinnkrise.

»Ich vermute, dass wir es mit einem Komplott zu tun haben, Herr Engler.«

»Gegen meinen Vater?«

»Genau. Er wurde nach Tim Burgers Tod über Wochen beobachtet und eingeschüchtert. Soviel ich bis jetzt weiß, handelte es sich um drei Männer. Einer von ihnen oder zumindest jemand aus dem Umfeld könnte den Selbstmörder begleitet haben.«

»Warum hat mein Vater davon nie etwas erzählt?«

»Sie wissen besser als ich, wie verunsichert er war. Er hat seinen eigenen Augen nicht mehr getraut. Das war, glaube ich, auch der Grund, weshalb er mich um Hilfe gebeten hat. Wie geht es ihm eigentlich?«

Engler schüttelte seufzend den Kopf, ging aber mit keiner Silbe auf die Frage ein. »Sie meinen also, dass dieser Suizid nicht zufällig meinen Vater getroffen hat?«

»Ich weiß, es klingt verrückt.«

»Es würde immerhin die merkwürdigen Parallelen zum Burger-Suizid erklären.«

Schwarz bemerkte, dass Englers linkes Augenlid nervös zuckte. »Gibt es jemanden, der Grund hätte, sich an Ihrem Vater zu rächen?«

»Ach was, der kommt doch mit allen gut aus. Einen Menschen wie ihn kann man gar nicht hassen.«

Wenn einer hassen will, dachte Schwarz, findet er immer einen Grund. »Ich suche einen Mann Mitte dreißig mit einer Gehbehinderung.«

Engler macht eine bedauernde Geste.

»Es könnte sein, dass Ihr Vater weiß, um wen es sich handelt. Anders kann ich es mir jedenfalls nicht erklären, dass er mich sofort zurückgepfiffen hat, als ich ihm den Verdächtigen beschrieben habe.«

»Ist das wahr?« Englers Verblüffung war ehrlich.

»Meinen Sie, ich kann mit ihm sprechen?«

»Ausgeschlossen. Dazu ist er nicht in der Lage.«

»Tja, warum wollte er bloß nicht, dass ich diesen Mann finde?«, sagte Schwarz nachdenklich und begann, den zum Espresso gereichten Gratiskeks zu zerbröseln.

»Sie müssen ihn finden, Herr Schwarz. Unbedingt. Und diese schreckliche Geschichte aufklären.«

Irritiert bemerkte Schwarz, dass Engler ihm die Hand auf den Arm gelegt hatte. Er befreite sich, indem er einen Schluck Wasser nahm.

»Warum ist Ihnen das so wichtig?« Er sah Engler an.

»Natürlich wegen meines Vaters. Aber ich gebe zu«, wand dieser sich, »dass ich mir einen gewissen Nebeneffekt erwarte.«

»Einen Nebeneffekt?«

»Ja, den Beweis, dass meine Reportage nicht der Auslöser für diesen Wahnsinn war.«

Schwarz nickte. Das hatte er vermutet.

Am Nebentisch nahm eine Gruppe älterer amerikanischer Touristinnen Platz und begann sich lautstark zu unterhalten.

»Ich denke, Sie werden als erstes mit der Familie des Selbstmörders reden wollen«, sagte Engler. »Hier ist die Adresse der Mutter.« Er schob dem verblüfften Schwarz einen Zettel über den Tisch.

»Woher haben Sie die?«

»Ihr Ex-Kollege war so freundlich.«

»Buchrieser? Das darf er doch gar nicht.«

»Er hat mir auch nur den Namen genannt. Den Rest hat mein Sekretariat erledigt.«

»Matthias Sass«, las Schwarz.

23.

Das Haus von Irmgard Sass lag unweit des Untermenzinger Friedhofs in einem in den sechziger Jahren inmitten von Äckern und Wiesen entstandenen Viertel. Die Bewohner bezeichneten sich stolz als Obermenzinger und erklärten Stadtpläne, die sie Untermenzing zuschlugen, zu Fälschungen.

Irmgard Sass hatten solch kleinliche Abgrenzungen nie interessiert. Sie war glücklich, dass sie von ihrem Haus in kaum zehn Gehminuten die katholische St. Meinrads-Kirche und in etwa zwanzig Minuten die Obermenzinger Pfarrei Leiden Christi erreichen konnte. Seit dem frühen Tod ihres Mannes bei einem Badeunfall im Langwieder See besuchte sie mindestens dreimal wöchentlich die Heilige Messe. Sie sang in Untermenzing im Kirchenchor und engagierte sich in Obermenzing ehrenamtlich in der Altenpflege. Sie opferte sich gern für andere auf. »Es muss auch Menschen geben, die sich selbst nicht so wichtig nehmen«, war ihr Lebensmotto.

Obwohl sie schon mit dreißig Jahren Witwe geworden war, wollte sie nie mehr eine Verbindung mit einem Mann eingehen, selbst wenn sich ihre schwierige finanzielle Lage dadurch vielleicht verbessert hätte. Als einmal ihr geliebtes Häuschen von einer Zwangsversteigerung bedroht war, hatte sie das als eine ihr von Gott auferlegte Prüfung verstanden und klaglos hingenommen.

Dann war plötzlich eine ihrer Großtanten verstorben und hatte ihr genug vererbt, dass sie das Haus halten und unbesorgt auf bescheidenem Niveau weiterleben konnte.

Matthias, ihr einziger Sohn, war immer ihr ganzes Glück gewesen. Ihr kleiner Mann, wie sie ihn früher nannte, hatte sie für alle Entbehrungen entschädigt. Besonders stolz war sie gewesen, als Matthias bald nach seiner Firmung in St. Meinrad zum Oberministranten ernannt worden war. Damals hatte sie zum ersten Mal den Herrn Pfarrer nach Hause eingeladen und ihm einen gedeckten Apfelkuchen gebacken, ihre Spezialität. Er war von da an häufiger zu Besuch gekommen, und Irmgard hatte das Gefühl beschlichen, dass er sie sehr gerne sah. Auch sie spürte eine gewisse Sehnsucht nach ihm, war ihm aber dankbar dafür, dass er sie nie in Gewissenskonflikte brachte.

Der Herr Pfarrer hatte früh vermutet, dass Matthias zum Priesteramt bestimmt sein könnte. Sie hatten beschlossen, darüber nicht mit dem Jungen zu sprechen, um ihm eine unbeschwerte Kindheit und Jugend zu gönnen. Doch Matthias hatte auch ohne ihr Zutun sein Erweckungserlebnis. Kurz vor dem Abitur hatte er erklärt, dass er Theologie studieren wolle.

Seither waren nur fünf Jahre vergangen, aber ihr Sohn würde nie Priester werden. Ein Unglück war geschehen, ein unfassbares Unglück. Der Polizist, der sie wegen der DNA-Analyse um eine Zahnbürste von Matthias gebeten hatte, erklärte ihr, sie könne nicht von ihrem Sohn Abschied nehmen. Der Zustand der Leiche erlaube das nicht.

Schwarz war mit dem Auto auf dem Weg nach Untermenzing und spürte eine wachsende Unruhe, weil er seinem alten Zuhause immer näher kam.

Wie es Monika wohl ging? Ob sie sehr unter der endgültigen Trennung litt? Er verbot sich den Gedanken und überlegte stattdessen, wie es ihm selbst ging. Fehlte Monika ihm? Zu seiner Überraschung hatte er seit seinem letzten Besuch kaum einen Gedanken an sie verschwendet.

Aber er hatte sie doch so geliebt. Er hatte gelitten wie ein Hund, als sie ihm den Auszug nahegelegt hatte. Wie viele Nächte war er vor Sehnsucht nach ihr wach gelegen? Er hatte die Demütigung akzeptiert, dass sie diesen Langweiler von Justus ihm vorzog. Er hatte sich sogar darauf eingelassen, dass sie ihn zu ihrem heimlichen Geliebten degradierte – alles aus Liebe.

Wo war diese Liebe jetzt? War sie vielleicht schon länger nur noch eine Wunschvorstellung gewesen? Hatte er nur aus Trotz an ihr festgehalten?

Es wäre vielleicht nicht dumm, dachte Anton Schwarz, über dieses Thema gelegentlich mit jemandem zu reden. Es soll ja heilsam sein, nicht alles mit sich allein auszumachen. Leider fiel ihm niemand ein, dem er sich anvertrauen wollte. Früher hatte er solche Dinge mit Monika besprochen.

Er war jetzt noch knapp zwei Kilometer von Münchens schönstem Reihenmittelhaus entfernt – er kam ihr immer näher. Da, endlich konnte er von der Pippinger Straße nach links zu der von Engler notierten Adresse abbiegen. Er parkte seinen roten Alfa 146 und stieg aus. Er musste die Türen einzeln mit dem Schlüssel absperren, weil die Zentralverriegelung seit einiger Zeit streikte.

Das Haus, in dem Matthias Sass gelebt hatte, lag hinter einer ordentlich geschnittenen Thujenhecke. Das schmiedeeiserne Tor war geschlossen. Schwarz klingelte, lehnte sich an das dunkelbraun gestrichene Mülltonnenhäuschen und wartete. Durch das Milchglas eines langen, schmalen Fensters sah er eine Gestalt die Treppe herunterkommen.

Eine kleine Frau im dunklen Kostüm öffnete die weiß lackierte Haustür. »Ja, bitte?«

»Mein Name ist Schwarz. Frau Sass, ich komme wegen Ihres Sohns.«

Sie war bleich und sah ihn aus rot geränderten Augen an, als verstünde sie nicht, was er gesagt hatte.

»Kann ich kurz mit Ihnen sprechen?«

Sie nickte und drückte den Türöffner.

Irmgard Sass führte ihn an Ölbildern mit Blumenmotiven und einem grünen Kachelofen vorbei zum Esszimmer. Sie zeigte stumm auf die Eckbank. Schwarz nahm unter dem Kruzifix mit Blick auf einen bemalten Bauernschrank Platz.

»Sie sind vom Bestattungsdienst, nicht wahr?«

»Nein, ich bin Privatermittler. Der Sohn des Lokführers hat mich beauftragt.«

»Dann sollen Sie sein Beileid übermitteln? Danke, das wäre nicht nötig gewesen. Der Lokführer kann ja nichts dafür, dass Matthias den Zug übersehen hat.«

Schwarz stutzte und versuchte, an ihrer Miene abzulesen, ob sie den Selbstmord zu vertuschen suchte oder sich in eine Scheinwelt geflüchtet hatte.

Sie sah ihn unverwandt an.

»Wann ist denn die Beerdigung, Frau Sass?«

»In drei Tagen. Er wird bei meinem Mann drüben auf dem Friedhof liegen.«

Schwarz' Blick fiel durch eine Fenstertür in den gepflegten Garten. In einem Vogelbecken badete eine Amsel. Die Johannisbeerbüsche und ein Kirschbaum trugen gut.

»Wissen Sie, dass mein Sohn Priester werden wollte, Herr Schwarz?«

Er schüttelte den Kopf.

»Er war im vierten Semester Theologie. Im Herbst sollte er ins Priesterseminar ziehen. Sind Sie katholisch?«

»Ja ... nein«, sagte Schwarz.

Frau Sass sah ihn fragend an.

»Ich bin nicht sehr gläubig.«

Sie lächelte milde. »Matthias war schon als Kind so fromm. Er ist lieber zur Maiandacht gegangen als zum Fußball spielen.«

»Wie fanden das seine Freunde?«

»Er hatte eigentlich keine. Das ist der Preis, wenn man so anders ist als die anderen.«

»Das hat sich in letzter Zeit bestimmt geändert, oder? Im Studium war er unter Gleichgesinnten. Da geht man schon mal aus mit den Kollegen.«

»Er war lieber zu Hause, hat studiert und gebetet.«

»Dürfte ich mal sein Zimmer sehen?«

Sie sah ihn überrascht an. »Ja, warum nicht?«

Sie stiegen schweigend zum ausgebauten Dachgeschoss hoch. Auch im Treppenhaus hingen Ölbilder, keine Blumen, sondern wildromantische Gebirgslandschaften.

Frau Sass öffnete eine niedrige Tür. »Das war seine Klause, wie er sie selbst genannt hat.«

Schwarz stockte der Atem. Das lag weniger daran, dass in dem Mansardenzimmer länger nicht mehr gelüftet worden war, als an der Einrichtung. Die Wände waren in einem dunklen Farbton gestrichen, überall hingen drastische Darstellungen christlicher Märtyrer. Für Schwarz war es nur schwer vorstellbar, dass hier ein junger Mensch gelebt haben sollte. Das Zimmer war eine Gruft.

»Schön, nicht wahr?«, sagte Frau Sass.

»Ich finde es, ehrlich gesagt, ein bisschen düster.«

»Matthias wollte so spartanisch leben.«

Schwarz' Blick fiel auf die schmale Matratze am Boden.

»Es war seine Art, sich auf das Priesteramt vorzubereiten. Einmal hat er mir anvertraut, dass in ihm durch das Theologiestudium viele Fragen und sogar Glaubenszweifel aufgekommen sind. Aber er hat sich ihnen gestellt und sie schließlich überwunden.«

»Wissen Sie, warum er sich vor den Zug geworfen hat?«

»Bitte? Wie kommen Sie denn darauf? So etwas hätte mein Matthias nie getan.«

Schwarz musterte die Frau, die sanft lächelte. War das Selbstschutz, weil sie den Gedanken an den grausamen Suizid ihres Sohns nicht ertrug, oder war sie immer schon so gewesen – unbeeindruckt von der Wirklichkeit und unerreichbar für die Nöte ihres Sohns?

Wieso frage ich mich das überhaupt, dachte Schwarz, ich bin kein Familientherapeut, sondern ein Ermittler mit einem präzisen Aufklärungsinteresse?

»Frau Sass, Ihr Sohn war bei seinem ... Unfall möglicherweise nicht allein. Es könnte sein, dass er manipuliert und von einem anderen in den Tod getrieben wurde.«

Sie starrte ihn an. Begriff sie, was für einen Rettungsanker er ihr da hinwarf? Ihr Matthias war vielleicht gar kein Sünder, sondern ein unschuldig Verführter. Das Böse hatte ihr ihren Sohn genommen.

»Frau Sass, helfen Sie mir, die Wahrheit herauszufinden.«

Plötzlich liefen ihr Tränen über die Wangen. Sie schwankte und Schwarz konnte ihr gerade noch zu einem Stuhl helfen.

»Ich werde für Sie beten«, schluchzte sie.

»Ich hätte einen anderen Vorschlag.« Er zeigte auf den Laptop. »Darf ich den für zwei, drei Tage mitnehmen?«

Sie machte eine wegwerfende Bewegung. In ihrer Welt bedeutete ein Computer offenbar nichts.

Während Schwarz das Gerät von den Kabeln löste, fragte er, ob Matthias in letzter Zeit Besuch bekommen habe.

»Ich glaube schon.«

»Sie glauben es?«

»Ich habe niemanden gesehen. Aber zwei, drei Mal, wenn ich vom Chor oder der Messe heimgekommen bin, habe ich etwas gerochen.«

»Gerochen? Was?«

»Ich weiß es nicht. Ein Haus riecht einfach anders, wenn ein Fremder da war.« Sie lächelte verlegen.

Als Schwarz sich mit dem Laptop unterm Arm an der Haustür verabschiedete, wollte Irmgard Sass zu seiner Überraschung doch wissen, wie es dem Lokführer ging.

»Schlecht. Er ist in psychiatrischer Behandlung.«

»Das tut mir leid.«

»Sie können ja für ihn beten.«

24.

Schwarz parkte hinterm Haus und nahm die Abkürzung durch den Imbiss. Im ›Koh Samui‹ war die Hölle los, weil um diese Uhrzeit die Pendler aus Germering, Gröbenzell und Fürstenfeldbruck sich mit Currys für das Abendessen eindeckten. Trotzdem winkte Jo freundlich, als Schwarz mit dem Laptop an ihm vorbeilief.

»Sie waren im Fitnessstudio, stimmt's?«

»Ich, wieso?«

»Weil Sie so fit aussehen.«

»Fit?«

»Ein Witz: Das Gegenteil.«

»Ganz schlechter Witz, Jo.«

Schwarz hatte einen hochroten Kopf und ein schweißnasses T-Shirt, was ausnahmsweise nicht an seiner fehlenden Fitness, sondern an der Klimaanlage seines Wagens lag, aus der nur heiße Luft kam. Außerdem war nach der kurzen Abkühlung durch den Regen die Luftfeuchtigkeit jetzt noch höher.

In seiner Wohnung legte Schwarz den Laptop auf den Schreibtisch und verschwand sofort ins Bad. Er duschte sich kalt ab und zog frische Kleidung an. Erst dann begrüßte er seine Mutter, die in der Küche stand. »Wie geht's dir, Mama?«

»Gut. Ich habe für dich Borschtsch gekocht.«

»Borschtsch?«

»Rote-Beete-Suppe.«

»Ich weiß schon, aber du hast noch nie Borschtsch gekocht.«

»Konnte ich ja schlecht als Egerländerin. Probier mal, aber nimm saure Sahne dazu.«

Schwarz rührte etwas Sahne unter die dunkelrote Suppe und kostete.

»Und?«

»Sind da Gurkenscheiben drinnen?«

»Ja, das ist die Luxusversion.«

Schwarz brummte genussvoll. Weniger behagte es ihm, dass seine Mutter sich beim Essen neben ihn stellte und jeden

Löffel kommentierte. »Lecker, was? Genau das richtige bei den Temperaturen. Es ist dein erster Borschtsch, gib's zu!«

Trotzdem ließ er sich einen zweiten Teller bringen.

»Ich sollte ein Lokal aufmachen«, sagte seine Mutter.

»Gute Idee, am besten hier in meiner Wohnung.«

Seine Mutter sah ihn irritiert an. »Nein, Anton, das kann ich Jo nicht antun. Er würde denken, ich will ihm Konkurrenz machen.«

Nachdem Schwarz den dritten Teller vertilgt hatte, war seine Mutter zufrieden und er konnte sich ungestört dem Laptop von Matthias Sass widmen.

Er startete das Gerät. Es begann zu arbeiten, aber der Bildschirm wurde nicht blau und statt dem üblichen Logo für den Benutzernamen tauchte eine Eingabemaske für ein Passwort auf.

Schwarz drückte verwirrt die Enter-Taste. Nichts geschah. Welches Passwort mochte Matthias Sass gewählt haben?

Schwarz gab »Jesus« ein. Doch bereits als er Enter drückte, war ihm klar, dass ein religiös sensibler Mensch den Namen des Heilands der Christen niemals als Passwort verwenden würde. Er versuchte es erfolglos mit »Pfarrer«, »Priester« und »Mönch«.

Frau Sass hatte angedeutet, dass ihr Sohn unter Glaubenszweifeln gelitten hatte, also tippte Schwarz »Sünde«, »Versuchung« und »Hölle«. Nichts.

Vielleicht hatte Matthias ja den Namen eines Heiligen gewählt, den er verehrte, den eines Märtyrers, wie sie in seinem Zimmer hingen, womöglich. Schwarz begann mit seinem Lieblingsheiligen Laurentius, der von den Römern bei lebendigem Leib auf einem Grill gefoltert worden war. Laut der Legende hatte er nach fünfzehn Minuten erklärt, man könne ihn nun wenden, eine Seite sei durch.

Nein, das Passwort war auch nicht »Laurentius«. Schwarz

versuchte es mit weiteren Heiligen, die ihm in seiner Kindheit in Waldram und im katholischen Religionsunterricht in Geretsried begegnet waren, zuletzt mit Matthias' Sass Namenspatron. Dann gab er auf.

Sicher gab es irgendeinen Trick, um das Passwort zu umgehen, aber dafür brauchte er die Hilfe eines Spezialisten. Er schaute auf die Uhr. Es war noch nicht zu spät, um Eva Hahn anzurufen.

»Hallo, Anton.« Ihre Stimme klang verschlafen.

»Oh, Entschuldige, ich habe dich geweckt.«

»Kein Problem. Ich habe mich nur schon hingelegt, weil ich morgen so viel zu tun habe. Ich fliege doch übermorgen in die USA, nach Minnesota.«

»Was machst du denn da?«

»Ich gehe in die Mayo-Klinik. Dort können sie angeblich lahme Enten wie mich wieder zum Laufen bringen.«

»Du willst dich operieren lassen?«

»Erst mal werde ich nur untersucht.«

»Dann hören wir sofort zu reden auf.«

»Jetzt bin ich wach. Was wolltest du denn?«

»Nur den Nachnamen von deinem Freund Marek. Ich habe ein … Computerproblem.«

»Marek ist nach Berlin gezogen. Er hat sich verliebt.«

»Ah, schön.«

»Aber ich kenne mich auch ganz gut mit Computern aus. Morgen, wenn ich mit meinen Erledigungen fertig bin, kann ich gern vorbeikommen.«

»Du bist doch im Stress.«

»Ich melde mich.«

»Gut. Dann schlaf jetzt mal! Gute Nacht, Eva.«

Er legte auf und blickte nachdenklich zu der Menora, die sie ihm geschenkt hatte. Merkwürdig, sie hatte nie über ihre

Behinderung gesprochen. Und er hatte es sich bequem gemacht und angenommen, sie hätte sich mit einem Leben im Rollstuhl abgefunden.

Schwarz' Mutter hatte in der Zwischenzeit die Küche aufgeräumt und genehmigte sich mit hochgelegten Beinen ein Glas ihres hausgemachten Eierlikörs, von dem sie einen größeren Vorrat aus Waldram mitgebracht hatte. »Stellst du noch den Borschtsch in den Kühlschrank, Anton?«

Schwarz verstaute den Topf und machte sich ein Bier auf.
»An was für einer Sache bist du eigentlich gerade dran?«
»Wie: dran?«
»Na, als Ermittler.«
»Ach so, an einer ... Bahnsache.«
»Korruption?«
Er schüttelte den Kopf.
»Du willst nicht drüber reden?«
»Es ist noch zu früh.«
Sie nickte und schenkte sich das zweite Glas Likör ein.
»Erinnerst du dich an das Freundschaftsspiel damals in Neuaubing?«
Er schüttelte den Kopf.
»Beim Eisenbahnersportverein, weißt du nicht mehr?«
Jetzt dämmerte ihm etwas. Ja, doch, einmal war er mit dem Geretsrieder Fußballverein zu einem Freundschaftsspiel gegen den ESV Neuaubing gefahren. Sie hatten zu ihrer eigenen Überraschung gewonnen und waren dafür hinterher vom Gegner verprügelt worden. Der Trainer des ESV hatte die Schlägerei schließlich eigenhändig beendet und zur Versöhnung auf Kakao und Krapfen ins Vereinsheim geladen.

Da kein Geretsrieder Lust auf einen Besuch in der Höhle des Löwen hatte, wurde Schwarz als ältester Spieler dazu bestimmt, den Friedenswillen seiner Mannschaft zu beweisen.

Plötzlich war er unter lauter Buben gesessen, die in zwei, drei Jahren eine Lehre bei der Eisenbahn beginnen würden, weil auch ihre Eltern dort arbeiteten. Sie wohnten in Eisenbahnersiedlungen, Eisenbahnerärzte impften sie, Eisenbahnerzahnärzte zogen ihnen die Milchzähne. Sie spielten in Eisenbahnersportvereinen Fußball und Handball. Sie rannten, boxten und schossen mit Kleinkalibergewehren – und alles mit dem Wappen des ESV auf der Brust.

Seine Mutter lachte. »Hinterher hast du mich gefragt, warum es England, Deutschland, aber nicht Bahnland gibt.«

»Bahnland ist abgebrannt«, sagte Schwarz.

25.

Am nächsten Tag stieg Anton Schwarz in einen Regionalzug. Er sollte ihn zu dem Holzverladebahnhof bringen, an dem Klaus Engler in jener Nacht den Güterzug übernommen hatte.

Zwei Stunden zuvor hatte der Ermittler mit seinem Auftraggeber telefoniert.

»Ich habe nachgedacht, Herr Engler. Falls die Hypothese stimmt, dass der Selbstmörder Ihrem Vater nicht zufällig vor die Lok gelaufen ist, muss er gewusst haben, wann und mit welchem Zug er fährt?«

Thomas Engler hatte einen Moment lang verblüfft geschwiegen. »Ja klar, stimmt.«

»Wer kennt den Dienstplan?«

»Der Lokführer ... und der Fahrdienstleiter natürlich.«

»Würde der die Information, wann genau ein Lokführer eine bestimmte Stelle passiert, weitergeben?«

»An einen Fremden sicher nicht.«

»Wie ist es mit den Kollegen? Denen am Holzverladebahnhof zum Beispiel? Würden sie jemandem, den sie nicht kennen, Auskunft geben?«

»Nein, eigentlich nicht. Übrigens gelten Lokführer als ziemlich introvertiert.«

»Ich werde mein Glück versuchen. Aber dazu müssen Sie mir ein paar Tipps geben.«

»Was für Tipps denn?«

Der Zug fuhr inzwischen durch das Dachauer Hinterland mit seinen kleinen, verstreuten Dörfern. Auf den Feldern waren Traktoren und Erntemaschinen unterwegs. An den Ufern eines kleinen Sees drängten sich die Sonnenhungrigen, als wäre es ein Strand am Mittelmeer. Ein Hubschrauber flog über sie hinweg.

Dann bremste der Zug plötzlich und blieb stehen.

Schwarz entfaltete eine Zeitung, die jemand zwischen Sitz und Wandverkleidung gesteckt hatte. Er las einen spitzzüngigen Kommentar zur geplanten Privatisierung der Bahn und den Bonuszahlungen in Millionenhöhe, auf die der Vorstand sich freuen durfte, egal wie viel Volksvermögen er verschleuderte. Schwarz kannte sich in Wirtschaftsfragen nicht sonderlich gut aus, umso mehr wusste er von menschlichen Abgründen, von Geldgier und Machtbesessenheit. Er blickte auf ein Foto, das die Bahnspitze zeigte, und studierte die Gesichter der Männer, die mit allen Mitteln den Börsengang durchzusetzen versuchten. Könnte sein, dachte er, dass der Artikel gar nicht so polemisch ist, wie es scheint.

Zwanzig Minuten später stand der Zug immer noch.

Bislang hatte niemand es für nötig gehalten, die Fahrgäste über Grund und voraussichtliche Dauer des Aufenthalts auf freier Strecke zu informieren. Nun bat der Zugchef wegen eines »Notarzteinsatzes« um Geduld.

Nach der gestrigen Pressekonferenz wusste Schwarz, dass es sich möglicherweise um eine Verharmlosung handelte und nicht der Notarzt-, sondern bereits der Leichenwagen unterwegs war. Genauso gut aber konnte es sich um eine technische Störung an einem Signal, einer Weiche oder dem Triebfahrzeug selbst handeln. Da die Bahnkunden nach den vielen Zwischenfällen der letzten Zeit mittlerweile an der Sicherheit der Züge zweifelten, schob man vermutlich auch in solchen Fällen lieber den Notarzt vor. Das klang nach höherer Gewalt und nicht nach Missmanagement.

Schwarz vertiefte sich in ein Kreuzworträtsel, ein Zeitvertreib, den er sich eigentlich für das Rentenalter hatte aufsparen wollen. Da ging die Fahrt plötzlich weiter. Der Zugchef dachte nicht daran, sich zu entschuldigen, und verlas nur eine Liste der Anschlusszüge, die nun nicht mehr erreicht werden konnten.

Am Holzverladebahnhof angekommen, sah Schwarz zuerst eine Weile fasziniert zu, wie ein Kranführer Fichtenstämme durch die Luft schweben und punktgenau auf einem Waggon landen ließ. Dann suchte er sich eine der abgestellten Loks aus und fotografierte sie mit seinem Handy von allen Seiten. Als kein Mensch sich um ihn kümmerte, lief er zur nächsten Lokomotive weiter. Er kniete sich hin, um die Räder zu fotografieren und bestieg für eine Aufnahme von vorne sogar den Prellbock.

»Was machen Sie denn da?« Endlich war jemand auf ihn aufmerksam geworden.

»Ich bin ein großer Fan von dieser Lok.«

»Das ist eine nagelneue 185er.«

»Ja, ich weiß. Von dieser Baureihe habe ich über tausend Bilder. Ich bin in ganz Deutschland unterwegs.«

»Schönes Hobby.«

»Aber teuer. Und was machen Sie so?«

»Ich bin Wagenmeister.«

»Phantastisch. Dann haben Sie ja ständig Kontakt zu den Lokführern. Meinen Sie, ich könnte mal mit einem sprechen? Ich wüsste zum Beispiel gern den Unterschied zwischen Indusi-Intervall und Totmannknopf.« Schwarz hatte sich mit Thomas Englers Hilfe gut auf sein kleines Theaterstück vorbereitet.

Der Wagenmeister schmunzelte. »Kommen Sie mit.«

Er lotste ihn in die Kantine, die nur tagsüber für die Eisenbahner geöffnet hatte. »Hier ist ein Pufferküsser, der was zum Totmannknopf hören möchte. Wer will?«

Die Begeisterung über den Eisenbahnfan war nicht gerade überbordend. Kaum einer der bei einer Tasse Kaffee oder einer Zigarette ausspannenden Männer hob den Kopf. Schließlich stand doch einer auf und winkte Schwarz an einen leeren Tisch.

»Wieso interessiert dich das denn?«

»Ich wollte schon als Kind Lokführer werden.«

»Bist du verheiratet?«

Schwarz schüttelte den Kopf.

»Das wäre schon mal eine gute Voraussetzung.«

»Wieso?«

»Wenn du keine Frau hast, kann sie dir auch nicht abhauen. Das tun sie nämlich gern bei uns Lokführern.«

Damit waren sie, schneller als von Schwarz erhofft, beim Thema. »Wegen der ständigen Dienstplanänderungen, oder?«

»Exakt, Meister.«

»Aber bei euch läuft doch sicher alles nach Plan? Die Fahrt zum Sägewerk in Zell am See zum Beispiel, wie oft macht ihr die?«

Der Lokführer musterte ihn misstrauisch. »Wieso willst du das denn wissen?«

»Ich interessiere mich auch für Fahrpläne. Ich kann mir überhaupt nicht vorstellen, wie ein Mensch das alles organisieren kann.«

»Ist ja auch nicht nur ein Mensch.« Er lachte. »Also, nach Zell am See fahren wir momentan viermal die Woche. Zwei Tag-, zwei Nachtfahrten.«

»Die Strecke geht über München, richtig? Sind Sie die auch schon mal gefahren?«

»Nein, immer nur ... ein Kollege.«

»Klaus Engler?«, sagte Schwarz schnell.

Der Mann fixierte ihn. »Mir dir stimmt doch was nicht. Du bist kein Pufferküsser.«

»Ich bin Privatermittler.«

Der Mann haute mit der flachen Hand auf den Tisch. »Scheiße, der hat mich verarscht.«

Die Kollegen am Nachbartisch wurden aufmerksam und drehten sich in seine Richtung.

»Was soll der Scheiß?«

»Ich untersuche den Bahnsuizid, in den Klaus Engler verwickelt wurde, und wollte sehen, wie leicht man bei euch an Informationen über Dienstpläne kommt.«

»Geht es um Klaus? Unsern Klaus?« Ein großer, breitschultriger Mann, dessen Gesicht von einem blonden Bart umrahmt wurde, kam an den Tisch. Schwarz stellte sich vor und fragte nun direkt, ob sich in letzter Zeit jemand nach den Fahrzeiten erkundigt habe.

Der Mann wurde nervös. »Was geht Sie das an?«

Schwarz setzte alles auf eine Karte. »Der Selbstmörder wollte vermutlich unbedingt vor Klaus Englers Zug sterben.«

Die Augen das Bärtigen begannen zu flackern. »Quatsch! Das ist doch verrückt.«

Schwarz schwieg.

»Jetzt soll ich schuld sein, dass der Kerl dem Klaus vor die Lok gesprungen ist?«

»Nein, nein«, sagte Schwarz, »daran ist keiner schuld – außer der Selbstmörder.«

Das war nicht die Wahrheit, aber er wollte nicht noch mehr Verwirrung stiften, indem er den Mann ins Spiel brachte, den er eigentlich suchte. »Vielleicht bin ich ja auch auf der falschen Spur. Können Sie die Person beschreiben, die sich nach Klaus Engler erkundigt hat?«

»Ja, schon«, sagte der Eisenbahner. »Nicht besonders groß. Einssiebzig vielleicht und etwas jünger als ich.«

»Wie alt sind Sie?«

»Gerade vierzig geworden. – Er hat das rechte Bein nachgezogen, vielleicht 'ne Prothese. Hatte einen Parka an, Jeans und Turnschuhe.«

»Und sein Gesicht?«

Der Blick des Eisenbahners ging nach oben, er überlegte. »Eher schmal, blasser Teint, dunkle Ringe unter den braunen Augen, Dreitagebart, Halbglatze, Ohrring ... rechts.«

Er schaute Schwarz erwartungsvoll an. »War das der Selbstmörder?«

»Das war jedenfalls die genaueste Personenbeschreibung, die ich in den letzten fünfundzwanzig Jahren bekommen habe.«

Einige Kollegen applaudierten. Der Mann lächelte verlegen. »Meine Frau und ich üben das immer. Wir haben uns oft über die schlechten Phantombilder bei ›Aktenzeichen XY‹ geärgert.« Er sah Schwarz fast flehend an. »Bitte, sagen Sie mir doch, ob das der Selbstmörder war.«

Schwarz schüttelte den Kopf. »Nein, das war er nicht.«

26.

»Eins ist sicher«, sagte Eva Hahn und betrachtete aus ihrem Rollstuhl die steile Treppe zu Schwarz' Wohnung, »das ist mein letzter Besuch bei dir.«

»Wie habt Ihr es denn bei meiner Geburtstags-Party gemacht?«

»Da haben mir deine Freunde von der Polizei geholfen.«

»Die waren zu viert.«

Sie nickte. »Trotzdem habe ich gedacht, ich stürze jeden Augenblick ab.«

Schwarz überlegte. »Jo kann ich nicht fragen, der ist mittags im Stress.«

»Es ist sowieso nicht sehr schlau, mich da im Rolli hochzuschleppen.«

»Wie denn sonst?«

»Nimm mich einfach huckepack.«

Schwarz war sich nicht sicher, ob Eva das ernst meinte, aber da streckte sie schon die Hände aus. Er drehte sich um und ging in die Knie, sie legte die Arme um ihn.

»Aber bitte, erwürg mich nicht, Eva.«

»Wer tötet denn sein Pferd, solange er drauf sitzt? Los geht's!«

Schwarz stand auf. Eva war leicht und zart, aber ihre Arme waren kräftig. Er setzte seinen linken Fuß auf die erste Stufe und zog sich am Handlauf hoch.

»Du musst dich mehr nach vorne beugen, Anton, sonst kriegen wir das Übergewicht.«

Schwarz machte einen Buckel. Die nächste Stufe, die übernächste. Puls und Atmung wurden schneller. Eva legte ihre Wange auf seine Schulter. »Du bist ja richtig stark.«

»Geht so.« Er spürte ihre Beine baumeln und dachte daran, dass sie morgen in die USA zur Untersuchung fliegen würde.

Sie kamen gut voran, doch im letzten Drittel der Treppe begann er so laut zu keuchen, dass Eva lachen musste.

»Alles in Ordnung bei dir?«

»Ja, ich sterbe nur gleich.«

»Vielleicht bringst du mich erst noch rauf.«

Dann waren sie oben, und da die Wohnungstür nur angelehnt war, trug Schwarz Eva gleich weiter zum Polstersessel seiner Mutter. Er setzte sie ab und sank heftig atmend neben ihr zu Boden.

»Großartig«, sagte Eva. »Kann ich dich engagieren?«

Schwarz war noch nicht in der Lage, ihr zu antworten.

»Gibst du mir gleich den Laptop, bevor du den Rolli holst?«

Den Rollstuhl auch noch, dachte Schwarz, so müssen sich Sklaven im alten Ägypten gefühlt haben. Er rappelte sich hoch, entwirrte die Kabel und reichte Eva das Gerät. »Ich bin leider schon am Passwort gescheitert.«

»Verstehe. Hast du ein Taschenmesser?«

»Seit meiner Firmung.« Er zog es aus der Hosentasche und gab es ihr.

Als Schwarz mit dem Rollstuhl und seiner Post zurückkehrte, stellte er erschrocken fest, dass Eva den Laptop aufgeschraubt hatte. »Was machst du da?«

»Ich habe die Bios-Batterie rausgenommen. Jetzt warten wir eine Weile und wenn wir Glück haben, weiß der Laptop hinterher nicht mehr, wer er ist.« Sie tätschelte das Gerät wie ein Schoßhündchen.

»Wo ist eigentlich deine Mutter?«

»In Waldram. Holt wahrscheinlich Eierlikör-Nachschub.«

»Sie ist wirklich eine ganz besondere Frau.«

Das bist du auch, Eva, dachte Schwarz und fasste sich ein Herz. »Verrätst du mir, was die Ärzte in Amerika mit dir vorhaben?«

Sie schaute ihn an. »Nicht jetzt.«

»Okay, entschuldige.«

Eva steckte die Batterie wieder in das Gerät, zog die Schrauben mit dem Taschenmesser an und drückte den Start-Knopf. Sie lachte. »Der ächzt ja wie du gerade auf der Treppe.«

Ich finde, ich habe das mit viel Würde gemacht, dachte Schwarz.

»Es hat geklappt«, sagte Eva. »Jetzt musst du mir sagen, was du genau suchst.«

Schwarz hatte sie bereits in aller Kürze über den Fall informiert. Eva wusste, dass der Laptop einem jungen Selbstmörder gehört hatte, der an derselben Stelle und durch denselben Lokführer gestorben war wie der Neonazi Tim Burger, wegen dessen Amokfahrt sie im Rollstuhl saß.

»Ich möchte wissen, was für Kontakte der Junge hatte«, sagte Schwarz.

»Dann schauen wir uns erst mal seine Mails an.« Sie klickte das entsprechende Symbol an.

»Wunderbar, Benutzername und Passwort sind gespeichert.« Doch sie hatte sich zu früh gefreut: die gesamte Post, auch die abgelegten und verschickten Mails, war gelöscht.

Schwarz bat Eva nachzusehen, welche Seiten Matthias Sass zuletzt besucht hatte. Aber auch das Verlaufsprotokoll fehlte.

»Dann müssen wir eine Etage tiefer gehen.« Eva gab in Windeseile Befehle ein.

An diesem Punkt musste Schwarz sich gedanklich verabschieden: Die tiefere Etage war für ihn eindeutig zu hoch. Er konnte nur warten und auf seine Computerexpertin vertrauen.

»Was war das denn für ein Typ? Corpus Christi? Bund der marianischen Jugend?«

»Ein Priesteramtskandidat.«

»Er hat sich nicht für Sex interessiert.«

»Woher willst du das denn wissen?«

»Jedenfalls war er auf keiner einzigen Pornoseite. Dafür auf Kathpedia, der freien katholischen Enzyklopädie.«

Schwarz beugte sich über Evas Schulter. »Mit dem Heiligen des heutigen Tages. Was für ein Service.«

»Das Thema Selbstmord hat ihn schon länger beschäftigt. Hier: www.muenchner-freitod.de. Das ist ein Suizid-Forum.«

»Ein was?«

»Ein Internetforum, in dem Leute sich über den Suizid austauschen.«

»Eine Art Selbsthilfegruppe?«

»So könnte man es nennen.«

Er bemerkte, dass sie seinem Blick auswich. »Kennst du dieses Forum, Eva?«

Sie schwieg.

»Eva?«

»Das nicht, aber andere. Als ich damals begriffen habe, dass es mit dem Laufen vorbei ist, war ich auch eine Zeitlang auf solchen Seiten unterwegs. Ich wollte rausfinden, was die beste Methode ist. Insgeheim habe ich gehofft, ich könnte diese Gedanken so wieder aus meinem Kopf vertreiben – durch Versachlichung, verstehst du?«

Schwarz hörte ihr schweigend zu.

»Das Gegenteil war der Fall. Ich bin immer weiter runtergezogen worden. In diesen Foren begegnest du so viel Elend und Verzweiflung – und unfassbarer Grausamkeit.«

»Grausamkeit?«

»Bei vielen ist die Anmeldung in einem Suizid-Forum ein verzweifelter Hilfeschrei. Aber es gibt Leute, die sich genau daran weiden. – Anton, was machst du denn für ein Gesicht?«

»Du wolltest dich wirklich umbringen, Eva?«

»Hey, das ist lange vorbei.« Sie schaute ihm in die Augen.

»Ehrlich. Komm, jetzt melden wir uns an.« Sie rückte den Laptop auf ihrem Schoß zurecht und begann zu tippen. »Welchen Benutzernamen möchtest du.«

»Ich?«

»Wer denn sonst? Komm, je gruseliger umso besser.«

»Ozzy Osbourne.«

»Dieser peinliche Rockmusiker?«

»Er hat bei einer Bühnenshow einer Fledermaus den Kopf abgebissen.«

»Lecker. Bringst du mir das Telefonbuch?«

Schwarz holte es ihr, sie schob einen Fingernagel zwischen die Seiten und schlug es an der Stelle auf. »Susanne Winkler, Orleansstraße 47. Herzlichen Glückwunsch, Frau Winkler, Sie bekommen einen kostenlosen E-mail-Account.«

Schwarz verstand wieder nur Bahnhof und folgerte daraus, dass Eva erneut auf der ominösen tieferen Etage angelangt war. Vielleicht, dachte er, sollte ich auf das Fitnessstudio verzichten und einen Volkshochschulkurs für Hacker belegen.

»Ozzy Osbourne war noch frei«, sagte Eva. »Jetzt sind wir Mitglied bei www.muenchner-freitod.de.«

Schwarz nahm, um besser sehen zu können, auf der Sessellehne neben ihr Platz. Die Startseite des Forums mit ihren flackernden Kerzen, schwarzen Rosen und Grabkränzen erinnerte ihn an das Cover eines Vampirromans.

»Was heißt R.I.P.?«, fragte Eva.

»Requiescat in pace, er möge in Frieden ruhen.«

»Ich glaube, das auf den Kranzschleifen sind die Nicknames, also die Pseudonyme, der User. Ah, Henriette. Wahrscheinlich nach der krebskranken Seelenfreundin von Kleist. Die hat er doch auf ihren eigenen Wunsch hin erschossen, bevor er sich selbst die Kugel gegeben hat.«

»Stimmt. Und Herostrat hat einen Tempel angezündet, damit er auch mal ins Fernsehen kommt«, sagte Schwarz. »Wie kriegen wir raus, hinter welchem Namen sich Matthias Sass versteckt hat?«

Eva machte eine Schnute. »Schwierig. Vielleicht über den Inhalt seiner Postings.«

»Was du für Wörter kennst.«

»Am besten, wir drucken das ganze Archiv aus. – Moment, da ist ein Thread zu Tim Burger.« Sie klickte ihn an.

»Scheiße, gelöscht.«

»Von wem? Von Sass?«

»Nein, vom Administrator.«

»Das ist der Mensch, der das Forum organisiert?«

»Genau. Er nennt sich übrigens Novalis.«

»Sind Selbstmörder eigentlich immer so gebildet?«

Obwohl die Diskussionen über Tim Burger gelöscht worden waren, bestand das Archiv immer noch aus hunderten von Seiten. Schwarz musste zwei Mal neues Papier nachlegen, bis endlich alles ausgedruckt war. Eva hatte sich längst in die Lektüre vertieft, als er sich auch einen Stapel Papier nahm. Er blätterte und blickte auf Darstellungen von Selbstmördern aus der Bildenden Kunst, auf das Foto eines jugendlichen Erhängten aus einem Lehrbuch der Rechtsmedizin, auf Wasserleichen und Menschen, die sich mit Autoabgasen getötet hatten. Ein Kommentar wies darauf hin, dass diese Methode heutzutage wegen der modernen Katalysatoren und schadstoffarmen Abgasaufbereitung häufig nicht mehr zum Ziel führe. Manche Aufnahmen waren gestellt, wie das einer barbusigen Frau, die sich eine Pistole in den Mund schob und dabei in die Kamera zwinkerte, andere offensichtlich Fotomontagen. Jedenfalls konnte Schwarz sich nicht daran erinnern, dass mal die Leiche eines erfolglosen Stürmers des TSV 1860 München am Balkon des Münchner Rathauses gehangen hatte. So ging das seitenlang weiter und

Schwarz begann sich zu fragen, in welcher Welt er eigentlich lebte.

Nach den Bildern und Fotos zum Selbstmord kam ein Kapitel mit der Überschrift ›Ethik des Suizids‹. Beim Lesen des Threads gelangte Schwarz schnell zu dem Eindruck, dass hier wirklich ernsthaft diskutiert wurde. Die User philosophierten über den Begriff *Selbstmord*, den einige diskriminierend fanden, über die Frage, ob der Mensch überhaupt das Recht habe, seinen Todeszeitpunkt frei zu bestimmen, und über die Verantwortung des Selbstmörders gegenüber seiner Umwelt. Immer wieder wurde aus einem Text Jean Amérys mit dem Titel ›Hand an sich legen‹ zitiert.

Plötzlich schrie Eva auf. »Ich glaube, ich habe ihn. Sein Nickname ist *Cobain*.« Sie hielt Schwarz ein Blatt hin.

Er las laut. »Solange ich Priester werden wollte und mein Leben einem anderen geweiht hatte, wagte ich es nicht einmal, daran zu denken. Jetzt, nachdem mein Glaube gestorben ist, weiß ich, dass mein Weg nur in den Tod führen kann.«

»Seid Ihr Katholiken immer so pathetisch?«, fragte Eva.
»Redest du mit mir?«
»Entschuldige, halachisch bist du ja ein Jude.«
»Halachisch?«
»Meine Güte, Anton, nach der Halacha. Das ist unser Religionsgesetz. Nach dem bist und bleibst du Jude mit deiner jüdischen Mame.«

Schwarz hob resigniert die Schultern. Der Eindruck, dass es bei seiner Mutter kein Entrinnen gab, drängte sich ihm schon länger auf. Er persönlich fand es ja nicht so wichtig, ob er als Christ oder Jude galt. Er hatte eher ein grundsätzliches Problem mit Religionen, und wenn er von den Seelenqualen las, die Cobain beschrieb, fühlte er sich nur bestätigt.

Es gab keinen Zweifel: Matthias Sass war in dem Suizid-Forum mit dem Namen des Sängers der Band Nirvana angemeldet gewesen. Eva und Schwarz konnten sich auf die von Cobain verfassten Beiträge konzentrieren. So entstand vor ihren Augen das Bild der letzten Wochen und Monate des jungen Mannes, der sein Leben vor Klaus Englers Lok beendet hatte.

»Hallo, ich bin Cobain und mir geht's sehr schlecht. Ich weiß nicht, ob ich weiterleben soll oder nicht. Ich bin leider nicht sehr stark, aber vielleicht könnt ihr mir ja helfen.«

Mit diesen Worten hatte Sass sich vor gut einem halben Jahr im Forum vorgestellt. Offenbar war sein naiver Kinderglaube durch das Theologiestudium schwer erschüttert worden. Die ersten Beiträge Cobains spiegelten noch seinen verzweifelten Versuch, zur Religion zurückzufinden, später wurde seine Todessehnsucht immer stärker. Er hatte die Hoffnungen seiner Mutter und der Kirche schwer enttäuscht und verdiente es nicht, weiterzuleben. »Ich muss, das weiß ich nun, unauffällig aus dieser Welt verschwinden.«

Wieso denn unauffällig?, fragte ein Mitglied namens *Amok*.

Schwarz stutzte und überflog die letzten Seiten noch einmal. Sein Eindruck war richtig. Sobald Cobain sich im Forum zu Wort meldete, tauchte auch dieser Amok auf – als läge er auf der Lauer und wartete nur auf ihn.

Schwarz verfolgte gebannt, wie Amok nach und nach immer mehr Einfluss auf Cobain gewann und dessen Entwicklung von der verzweifelten Gottessuche zum zornigen Selbst- und Menschenhass raffiniert beförderte. In seinen letzten im Archiv gespeicherten Äußerungen beschrieb Cobain seinen Wunsch, ein Fanal zu setzen. Er wollte nicht mehr leise und ohne jemandem wehzutun aus dem Leben scheiden – er wollte all den glücklichen Menschen, die ihn überlebten, etwas beweisen.

Dann hatte Amok Cobain auf die Diskussion über Tim Burgers Suizid hingewiesen und die beiden waren offenbar in den Thread übergewechselt, der inzwischen gelöscht worden war.

Schwarz bat Eva, sämtliche Beiträge von Amok auf Hinweise zu seiner Identität zu überprüfen. »Das muss der Mann sein, den ich suche. Irgendwie scheint er es geschafft zu haben, Matthias Sass so lange gezielt zu manipulieren, bis er ihn als Waffe gegen den Lokführer Engler einsetzen konnte.«

Sie lasen um die Wette, doch die Ausbeute war gleich Null. Amok hatte alles daran gesetzt, ein Phantom zu bleiben.

Schwarz' Handy klingelte. Es war seine Mutter: Sie werde über Nacht in Waldram bleiben, sie habe zu tun. Erst jetzt merkten Schwarz und Eva, dass es Abend geworden war. Auf der Landsberger war die Straßenbeleuchtung eingeschaltet, die ersten Autos fuhren mit Licht und der Himmel war von einem dramatischen Sonnenuntergang rot überflammt.

»Hast du eigentlich Hunger?«, fragte Schwarz.

»Wenn du so fragst: und wie!«

Er wärmte den Borschtsch noch mal auf, dazu tranken sie Bier. Eva konnte nicht glauben, dass Schwarz' Mutter nie jüdisch gekocht hatte und sich jetzt noch an ein Rezept aus ihrer Kindheit erinnerte.

»Sag mal, will deine Mutter eigentlich bei dir wohnen bleiben?«

Schwarz überlegte kurz, ob er von den WG-Plänen seiner Mutter erzählen sollte, von denen Eva offenbar nichts wusste, behielt sie aber lieber für sich. »Es gibt verschiedene Überlegungen, auf jeden Fall will sie in der Stadt bleiben.«

»Wenn es euch hier zu eng wird, kann sie gern für eine Weile zu mir kommen«, sagte Eva. »Ich fühle mich manchmal ziemlich allein in dem großen Haus.«

»Verstehe«, sagte Schwarz. Als er Eva das zweite Bier einschenken wollte, schüttelte sie den Kopf. »Dann kann ich nicht mehr fahren.«

»Bleib halt hier.« Er war überrascht, wie selbstverständlich ihm das über die Lippen gegangen war – als hätte jemand anderer für ihn gesprochen oder zumindest ein Teil von ihm, der sich seiner Kontrolle entzog.

Sie lächelte. »Du bist doch nur zu faul, mich wieder runterzuschleppen.« Dann nahm sie einen Schluck Bier und alles war gesagt.

Später lieh Eva sich ein Nachthemd von Schwarz' Mutter aus. Sie verschwand mit dem Rollstuhl im Bad und er machte sich Sorgen, die sanitären Einrichtungen könnten sie vor Probleme stellen. Aber keine Viertelstunde später kehrte Eva im altmodisch geblümten Négligé zurück, rollte neben das Schlafsofa und glitt unter die Decke.

Sie hatten sich längst eine gute Nacht gewünscht und das Licht gelöscht, als Schwarz Eva plötzlich flüstern hörte. »Magst du zu mir kommen?«

Was für eine Frage. Er hätte ohnehin kein Auge zugemacht.

»Leg dich hinter mich und halt mich fest.«

Er spürte ihre Wärme und atmete ihren Duft. Fremd. Und zart. Und aufregend.

»Anton«, sagte Eva plötzlich und drehte ihr Gesicht zu ihm, »was ist, wenn ich nicht operiert werden kann?«

Er zog sie enger an sich und küsste ihr Haar.

27.

Schwarz kam zu spät, weil er Eva zum Flughafen gebracht hatte.

»Sie hätten mich anrufen müssen«, sagte Thomas Engler verstimmt und schloss die Wohnungstür hinter ihm. »Ich will täglich ein kurzes Update. Das wird ja wohl möglich sein bei Ihrem Honorar.«

»Möglich auf jeden Fall«, sagte Schwarz und ließ offen, ob er es in Zukunft auch so halten würde. Er ging zu dem Refektoriumstisch in der Mitte des großen Wohnraums und zog einen Stoß Papier aus seiner abgegriffenen Aktentasche. Engler sah ungeduldig auf die Uhr. »In fünf Minuten kommt mein Fahrer. Ich muss zu einem Meeting nach Frankfurt.«

»Dann sehen wir uns vielleicht besser morgen?«

»Nein, nein, sagen Sie schnell, was Sie rausgefunden haben.«

Schwarz berichtete kurz über den Besuch bei der Mutter von Matthias Sass, seine Fahrt zum Holzverladebahnhof und das Suizid-Forum, das der spätere Selbstmörder frequentiert hatte.

Engler hörte mit wachsendem Interesse zu. »Interessant.«

Schwarz hob die Schultern. »Damit ist zumindest geklärt, wie Sass den Mann kennengelernt hat, der ihn vermutlich bei seinem Suizid begleitet hat. Und wir haben eine hervorragende Beschreibung.«

»Haben Sie sich wegen des Pseudonyms schon an den Administrator gewandt?«

»Noch nicht.«

»Die wissen manchmal, wer sich hinter den Namen versteckt. Darf ich?«

Er nahm Schwarz den Ausdruck aus der Hand. »Hier, das

Impressum. Unter dieser Adresse müssten Sie ihn eigentlich erreichen.«

»Glauben Sie, der gibt seine korrekten Daten an?«

»Sicher. Sonst bekommt er eine Abmahnung – und das ist teuer.«

Er zog eine Seite aus dem Stapel und begann zu lesen. Es klingelte, der Fahrer war da. Engler bat ihn zu warten.

»Unglaublich, dieser Amok. Was für ein Zyniker! Lesen Sie mal!« Er reichte Schwarz die Seite und nahm die nächste.

Schwarz kannte den Thread, auf den Engler zufällig gestoßen war, nicht. Vermutlich hatte Eva sich mit ihm befasst. Es ging um das Thema *Erweiterter Suizid*.

Arsen: Ich denke, wir sind uns einig, dass jeder Mensch das Recht hat, sich eine Kugel in den Kopf zu schießen. Was aber ist, wenn dabei zufällig jemand hinter ihm steht?

Amok: Dann hat jemand Pech gehabt.

Cobain: Und wenn der Selbstmörder ihn rechtzeitig bemerkt und trotzdem abdrückt?

Arsen: Dann ist es Mord.

Lilith: Oder ein erweiterter Suizid.

Arsen: Versteht man darunter nicht eher verzweifelte Mütter, die ihre Kinder umbringen, ehe sie selbst Schlaftabletten nehmen? Oder Männer, die erst ihre untreuen Frauen und dann sich selbst richten?

Amok: Es soll Menschen geben, die davon träumen, bei ihrem Suizid möglichst viele Schöne, Reiche und Glückliche mitzunehmen.

Cobain: Selbstmordattentäter?

Amok: Leute, die nicht mehr leben können, weil ihr Hass zu groß ist. Sie sind an einem Punkt angelangt, an dem die Moral keine Rolle mehr spielt. Sie könnten sich sogar auf einem Kindergeburtstag in die Luft sprengen – oder in der 1. Klasse eines ICE.

Cobain: Aber das ist doch schrecklich?

Amok: Sicher, Cobain. Aber manchmal gibt es keinen anderen Weg.

Schwarz ließ das Blatt sinken und sah, dass der Fahrer nervös von einem Fuß auf den anderen trat. »Ich glaube, Sie müssen los, Herr Engler.«

»Ja, stimmt.« Er griff zu Handy und Notebook und stürmte zur Tür. Dort drehte er sich noch einmal um. »Wenn Sie dieses Dreckschwein kriegen, verdopple ich Ihr Honorar.«

Schwarz erschrak über den abgrundtiefen Hass, der aus Engler sprach. Er ordnete nachdenklich seine Papiere und verstaute sie in der Aktentasche. Bevor er ging, ließ er den Blick noch einmal über die sagenhaft schöne Wohnung und die blühende Dachterrasse schweifen. Der Arbeitsplatz auf der Empore erinnerte ihn an ein Baumhaus in seiner Kindheit und das Machtgefühl, alles beobachten zu können und gleichzeitig, sobald die Strickleiter hochgezogen war, unerreichbar zu sein. Es ist kein Zufall, dachte er, dass einer wie Engler sich so einen Arbeitsplatz einrichtet.

28.

Novalis zerdrückte eine leere Red Bull-Dose. Es war seine sechste seit heute Morgen und ihm war schlecht. Das lag nicht allein an dem klebrigen Taurin-Drink, sondern auch daran, dass Cobain ihm einfach nicht aus dem Kopf ging. Seit der Gründung des Forums hatten sich Mitglieder angemeldet, eine Weile gepostet und sich irgendwann wieder zurückgezogen. In einigen wenigen Fällen war er sicher, dass sie ihrem Leben ein Ende gemacht hatten. Bei den anderen vermutete er, dass sie das Thema nicht mehr interessiert hatte, weil sie sich zum Beispiel verliebt hatten oder ernsthaft krank geworden waren. Das Verschwinden eines Mitglieds hatte ihn nie sonderlich berührt.

Außer jetzt, bei Cobain.

Warum hatte er nichts unternommen, um ihn zu retten? Cobain war anders als die anderen, er wäre es wert gewesen.

Er hörte es klingeln. Er öffnete nie, wenn jemand an der Tür war.

Er hielt seine rechte Hand mit der linken fest, damit sie nicht so zitterte. Jetzt zitterten beide Hände. Und die Lüfter seiner Computer machten einen höllischen Lärm.

Kein Mensch war online. Falsche Uhrzeit. Doch, im Bilder-Thread postete Henriette das Foto eines Jugendstil-Grabs mit weißen Engeln. Er löschte es kommentarlos. Einfach aus schlechter Laune. Er hatte kein Lust mehr! Er war durch mit www.muenchner-freitod.de.

Es klingelte schon wieder. Warum ließ man ihn nicht in Ruhe? Da schoss ihm der Gedanke durch den Kopf, dass vielleicht Cobain vor der Tür stand. Er lebte noch und war auf der Flucht vor Amok. Er wollte sich bei ihm in Sicherheit bringen.

Schwarz hatte gerade beschlossen, wieder zu gehen, als die Tür aufgerissen wurde. Er schaute in Augen, die ihn erschrocken anstarrten, und verhinderte im letzten Moment, dass der etwa fünfundzwanzigjährige, extrem hagere Mann die Tür zuschlug.

»Nehmen Sie sofort Ihren Fuß weg.«

»Mein Name ist Schwarz und das ist kein Nickname.«

»Gehen Sie! Ich lasse Sie nicht rein«, rief der junge Mann mit überschnappender Stimme.

»Hören Sie mir doch erst mal zu. Ich bin Privatermittler und habe einige Fragen.« Aber der Mann schüttelte nur hysterisch den Kopf. Da schob Schwarz ihn kurzerhand mit der Tür zur Seite und trat in den düsteren Raum.

»Das ist Hausfriedensbruch.«

»Ich weiß, aber wenn ich hier nicht lüfte, ist es unterlassene Hilfeleistung.« Er ging mit angehaltenem Atem zum Fenster und öffnete es. Sein Blick fiel auf die drei Bildschirme. »Man glaubt ja nicht, was sich alles hinter den Türen eines Studentenwohnheims verbirgt.«

»Was wollen Sie von mir?«

»Endlich eine konstruktive Frage. Soll ich Sie Novalis oder Achleitner nennen?«

»Sagen Sie mir, was Sie wollen.«

»Dann entscheide ich mich für Novalis – eine Kundschaft mit so einem interessanten Namen hatte ich noch nie. Ich bin wegen Matthias Sass hier.«

Schwarz sah, wie der ausgeprägte Adamsapfel des jungen Mannes sich nach oben und wieder nach unten bewegte. Zwei Mal. »Was ist mit ihm?«

»Was vermuten Sie denn, Novalis?«

»Keine Ahnung.«

»Sie haben in Ihrem eigenen Forum lesen können, dass er sich mit einem Mitglied namens Amok zum Suizid verabredet hat.«

»Nein, so war das nicht. Außerdem weiß man nie, was ernst ist und was Fake.«

»Wenn alles nur Spaß gewesen wäre, hätten Sie den Thread zu Tim Burger bestimmt nicht gelöscht.«

Novalis starrte ihn an und zitterte noch mehr.

»Wo?«

»Kurz vor der Friedenheimer Brücke.«

»Was? An derselben Stelle wie Burger? Das ist absurd.«

»Finde ich auch. Absurder sogar noch als Ihr Forum.«

Novalis stand mit hängenden Schultern da und ließ einige

erstickte Schluchzer hören. Dazu schüttelte er unaufhörlich den Kopf. Plötzlich riss er die Augen auf und rannte los. Bis zum Fenster waren es nur ein paar Meter und Schwarz wusste, dass er den Sprung nicht verhindern konnte. Er sah den bleichen, jungen Mann schon zwei Stockwerke tiefer auf dem frisch geteerten Gehweg liegen. Aber das Schicksal hatte etwas dagegen, dass der Administrator von www.muenchnerfreitod.de sich auf diese Weise aus der Verantwortung stahl.

Drei Schritte vor dem Fenster ging Novalis in die Knie, um sich abzustoßen. Doch sein rechter Fuß war plötzlich wie aus Gummi und statt zu springen, fiel er mit einem gellenden Schrei um.

Schwarz näherte sich ihm in aller Ruhe, zog ihn in die Sitzposition und gab ihm eine schallende Ohrfeige. Novalis schaute völlig verblüfft, als hätte er schon ewig keine spürbaren Erfahrungen mehr gemacht.

»Tut mir leid«, sagte Schwarz, »aber das war psychologisch angezeigt. Was ist mit Ihrem Fuß?«

»Ich glaube, er ist gebrochen.«

»So schnell geht das nicht.« Er tastete den Fuß ab. Der Bereich um die Achillessehne war sehr druckempfindlich, aber sonst schien alles an seinem Platz zu sein. »Haben Sie Eis?«

Novalis schüttelte den Kopf.

»Irgendwas anderes Kaltes?« Er öffnete, ohne auf die Antwort zu warten, selbst den Kühlschrank und warf Novalis eine Büchse Red Bull zu. »Hier, damit können Sie Ihren Fuß kühlen.«

»Ich hätte Matthias helfen müssen«, schniefte Novalis.

»*Hätte* ist vorbei. Aber Sie können mir jetzt helfen.«

»Ich?«

»Ja, als Administrator.«

Er machte eine wegwerfende Handbewegung.

»Was wissen Sie über diesen Amok?«

»Nur das, was im Forum steht.«

»Seine E-mail-Adresse?«

»Ich habe versucht, ihm zu schreiben, aber nur eine Fehlermeldung gekriegt.«

»Wie komme ich an seine richtige Adresse?«

»Über den Provider. Aber der gibt sie nur raus, wenn ein Staatsanwalt es anordnet.« Er rieb stöhnend seinen Knöchel. »Bitte glauben Sie mir: Ich habe das nicht gewollt. Ich werde das Forum schließen.«

»Das werden sie nicht«, sagte Schwarz entschieden.

Novalis sah ihn irritiert an.

»Ich will von Ihnen informiert werden, sobald Amok wieder online ist.«

»Ich kann mir nicht vorstellen, dass er noch mal auftaucht.«

»Vielleicht unter einem anderen Namen.«

»Gestern hat sich einer angemeldet: Ozzy Osbourne.«

Schwarz winkte ab. »Den können Sie vergessen.«

»Wieso sollte Amok zurückkehren?«

»Vielleicht um zu sehen, wie das Forum auf den Suizid von Sass reagiert.«

»Dazu müsste ich einen eigenen Thread einrichten.«

Schwarz nickte. »Sie haben es erfasst.«

»Und wieso sollte ich das tun?«

»Weil Sie sich am Tod von Matthias Sass mitschuldig fühlen.«

Novalis senkte den Blick.

»Dieser Amok ist hochintelligent und voller Hass. Er wird weitermachen. Helfen Sie mir, das zu verhindern.« Schwarz schloss das Fenster und zog das Rollo hoch. Er reichte Novalis seine Karte. »Zeigen Sie Ihren Fuß einem Arzt. Und machen Sie keine Dummheiten.«

Als er ging, blickte der junge Mann ihm hinterher. Plötzlich huschte ein dankbares Lächeln über sein Gesicht.

29.

Wenn ich damals nicht den Kopf für meinen Kollegen Kolbinger hingehalten hätte und noch bei der Polizei wäre, dachte Schwarz, könnte ich jetzt mit Hilfe des Eisenbahners, der so gern ›Aktenzeichen XY‹ schaut, ein Phantombild von dem Unbekannten anfertigen lassen. Das würde ich dem Lokführer Engler vor die Nase halten, ob er ansprechbar ist oder nicht. Ich würde schauen, wie er reagiert, und wüsste wenigstens, ob ich auf der richtigen Spur bin. Als Polizist würde ich auch längst die Identität der beiden Glatzen kennen, die sich vor dem Lokomotivführerbau herumgetrieben haben.

Allerdings, dachte Schwarz, würde ich als Polizist jetzt nicht gemütlich in die *Karibik* radeln, sondern mich in einem nach Beamtenschweiß muffelnden Büro beim Berichte Schreiben langweilen.

Cindy verhandelte gerade mit einem Herren jenseits der siebzig. »Heute kein Viagra, kann ich mich da drauf verlassen?«

»Wieso denn nicht?«

»Weil ich pro Nummer bezahlt werde, nicht nach Stunden.«

»Dann muss ich leider passen.«

»Tut mir leid, wenn du es schon eingeworfen hast«, sagte Cindy und tätschelte dem Freier freundlich die Wange. »Vielleicht hast du ja Lust auf Dunja.«

»Nur auf dich«, sagte der alte Mann und trottete davon. Schwarz fuhr einen Bogen um ihn herum und reichte Cindy das Pfefferspray. »Hab's auch schon ausprobiert.«

»Und?«

Schwarz grinste. »Funktioniert.«

Cindy streckte den Arm aus und drückte auf den Knopf.

»Vorsicht«, rief Schwarz, »immer erst schauen, wie der Wind steht.«

»Ich muss erst die Windrichtung bestimmen, wenn mir einer an die Gurgel will?« Sie steckte die Dose schnell in ihr Höschen, weil sich zwei junge Männer in einem schwarzen BMW mit Heckspoiler näherten.

Schwarz radelte zum Konsulat weiter. Er kontrollierte gerade die Sicherheitsanlage, als sein Handy sich meldete. Luisa war dran. »Papa, ich würde gern mit dir reden.«

»Über was denn, Schatz?«

»Über Mama. Hast du heute Abend Zeit?«

Das darf doch wohl nicht wahr sein, dachte Schwarz, jetzt schickt Monika unsere Tochter als UNO-Blauhelm. »Heute ist es leider schlecht«, sagte er, »ich habe Stammtisch.«

»Und darauf kannst du nicht ausnahmsweise mal verzichten?«

»Schon, aber ausgerechnet heute brauche ich von den Kollegen eine wichtige Information.«

»Dann komm doch danach vorbei.«

Schwarz versuchte es mit einer letzten Ausflucht. »Kann aber spät werden.«

»Macht nichts. Ich lese immer bis in die Puppen.«

»Na gut, dann ...«

»Bis später, Papa. Ich freue mich.«

Schwarz starrte auf sein Handy, als wäre Luisa gerade darin verschwunden. *Ich* freue mich nicht, dachte er, weil ich mich nicht unter Druck setzen lassen will. Ich habe es mir nämlich nicht leicht gemacht mit dieser Trennung. Genau genommen habe ich dafür mehr als drei Jahre gebraucht. Das muss doch mal anerkannt werden.

Während er routiniert Überwachungskameras und Schlösser überprüfte, ging Schwarz in Gedanken verschiedene Strategien durch, mit denen er Luisa klarmachen wollte, dass sein Entschluss unverrückbar war. Er nahm an, dass sie als Tochter ihrer Mutter mit allen psychologischen Tricks arbeiten würde. Aber er würde gewappnet sein. *Du machst Witze, Luisa,* würde er sagen, *eine Frau von einundzwanzig Jahren kann sich doch wohl nicht ernsthaft als Scheidungskind bezeichnen.* Er deklamierte laut vor sich hin, als er an Cindy vorbei Richtung Bierhalle radelte. Sie kassierte gerade bei der BMW-Besatzung für schnelle Handarbeit und schaute ihm besorgt hinterher. »Alles in Ordnung, Anton?«

Jankl und Stamm fehlten wegen einer Frauenleiche in den Isarauen, Buchrieser schaute kaum vom Essen auf. »Servus, Toni.«

Kolbinger hingegen begrüßte ihn wie meistens fast zu herzlich. »Na, altes Haus, wie fühlt man sich als Fünfziger?«

Schwarz hob die Hand, um der Bedienung zu signalisieren, dass er nicht lange auf sein Dunkles warten wollte.

»Die darfst du nicht essen, stimmt's?«, sagte Buchrieser und schmatzte zufrieden. Mit dem Messer zeigte er auf seine Schweinswürstchen.

»Sehr lustig. Aber, wenn du's genau wissen willst, halachisch bin ich tatsächlich ein Jude.«

»Was hat das jetzt mit Harlaching zu tun?«, sagte Buchrieser und grinste absichtlich dümmlich.

»Buchrieser, bitte, reiß dich zusammen!« Seit Kolbinger eine weitere Stufe auf der Karriereleiter erklommen hatte, legte er plötzlich Wert auf Political Correctness.

»Der Buchrieser will doch nur zeigen, wie gebildet er ist«, sagte Schwarz. »Wer weiß schon, dass dieser Stadtteil eine jüdische Gründung ist?«

»Unser Harlaching?« Buchrieser fiel die Kinnlade herunter. Als er Schwarz' Grinsen bemerkte, hielt er ihm ein Stück Wurst hin. »Sag feig!«

»Kannst du mal aufhören, ihn zu provozieren?«, sagte Kolbinger.

Schwarz griff nach der Wurst, biss ein Stück ab und kaute. »Hm, die waren hier auch schon mal besser.«

»Nichts für ungut, Toni«, sagte Buchrieser, und sie stießen an. »Und was bist du jetzt wirklich?«

Ein Judenkuckuck, der in einem Egerländer Nest groß gezogen wurde, dachte Schwarz. Aber das war ihm zu privat. »Wenn ich es rausgefunden habe, sage ich es dir.«

Buchrieser bot ihm noch ein Stück Wurst an, aber diesmal lehnte er ab. Schweinswürstchen hatten ihm eigentlich nie geschmeckt, genauso wenig wie Schweinsbraten. Wenn er nachdachte, hatte es beides bei ihm daheim nie gegeben – auch keine Kassler Rippchen, keine Lendchen und keine Schweinshaxe. Das völlige Fehlen von Schweinefleisch auf der häuslichen Speisekarte hatte er aber nie wahrgenommen, weil seine Mutter stattdessen Lamm, Rind oder Huhn aufgetischt hatte.

Ob sie das bewusst so gehandhabt hatte? Ihre angebliche Allergie gegen Meeresfrüchte sprach dafür. Auch ihre Eigenart, den Braten, meistens ein Hühnchen, nicht wie die anderen Bewohner von Waldram am Sonntag, sondern am Freitagabend zu servieren.

Außerdem war er beschnitten.

Seine Mutter hatte zwar immer die lustige Geschichte zum Besten gegeben, wie er auf einem Kindergeburtstag plötzlich nicht mehr pinkeln konnte und bald darauf operiert werden musste. Aber auch diese Anekdote kam ihm inzwischen fragwürdig vor.

Hatte sie etwa, nach außen hin immer die perfekte Egerländerin, zu Hause klammheimlich doch einige jüdische Traditionen gepflegt?

»Was schaust du denn so kariert, Anton«, sagte Buchrieser und hielt ihm das Bierglas zum Anstoßen hin.

»Prost.«

»Prost, Toni. Du hast am Telefon gesagt, wir können dir vielleicht helfen.«

»Stimmt.«

»Geht es immer noch um den Bahnsuizid?«

»Ja. Inzwischen weiß ich sicher, dass der Selbstmörder von jemandem begleitet wurde.«

»Und?«

»Dieser Mann hat alles daran gesetzt, Matthias Sass dazu zu bringen, dass er sich vor den Zug wirft.«

»Mit welchem Ziel denn?«

»Er wollte den Lokführer treffen, was er auch erreicht hat: Klaus Enger ist immer noch in der Psychiatrie.«

»Woher hat er gewusst, dass Engler genau zu diesem Zeitpunkt an der Stelle vorbeifährt?«

»Er kannte den Dienstplan.«

Kolbinger mischte sich ein. »Wir haben drüben an den Gleisen eine Razzia gemacht.«

»Ich weiß. Aber das war nicht deine Abteilung?«

»Doch. Meine neue.«

»Das heißt, du bist jetzt für die Rechten zuständig? Ausgerechnet du?«

Kolbinger warf ihm einen warnenden Blick zu. »Wir haben neben den üblichen Schmierereien auch eine konkrete Drohung gefunden.«

Schwarz nickte. »Tötet Engler. Was habt ihr unternommen?«

»Nichts, ehrlich gesagt.«

»Also, ich verstehe das alles nicht«, sagte Buchrieser, »das ist doch total verrückt. Wer hat was davon, wenn ein Lokführer in die Klappse kommt?«

»Das weiß ich nicht. Noch nicht.« Schwarz' Blick verlor sich irgendwo zwischen den Kustermannsäulen, die das Gewölbe der Bierhalle stützten.

»Also, was können wir für dich tun?«, fragte Kolbinger.
»Ich brauche die Namen.«
»Unmöglich, Anton.«
»Welche Namen denn?«, sagte Buchrieser.
»Die Namen der Neonazis, die wir bei der Razzia aufgegriffen haben«, sagte Kolbinger seufzend.
»Musst du eigentlich immer Nazis jagen, weil du ein Jude bist, Toni?«
»Ich glaube, dieses Mal genügt es mir, wenn ich mit ihnen rede.«
»Ich darf dir die Namen nicht geben, Anton«, sagte Kolbinger. »Es sei denn ...«
»Was?«
»Du informierst mich sofort, wenn du auf etwas strafrechtlich Relevantes stößt.«
»Kannst dich drauf verlassen«, sagte Schwarz.
Dann ließ er sich zu einem zweiten Bier überreden. Er hatte sich in der Vergangenheit nicht selten über die ehemaligen Kollegen geärgert, über Buchriesers fragwürdige politische Ansichten und Kolbingers Opportunismus. An diesem Abend genoss er es, Freunde bei der Polizei zu haben. Das dritte und vierte dunkle Bier allerdings trank er weniger aus Sympathie für Kolbinger und Buchrieser als aus Bammel vor dem Gespräch mit Luisa.

30.

RICE = *rest, ice, compression, elevation*. Novalis hatte die Seiten mehrerer Internetärzte konsultiert und alle hatten dasselbe geraten: Er sollte seinem Fuß Ruhe gönnen, ihn kühlen und hoch lagern. Er humpelte zum Kühlschrank und holte ein paar von den Eiswürfeln, die endlich hart waren. Als er sie in seine Socke schob, ließ ihn ein brennender Schmerz zusammenzucken. Wahrscheinlich zog er sich jetzt auch noch Erfrierungen zu.

Er hatte sein Äußeres immer gehasst, die dünnen Beine, die wachsfarbene Haut mit den unzähligen Muttermalen, die schmale Brust. Auch sein Rücken krümmte sich leicht, aber das war wohl eine Folge der ständigen Arbeit am Bildschirm. Das Eintauchen in die virtuelle Welt war eine Befreiung von seinem armseligen Körper gewesen. Doch jetzt hatte die Wirklichkeit ihn eingeholt und bereitete ihm Schmerzen. Aber merkwürdigerweise war er ruhiger geworden, seit er wieder etwas spürte.

Außerdem hatte Novalis nun eine Aufgabe, die er ernst nahm. Er wartete auf Amok. Oder besser gesagt, auf die wirkliche Person, die sich hinter Amok versteckte.

Wie mit dem Detektiv besprochen, hatte er einen neuen Thread eröffnet: ›R.I.P. Matti‹. Innerhalb weniger Stunden waren alle, die sich wochenlang über Tim Burger ausgelassen hatten, dorthin übergewechselt. Und nicht nur sie. Novalis hätte die Zahl der User längst begrenzen müssen, aber das durfte er nicht. Schließlich sollte Amok, der sicher unter neuem Nickname auftrat, auf keinen Fall ausgesperrt werden.

Novalis spürte, wie die Eiswürfel schmolzen. Am Boden unter seinem Fuß bildete sich eine kleine Pfütze. Er bewegte die Zehen, um zu sehen, ob sie trotz der Vereisung noch funktionierten.

Da meldete sich ein neues Mitglied an. *Abaddon?* Was war denn das für eine Name?

Er googelte eilig den Nickname. »Abaddon, biblische Figur. Im Neuen Testament der Engel des Abgrunds. Öffnete den Abgrund, sodass heuschreckenartige Wesen Unheil über die Menschheit brachten.«

Ein Name mit dem Anfangsbuchstaben A wie Amok. War das ein Hinweis, dass er es war?

Abaddon erklärte, er habe lange über den letzten Bahnsuizid und auch über die Tatsache, dass Tim Burger Neonazi war, nachgedacht. Er schrieb grammatikalisch korrekte und etwas umständliche Sätze, und wurde prompt unterbrochen.

Kain: Kannst du mal auf den Punkt kommen?

Abaddon: Sorry, ich schreibe nicht so oft in Foren wie eurem. Also, ich finde, Selbstmörder und Nazis haben eine Menge gemeinsam.

Novalis richtete sich so abrupt in seinem Schreibtischstuhl auf, dass sein hochgelegtes Bein vom Hocker rutschte. Er ignorierte den Schmerz und rückte den Monitor zurecht. »Selbstmörder und Nazis haben eine Menge gemeinsam.« Das war eine Bombe, die Abaddon da hochgehen ließ. Entsprechend heftig reagierten die User. Henriette vergaß ihre übliche Sanftheit und beschimpfte den Neuen wütend. Helper rief nach dem Administrator und forderte, Abaddon sofort wieder aus dem Forum auszuschließen. Deepness immerhin verlangte eine Erklärung für die provokante These.

Abaddon: Ich verstehe Nazis als Leute, die ihre totalitären Ideen um jeden Preis durchsetzen wollen. Dabei ist es ihnen völlig egal, was mit anderen passiert.

Deepness: Einverstanden.

Abaddon: Diese Definition passt aber auch zu einem Geisterfahrer, der den Tod anderer Verkehrsteilnehmer billigend in Kauf nimmt.

Helper: Ich glaube, die meisten Geisterfahrer ordnen sich nur aus Versehen falsch ein. Wenn sie es checken, rasen sie im Schock weiter, um schnellstmöglich zur nächsten Ausfahrt zu kommen.

Abaddon: Nehmen wir den Arbeitslosen, der sich in der Toilette seiner ehemaligen Firma aufhängt.

Helper: Ein armes Schwein also.

Abaddon: Genau. Aber diesem armen Schwein ist es scheißegal, was in der Seele des Menschen passiert, der ihn entdeckt.

Henriette: Was ist mit der jungen Frau, die heimlich und leise geht und erst nach Jahren irgendwo im Wald gefunden wird?

Abaddon: Sie ist genauso rücksichtslos wie die anderen, weil sie sich einen Dreck um die Angst und Verzweiflung ihrer Eltern und Freunde kümmert.

Helper: Das ist doch die reine Polemik. Kein Suizid spielt sich im luftleeren Raum ab.

Pusher: Außerdem sind es oft Kurzschlusshandlungen.

Helper: Genau. Man ist gefangen im Kosmos der eigenen Verzweiflung und nimmt die anderen gar nicht mehr wahr.

Abaddon: Und geht über Leichen.

Deepness: Auf was willst du raus, Abaddon? Wir reden hier über Cobain.

Abaddon: Okay, ich weiß nicht, ob der Junge bekennender Neonazi war, aber spätestens durch seinen Suizid ist er meiner Meinung nach einer geworden.

Henriette: Das ist doch Scheiße! Novalis, greif doch mal ein!

Aber Novalis dachte nicht daran.

Abaddon: Dieser Suizid war nämlich das Gegenteil einer Kurzschlusshandlung. Er hat sich über Monate angebahnt und war minutiös geplant. Zuletzt hat Sass minutenlang hinter einem Stützpfeiler gewartet, bis der Zug kommt. Er hat genau gewusst, was er tut, und sogar, wer die Lok fährt. Er hat diesen Unschuldigen zum Töten gezwungen und ist damit zum Mörder an dessen Seele geworden. Er war kein bisschen besser als jeder Scheiß Nazi. Und wenn ihr ihn hier glorifiziert, seid ihr nicht viel besser als er.

Eine Weile passierte gar nichts. Die Community war verstummt. Als Henriette sich als Erste wieder zu Wort meldete, schaltete Novalis den Monitor aus.

Er musste in Ruhe nachdenken. Eigentlich sprach nichts dafür, dass sich hinter diesem Abaddon Amok versteckte. Sein Stil war völlig anders und er hatte sich offenbar nur angemeldet, um seiner Wut über die Selbstmörder im Allgemeinen und Cobain im Besonderen Luft zu verschaffen.

Aber es gab da etwas, das Novalis irritierte. Woher wusste Abaddon, dass Matthias sich hinter einem Stützpfeiler versteckt hatte und die Identität des Lokführers kannte?

Novalis griff zum Handy, um Schwarz anzurufen. – Mailbox. Er legte auf, ohne eine Nachricht zu hinterlassen.

31.

Anton Schwarz hatte das Klingeln gehört, aber sein Fahrrad war beim Versuch, es gegen den Gartenzaun von Luisas Haus zu lehnen, umgefallen. Als er sich bückte, war ihm das Handy aus der Brusttasche gerutscht und ein Stück über den Asphalt geschlittert. Der letzte Klingelton war verstummt, als er es aufhob. Wird schon nicht so wichtig gewesen sein, dachte Schwarz.

»Papa, du bist ja betrunken.« Luisa umarmte ihn kichernd.

Er schüttelte entschieden den Kopf, realisierte bei dieser Bewegung aber, dass an ihrer Feststellung womöglich etwas dran war. »Du kannst mir ja einen deiner Tees machen, dann bin ich gleich wieder nüchtern. Nimm doch den, der nach Kuhmist riecht.«

»Ich habe Champagner aufs Eis gelegt.«

Wieso Champagner, dachte Schwarz irritiert, während er

seiner Tochter durch hohes Gras zu einer alten Hollywoodschaukel folgte. »Wie findest du die? Hat Gregory organisiert.«

Schwarz nickte anerkennend, obwohl ihm wegen der psychedelischen Farben die Augen tränten. Er verzichtete auch darauf, sich zu erkundigen, ob Gregory ein neues WG-Mitglied oder Luisas aktueller Freund war.

»Ich hole nur schnell das Zitronensorbet.«

Champagner, Sorbet, dachte Schwarz, ist das die Henkersmahlzeit? Er ließ sich in die Schaukel fallen und entschied rasch, dass dies kein geeignetes Möbel für seinen aktuellen Zustand war. Kaum war er auf einen windschiefen Stuhl gewechselt, kehrte seine Tochter strahlend mit einem Tablett zurück.

Er hasste Sekt, auch wenn er Champagner genannt wurde. Aber als ehemaliger Verhörprofi wusste er, wie wichtig ein angenehmes Gesprächsklima war. Nur deshalb nippte er brav an der Flöte und löffelte das klebrige, in Wodka schwimmende Eis.

»Du machst dir so viel Mühe, Luisa«, sagte er.

Sie schenkte ihm ein warmes Lächeln. »Ich habe oft ein schlechtes Gewissen gehabt, Papa.«

Er blickte von seinem Eisschälchen auf. Was für ein cleverer Einstieg in eine Generalabrechnung.

»Sicher hättest du es lieber gesehen, wenn ich in den letzten Jahren versucht hätte, Mama und dich wieder zusammenzubringen.«

Stimmt, er hatte sich sogar gefragt, ob Luisa überhaupt seine Tochter war. Andere Kinder lagen bei Ehekrisen vor ihren Eltern auf den Knien und flehten, dass sie sich wieder versöhnten.

»Stattdessen habe ich dich immer wieder mal aufgefordert, endlich für klare Verhältnisse zu sorgen.«

Aber das, was du Mama jetzt angetan hast, hätte ich nie von dir erwartet, nahm Schwarz in Gedanken ihren nächsten Satz vorweg.

»Aber das«, sagte seine Tochter, »hätte ich nie von dir erwartet.«

Er holte tief Luft. »Luisa, ich bin jetzt fünfzig.«

»Eben. In diesem Alter wird bekanntlich das Testosteron weniger und der Mann konservativ. Er erträgt, egal wie unglücklich er mit seinem Leben ist, lieber alles, um sich nicht auf etwas Neues einstellen zu müssen.«

Verdammt, ich verstehe sie nicht, dachte Schwarz, ich bin zu betrunken. Jetzt umarmte Luisa ihn auch noch. »Ich finde es prima, dass du den Mut gehabt hast.«

»Den Mut?«

»Ja sicher: Es gehört doch wohl eine Menge Mut dazu, nach zwanzig Jahren einen Schlussstrich zu ziehen. Aber es ist wirklich das Beste für euch beide. Mama hat Justus und du kannst noch mal richtig durchstarten.«

Schwarz' Zunge klebte am Gaumen, seine Gedanken schlugen Purzelbäume. Er versuchte, zu begreifen, was Luisa da gerade gesagt hatte. Begrüßte sie wirklich seine Trennung von Monika? Beglückwünschte sie ihn sogar?

»Mama habe ich übrigens dasselbe gesagt, als sie sich bei mir ausgeheult hat.«

Schwarz spürte einen Stich in der Brust. »Monika hat geweint?«

»Ja, sie ist ziemlich fertig. Ich denke, sie begreift erst jetzt, was sie an dir gehabt hat.«

Schwarz starrte auf das Glas mit dem Sorbet, das sich komplett im Wodka aufgelöst hatte. Zu seiner Überraschung bereitete es ihm keine Genugtuung, dass Monika, die ihn jahrelang mit Justus gequält hatte, nun litt. »Du meinst, es nimmt sie richtig mit?«

»Papa, Vorsicht! Werd jetzt bloß nicht schwach«, sagte Luisa mit strenger Miene. »Mama ist ein Machtmensch, sie hasst es, wenn ihr die Fäden aus der Hand genommen werden.«

»Das verstehst du falsch, Luisa. Für sie war es auch mal die große Liebe.«

Luisa nahm seine Hand und lächelte aufmunternd. »Trotzdem.«

Was für eine große, kluge Tochter ich habe, dachte Schwarz gerührt. Sie ist vernünftiger als Monika und ich zusammen. Jetzt muss sie sich nur mal wieder verlieben, damit sie auch mal unvernünftig sein kann.

32.

Als Anton Schwarz nach Mitternacht in seine Wohnung kam, war er wieder so gut wie nüchtern, aber todmüde. Der Anrufbeantworter blinkte. Er hoffte insgeheim auf eine Nachricht von Eva, aber es war Novalis, der Administrator des Suizidforums. Er bat ihn dringend, in seine Mails zu schauen. Schwarz fuhr genervt den Computer hoch. Während er wartete, fiel ihm auf, dass sein Ficus wieder mal kurz vor dem Ableben war. Er überlegte, ob er ihn endgültig sterben lassen sollte, hatte aber das ungute Gefühl, die bewusste Auslöschung einer unschuldigen Pflanze könne Unglück bringen. Er suchte nach der Gießkanne, fand sie nicht und behalf sich mit einem Bierglas. Wieso goss seine Mutter eigentlich nie? War sein gestörtes Verhältnis zu Zimmerpflanzen etwa auch ein Erbteil?

Inzwischen war der Computer bereit. Er staunte, als er die neueste Mail öffnete: »Zuletzt hat Sass minutenlang hinter einem Stützpfeiler gewartet, bis der Zug kommt. Er hat genau gewusst, was er tut, und sogar, wer die Lok fährt.«

Novalis hatte ihm die ganze Diskussion gemailt, die ein gewisser Abaddon angezettelt hatte. Nur diese Zeilen hatte er fett hervorgehoben und mit drei Ausrufezeichen versehen.

Schwarz verstand den Grund für seine Aufregung gut. Abaddon wusste etwas, das nur wenige wissen konnten: Amok, Buchrieser, Kolbinger, Thomas Engler, mit gewissen Einschränkungen der Gleisarbeiter Edi und natürlich er selbst.

War Matthias Sass bei seinem Suizid womöglich nicht nur von Amok, sondern von weiteren Personen begleitet worden? Von den beiden Glatzköpfen vielleicht, die vor dem Lokomotivführerbau herumgelungert hatten? Aber dann hätte Edi sie doch gesehen. Außerdem passte Abaddons Sprache überhaupt nicht zum Jargon der Naziszene.

Plötzlich tauchte der Name Thomas Engler vor ihm auf. Thomas Engler, den er über sämtliche ihm bekannten Details der Tat und auch über www.muenchner-freitod.de informiert hatte. War es denkbar, dass jemand wie er den Leuten im Forum die Augen öffnen wollte? Er hatte ja bereits mit seiner Reportage ›Der Schatten über den Schienen‹ bewiesen, wie wichtig ihm dieses Anliegen war. Schwarz fragte sich trotzdem, ob ein Mann, der im Alltag mit Staatssekretären und Chefredakteuren verkehrte, sich tatsächlich auf eine Diskussion in einem so abseitigen Forum einlassen würde. Was versprach er sich davon, wenn er sich vor völlig unbekannten Menschen so aus dem Fenster lehnte? Hatte er seine Emotionen womöglich weit weniger unter Kontrolle, als Schwarz es bisher angenommen hatte? Und war es wirklich das Mitgefühl für seinen Vater, das ihn in ein solches Forum trieb?

Am nächsten Morgen beobachtete Anton Schwarz schlaftrunken seine italienische Espressomaschine auf dem Herd und versuchte, den Moment vorherzusagen, in dem sie plötzlich zu sprudeln begann. Wie immer verlor er die Wette gegen sich selbst, dafür genoss er den ersten Schluck aus der braunen Tasse aus Grado aber umso mehr.

Das Telefon klingelte, es war Kolbinger. »Ich schicke dir jetzt die Liste und einige zusätzliche Informationen.«

»Sind da die Personalien von zwei Brüdern dabei?«

»Warte. Ja, Woltermann habe ich zweimal. Aber die Mail ist nicht von mir, klar?«

»Von wem dann?«, fragte Schwarz, aber der Ex-Kollege hatte bereits aufgelegt.

Die siebzehnjährigen Zwillingsbrüder Patrick und Marco Woltermann jobbten in der Warenausgabe eines Großmarkts im Münchner Osten. Schwarz bekam sie während einer Arbeitspause zu fassen. Als er ihnen erklärte, er habe noch einige Fragen zur Burger-Geschichte, hielten sie ihn für einen Polizisten. Sie folgten ihm bereitwillig zu einem Platz hinter dem Markt, wo ein großer Container für Kartonagen stand. Schwarz registrierte, dass die beiden offenbar ihre Haare wachsen ließen und sich sehr um ein angepasstes Auftreten bemühten.

»Wie seid ihr dazu gekommen, dort am Bahngleis abzuhängen?«

»Ein Kamerad hat uns mitgenommen«, sagte Patrick, der etwas größere der beiden.

»Ein Kollege«, korrigierte sein Bruder ihn. »Seinen Namen wissen wir leider nicht.«

»Der interessiert mich auch nicht. Hat dieser … Kamerad euch vorher erklärt, was dort stattfindet?«

»Ja, eine Ehrenwache für Tim Burger«, sagte Marco.

»Ehrenwache? Was für eine Ehre wird denn da bewacht?«

»Dann nennen Sie's halt Heldengedenken.«

»Burger war für euch ein Held?«

Sie schwiegen.

»Na gut. Außer für Burgers Ehre habt ihr euch ja auch noch für den Lokführer Engler interessiert.«

Die Brüder sahen sich alarmiert an. Offenbar hatten sie sich in dieser Sache in Sicherheit gewiegt.

»Dazu sagen wir nichts«, erklärte Marco.

Schwarz lächelte nachsichtig. »Bei euch wurden eine Gaspistole und ein Butterflymesser sichergestellt. Das hätte ziemlich unangenehme Konsequenzen haben können, wärt ihr nicht so kooperativ gewesen. Ist es damit jetzt vorbei?«

Die beiden schüttelten den Kopf.

»Warum seid ihr dann so schweigsam?«

Keine Reaktion.

»Ich finde den Mann, mit dem ihr gesehen worden seid, auch ohne euch. Mir liegt eine exakte Beschreibung vor und ich weiß, dass er einen schwarzen Fiat Punto mit Tölzer Kennzeichen fährt.«

»Scheiße, ist es ein Verbrechen, irgendwo rumzustehen?«, sagte Patrick.

»Nein. Ich wollte euch nur eine Chance zum Auspacken geben, bevor *er* es tut. Ich kann mir gut vorstellen, dass er euch alles in die Schuhe zu schieben versucht.«

Die Brüder tauschten Blicke.

»Okay«, sagte Marco. »Aber dass eins klar ist: Wir sind ausgestiegen, bevor irgendwas konkret geworden ist.«

»Einverstanden.«

»Und wir bereuen alles schrecklich«, ergänzte Patrick mit breitem Grinsen.

Schwarz lotste die beiden ein Stück von dem Container weg, da er offenbar nicht nur mit Kartonagen gefüllt war.

»Der Typ ist eines Nachts am Bahndamm aufgetaucht«, begann Marco. »Keiner hat ihn gekannt. Er hat gesagt, er will Engler einen Denkzettel verpassen, weil der ja Burger umgebracht hat.«

»Burger hat sich schon selbst umgebracht, wenn ich das anmerken darf. – Wie hieß der Typ?«

»Hat er uns nicht verraten. Wir sollten ihn S2 nennen.«

»S2?«

»Wegen der SS vielleicht, zwei S, S2«, meinte Marco achselzuckend. »Er hat uns Geld versprochen, wenn wir dem Kommunistenschwein ein bisschen Angst einjagen.«

»Welchem Kommunisten denn?«

»Na, Engler. Da war ja schon der Vater ein Roter.«

»Meint ihr, das ist erblich? Egal. Wie habt ihr ihm denn Angst gemacht?«

»Das wissen Sie doch. Wir sind nur dagestanden und haben zur Wohnung hoch gegafft.«

»Das war alles?«

Marco nickte.

Schwarz sah Patrick an, der wich seinem Blick aus. »Komm, sag's mir, was wollte der Typ noch von euch?«

Patrick zögerte lange. »Na ja, es klingt ziemlich verrückt, aber wir sollten Sprengstoff in Englers Lok verstecken.«

»Sprengstoff?«, sagte Schwarz ungläubig.

»Wir haben erst gedacht, der macht sich nur wichtig. Aber er kennt sich total gut aus mit dem Zeugs.«

»Woher wusste er, wann und mit welcher Lok Klaus Engler fährt?«

»Kriegt er locker raus, hat er gesagt.«

Schwarz entfernte sich mit den Brüdern noch ein Stück weiter vom Container. Der Gestank störte ihn einfach in seiner Konzentration.

Jetzt übernahm wieder Marco. »Wir wollten da aber nie mitmachen, klar?«

»Schon verstanden. Warum ist nichts aus dem Plan geworden?«

»Er hat plötzlich alles abgeblasen. Der Anschlag auf die Lok war ihm zu harmlos.«

»Zu harmlos?«

»Ja, er wollte Engler anders fertigmachen. ›Wir quälen ihn besser ganz langsam zu Tode‹, hat er gesagt.«

»Klingt ziemlich durchgeknallt.«

»Das ist der auch. Total. Wir haben echt Schiss bekommen.«

»Wie hat er reagiert, als ihr ausgestiegen seid?«

»Er hat gesagt, er sprengt uns die Eier weg, wenn wir was ausplaudern.«

»Das habt ihr gerade.«

»Schon klar, aber der findet uns nicht. Wir haben keine Adresse von ihm und er keine von uns.«

»An die Gleise gehen wir nicht mehr, und mein Handy, auf dem er immer angerufen hat, ist mir leider geklaut worden.«

»Die Kameraden …«, sagte Patrick.

»Kollegen«, korrigierte sein Bruder ihn wieder.

»Ja. Die sehen wir auch nicht mehr. Weil wir nämlich ganz von der Politik weg sind.«

»Aha. Und was macht ihr jetzt?«

»Kampfsport.«

»Da bin ich ja erleichtert«, sagte Schwarz.

Der Geistesblitz kam ihm, als er im Baustellenstau des Richard-Strauss-Rings das Gespräch noch einmal Stück für Stück rekapitulierte. Er war an der Stelle angelangt, wo Marco Klaus Engler als Kommunistenschwein bezeichnet hatte.

Da war ja schon der Vater ein Roter.

Er stutzte. Bisher war er davon ausgegangen, dass Amok Klaus Engler nur wegen des Artikels in der ›Süddeutschen‹ bei dessen Vater aufstöbern konnte. Doch jetzt drängte sich ihm plötzlich der Gedanke auf, dass es vielleicht eine persönliche Beziehung zwischen Amok und den Englers gab.

Schwarz rief sofort Kolbinger an. »Ich habe gerade mit den Woltermann-Brüdern gesprochen. An deiner Stelle würde ich sie weiter im Auge behalten, falls es mit dem Kampfsport doch nicht so klappt.«

»Verstehe. Noch was?«

»Ja. Kannst du für mich überprüfen, ob Klaus Engler irgendwelche Einträge hat?«

»Vorstrafen?«

»Vorstrafen, Anzeigen, alles.«

»Mache ich. Nur nicht gleich. Wir haben Lagebesprechung und dann hat mich der Präsident zum Essen eingeladen.«

»Kolbinger, der Präsident. Ist das wahr?«

Der Ex-Kollege überhörte die Ironie und gab sich bescheiden. »Das ist so üblich nach einer Beförderung, Anton. Nichts Besonderes.«

»Trotzdem guten Appetit. Ich warte auf deinen Anruf.«

33.

»Ich bin wieder da«, sagte seine Mutter.

Schwarz erhob sich von seinem Deckchair, in dem er es sich gerade für einen Fünfminutenschlaf bequem gemacht hatte. »Du hast mir fast ein bisschen gefehlt, Mama.« Er wollte sie umarmen, aber sie ließ es nicht zu und holte stattdessen mit finsterer Miene einen Laib Bauernbrot, die obligatorische Eierlikörflasche und einige Gläser selbstgemachter Marmelade aus ihrer Tasche.

»Was ist denn passiert?«

»Nichts, das ist es ja.« Sie streifte die Schuhe von den Füßen und ließ sich in ihren Polstersessel sinken. »Warum ist immer alles so kompliziert, Tonele?«

»Was denn?«

»Ach, vergiss es.«

Schwarz zuckte die Achseln und roch an der Marmelade.

»Marille«, knurrte sie.

»Aprikose?«

»Sag ich doch.«

Er griff zu dem frischen Brot und setzte das Messer an.

»Immer vom Körper weg schneiden.«

»Mama, bitte.«

»Ja, ist ja gut.« Sie starrte wütend durch das Fenster auf die Landsberger Straße. »Die Autos werden auch immer kleiner. Lächerlich.«

Schwarz musste lachen. So übellaunig hatte er sie selten erlebt. Er machte aber nicht den Fehler, noch einmal nach dem Grund zu fragen. Seine Mutter würde ihren Ärger bald selbst loswerden wollen.

Das Marmeladenbrot schmeckte köstlich. Schwarz fiel ein, wie seine Mutter einmal mit einer Schubkarre voller Aprikosen heimgekommen war. Er war damals höchstens zehn gewesen. Sie hatten die Früchte stundenlang entkernen müssen, bevor sie eingekocht werden konnten, aber den intensiven Geruch hatte er nie mehr vergessen.

»Das Problem ist das Haus«, sagte seine Mutter unvermittelt.

»Ist die Nachbarin nicht mehr interessiert?«

»Doch, die ist ganz wild drauf, es zu kaufen.«

»Aber?«

Sie seufzte tief. »Wir haben damals ein bisschen gemauschelt.«

»Gemauschelt?«

»Na ja, nachdem die katholische Kirche das Lagergelände gekauft hatte, wollte sie die verbliebenen Juden natürlich so schnell wie möglich loswerden. Immerhin haben wir ihren

Heiland umgebracht. Die Häuschen durften nur von anständigen christlichen Flüchtlingen erworben werden, keinesfalls von KZ-Überlebenden.«

»Und damit wäre dein ganzer Schwindel aufgeflogen?«

Sie nickte. »Aber dem Hermann aus Tachau war es zum Glück egal, ob ich eine Jüdin oder eine Christin bin. Er hat das Häuschen einfach für mich gekauft und es mir mit einem kleinen Aufpreis überlassen.«

»Überlassen« klingt gar nicht gut, dachte Schwarz, und er hatte recht.

»Dabei muss irgendwas schiefgelaufen sein.«

»Es gehört dir also gar nicht?«

»Es ist viel komplizierter, Anton. Die Immobilie haben wir auf den Hermann eintragen lassen, das Grundstück auf mich. Ich weiß nicht mehr, warum wir das so gemacht haben. Es wird halt die vernünftigste Lösung gewesen sein damals.«

Schwarz überlegte. Heute war das marode Häuschen sicher deutlich weniger wert als das Grundstück, der Schaden also nicht sehr groß.

Seine Mutter deutete sein Schweigen als Vorwurf. »Ich habe gewusst, dass du mich nicht verstehst. Aber das war eine andere Zeit. Sogar die Gemeinde hat gemauschelt.«

»Die Gemeinde? Ach ja? Wie denn?«

»Das geht schon bei dem Ortsnamen los. Plötzlich graben die einen heiligen Waldram aus, der nicht das Geringste mit dem Lager zu tun hatte, bloß damit sie nicht mehr Föhrenwald sagen müssen.«

»Das hältst du für Mauschelei?«

»Ja, sicher. Die wollten, dass keiner mehr den Ort mit seinen ehemaligen jüdischen Bewohnern in Verbindung bringt.«

»Oder mit dem Zwangsarbeiterlager der Nazis. Das hat ja auch schon Föhrenwald geheißen.«

Diese Interpretation gefiel Hildegard Schwarz weniger.

»Kann sein«, sagte sie und stand auf, um sich auch ein Marmeladenbrot zu machen. »Was ist denn das?«, fragte sie und zeigte auf eine Einladungskarte, die mit der Post gekommen war.

»Die Ausstellung hat der Großvater eines Klienten organisiert: Rudi Engler.«

Hildegard Schwarz starrte auf das schwarz-weiße Foto eines kleinen Mädchens mit heller Strickmütze, Schal und Judenstern auf dem Mantel, das mit einem Köfferchen in der Hand auf die offene Tür eines Waggons zuging. Sie öffnete die Klappkarte. »Endstation Milbertshofen?«

»Es geht um die Rolle der Bahn bei der Deportation der Münchner Juden. Willst du mitkommen, Mama?«

Sie sah ihn entgeistert an. »Ich? – Ist das mein Problem?«

»Es sind immerhin Juden, die da deportiert wurden.«

»Das habe ich verstanden. Aber haben *wir* die Juden deportiert? Das sollen die mal schön mit sich selbst ausmachen.«

Schwarz versuchte, sich ihre auf den ersten Eindruck befremdliche Reaktion zu erklären. Die Ausstellung würde seine Mutter unweigerlich mit ihrer eigenen Deportation nach Theresienstadt konfrontieren. Wahrscheinlich wollte sie sich nicht von den Kindern der Täter diktieren lassen, wie und wann sie sich zu erinnern hatte.

Sie wedelte mit der Einladung. »Das ist heute. Du solltest dich langsam umziehen.«

Schwarz winkte ab. »Ich werde mich nicht groß in Schale werfen. – Sag mir lieber, was du jetzt unternehmen willst mit deinem Haus?«

»Hast du es immer noch nicht verstanden? Das Haus …«

»Entschuldige, mit deinem Grundstück.«

»Da so ein Haus leider nicht in der Luft steht, kann ich mein Grundstück nicht nehmen und woanders ausrollen.«

»Das Problem ist mir bewusst.«

»Außerdem ist der Hermann seit dreißig Jahren tot.«
»Und seine Erben?«
»Die leben in Kanada.« Sie seufzte. »Ich müsste einen Brief schreiben – auf Englisch.«
»Ich kann dir gern helfen.«
»Ob der Aufwand sich lohnt? Ich meine, ich habe damals so wenig bezahlt. Ich glaube, das lassen wir lieber erst mal.«

Diese Logik erschloss sich Schwarz nicht ganz, aber er wollte seine Mutter nicht quälen. Ein Ergebnis hatte ihre Fahrt nach Waldram zumindest gebracht. Wenn nichts Außergewöhnliches geschah, würde sie vorerst weiter bei ihm wohnen – ob es ihm gefiel oder nicht.

34.

Die Halle lag im Stadtteil Milbertshofen unweit der Ingolstädter Straße zwischen deutlich größeren und moderneren Industriebauten, als wäre ihr Abriss bei der Stadtentwicklung vergessen worden. Sie war alt, Schwarz schätzte sie auf mindestens achtzig Jahre. Der schlichte Fachwerkbau mit seinen hohen Bogenfenstern erinnerte ein wenig an eine Kirche. Die Klinkerfassade war an vielen Stellen beschädigt, das Metall der Fenster- und Türrahmen rostete vor sich hin. Die Halle war schon länger nicht mehr in Betrieb und wurde nur noch im Sommer für besondere Anlässe genutzt – für schrille Modepräsentationen etwa oder experimentelle Theaterprojekte. Die Ausstellung ›Endstation Milbertshofen‹ passte eigentlich nicht in diese Reihe.

Schwarz fand problemlos einen Parkplatz. Er zog das Sakko aus, zu dem seine Mutter ihn noch überredet hatte, und warf es auf die Rückbank.

In der hell getünchten Halle verloren sich etwa fünfzig Menschen. Sie standen allein oder in kleinen Gruppen vor großformatigen, schwarz-weißen Fotos. Auf den meisten waren Züge der Deutschen Reichsbahn zu sehen. Eine Lokomotive pustete ihren Dampf in eine romantische Mittelgebirgslandschaft, lachende Soldaten winkten aus den Fenstern eines Eisenbahnwaggons, auf einem Bahnsteig hatte sich eine kleine Schlange gebildet. Die dick vermummten Menschen stiegen in einen Waggon. Sah man genauer hin, erkannte man auf ihren Mänteln Judensterne. Mitglieder der Gestapo überwachten den reibungslosen Ablauf. Es sah nicht so aus, als hätten sie viel Arbeit: Niemand schien sich gegen den Abtransport zu wehren. »Bahnhof Milbertshofen, 20. November 1941« stand auf einer Tafel neben dem Foto.

Schwarz wartete, bis zwei Stadträte, deren Gesichter er aus der Zeitung kannte, ihren Rundgang fortsetzten, ehe er sich dem nächsten, ebenfalls 1941 in einem Barackenlager an der Knorrstraße aufgenommenen Foto widmete. Es zeigte eine Mutter, die ein Kleiderbündel zusammenschnürte. Ihre vielleicht fünfzehnjährige Tochter lieh ihr dabei den Finger, damit der Knoten besser hielt. Das Mädchen war mit seinen dunklen Locken und den ebenmäßigen Gesichtszügen auffallend hübsch. Aber das war nicht der Grund, weshalb Schwarz den Blick nicht von ihr lassen konnte. Es waren ihre tiefen, dunklen Augen, in denen sich ein Vorwissen der nahen Katastrophe zu spiegeln schien.

Schwarz las den Text neben dem Foto: »Erna und Rosa Mittereder wurden fünf Tage nach ihrer Deportation in Waggons der Deutschen Reichsbahn nach Kaunas, Litauen, zusammen mit tausend anderen Münchner Juden in einer Massenerschießung ermordet.«

»Meine Damen und Herren, liebe Freunde, liebe Unterstützer.« Schwarz erkannte Rudi Englers Stimme. Die Besucher strebten zur Stirnseite der Halle, wo der alte Eisenbahner zum Mikrophon gegriffen hatte. Die linke Hand in der Hosentasche, wartete er, bis sich alle um ihn versammelt hatten.

Schwarz sah die zweite Bürgermeisterin der Stadt, die ihren offenbar verhinderten Chef vertrat. Er entdeckte Gesichter, die ihm schon auf der Demonstration gegen von Medingens neue rechte Partei vor mehr als zwei Monaten aufgefallen waren. Eine Schulklasse war mit ihrer Lehrerin gekommen, bei einigen Rentnern handelte es sich vermutlich um ehemalige Kollegen Englers aus dem Eisenbahner-Milieu. Der offizielle Vertreter der Bahn traf mit leichter Verspätung ein – es war Thomas Engler.

»Ich kann besser kämpfen als reden«, begann dessen Großvater. »Zum Glück muss ich sagen, denn sonst würde es diese Ausstellung nicht geben. Angefangen hat alles – Sie werden es kaum glauben – vor acht Jahren, als ich in meiner Stammwirtschaft, dem ›Lokschuppen‹, mal wieder von alten Kollegen auf den Arm genommen wurde. Die wenigsten haben ja verstanden, warum ich öffentlich erklärt habe, ich würde mich eher erschießen lassen, als einen Transport Richtung Osten zu fahren, und noch weniger, warum ich mit diesem Spruch seinerzeit meinen Beruf als Lokführer bewusst aufs Spiel gesetzt habe. Meine lieben Freunde aus dem ›Lokschuppen‹ also – einige sind heute hier – sind schuld an dieser Ausstellung. An jenem Abend vor acht Jahren nämlich habe ich mir gedacht, ich muss etwas auf die Beine stellen, bevor kein junger Mensch mehr weiß, was ich mit diesen *Transporten* überhaupt gemeint habe.«

Er räusperte sich, jemand reichte ihm ein Glas Wasser.

»Ich sage nicht viel zum Inhalt der Ausstellung, ich glaube, sie erklärt sich selbst. Tatsache ist, dass der Massenmord an den europäischen Juden ohne die bereitwillige Unterstützung der Bahn und ihrer Eisenbahner nie durchführbar gewesen wäre. Millionen Juden, die in den Vernichtungslagern im Osten starben, wurden von der Reichsbahn dorthin transportiert. Es geht hier nicht um Wiedergutmachung – schon das Wort ist angesichts des Völkermords absurd – es geht darum, ein Bewusstsein für die Geschichte und Tradition unserer deutschen Bahn zu schaffen.«

Er hielt Ausschau nach seinem Enkel, entdeckte ihn in der zweiten Reihe und nickte ihm mit einem Schmunzeln zu. »Was jetzt kommt, wird den Herrn, der heute Abend die Bahn offiziell vertritt, nicht sehr freuen. Trotzdem herzlich willkommen, Thomas.«

Er ließ sich noch einmal das Wasserglas reichen und konzentrierte sich. »Die Geschichte dieser Ausstellung ist ein langer Kampf gegen Widerstände und eine systematische Verhinderungspolitik, vor allem aber ist sie eine Schande für die Bahn.«

Schwarz hatte Thomas Engler im Blick und sah, dass der keine Miene verzog.

»Ursprünglich sollten diese Fotografien in einem Zug gezeigt werden, der nach der Ausstellung in München nach Kaunas in Litauen aufbrechen sollte – in einem historischen Waggon 3. Klasse, wie er für die Deportationen eingesetzt wurde. Dieser Plan ist daran gescheitert, dass ein Kostenvoranschlag der Deutschen Bahn für die Nutzung ihres Schienennetzes und ihrer Bahnhöfe sowie die erforderliche technische Kontrolle der Garnitur, also von Lok und Waggons, eine sechsstellige Summe ausgewiesen hat. Die polnischen und litauischen Partner übrigens hätten auf alle Gebühren verzichtet.«

Im Publikum wurde Empörung laut, Thomas Engler wirkte jetzt sichtlich angespannt.

»Nachdem mein erstes Konzept nicht verwirklicht werden konnte, wollte ich die Ausstellung in der Schalterhalle des Münchner Hauptbahnhofs zeigen – Sie wissen, dort wo Bonbons und Croissants verkauft werden. Ich war guten Mutes, auch wenn es gewisse Sicherheitsbedenken gab und jeder Hinweis auf die Ausstellung im übrigen Bahnhofsbereich verboten wurde. Leider überraschte mich die notleidende Bahn erneut mit einer astronomischen Summe für die Platzmiete.«

Nun buhten auch die Schüler.

»Ich habe also auch das zweite Konzept verworfen, denn ich finde, es reicht zu wissen, dass die Vorläuferin der heutigen Bahn damals von den Juden einen Fahrpreis für die Deportation in den Tod verlangt hat.«

Thomas Engler schüttelte empört den Kopf. »Das kannst du doch nicht vergleichen!«

»Doch«, sagte sein Großvater ruhig. »Das Prinzip ist nämlich immer dasselbe: Die Bahn kassiert, egal, um was es geht.«

Er bekam großen Beifall, sein Enkel hingegen schien zu überlegen, ob er die Veranstaltung besser verlassen sollte.

»Die Bahn kassiert immer«, nahm Rudi Engler den Faden wieder auf, »aber nicht bei dieser Ausstellung. Darauf bin ich sehr stolz und danke der Firma Fisser und Co., die diese Halle kostenlos zur Verfügung gestellt hat, außerdem dem Stadtarchiv München für die geduldige Beratung und den vielen Unterstützern, die für die Reproduktion der Fotos gesorgt und gespendet haben. Und Ihnen, die Sie heute hierher gekommen sind, danke ich für Ihre Aufmerksamkeit.«

Es gab noch einmal lang anhaltenden Applaus, dann konnte Rudi Engler von allen Seiten persönliche Glückwünsche entgegennehmen. Auch Thomas stellte sich, wohl um seine Souveränität zu beweisen, in die Reihe und drückte seinem Großvater die Hand. »Du kennst meine Haltung, Opa, trotzdem Kompliment.« Rudis Lächeln wirkte gezwungen.

Schwarz passte seinen Auftraggeber am Ausgang ab. »Herr Engler, ich habe Neuigkeiten für Sie.«

»Ah, sehr gut. Können Sie später bei mir zu Hause vorbeikommen? Sagen wir um acht?«

Schwarz schaute auf die Uhr. »Ja, das geht.«

Er kehrte noch einmal in die Halle zurück, um sich einzelne Fotos in Ruhe anzusehen. Rudi Engler lehnte an einer Säule und hatte sich eine Pfeife angesteckt.

»Glückwunsch, Herr Engler«, sagte Schwarz.

»Danke. Gefällt Ihnen die Ausstellung?«

»Ja, sie ist sehr sachlich, fast nüchtern, und geht einem trotzdem unter die Haut.«

»Das war meine Absicht.«

Die Lehrerin näherte sich mit ihrer Klasse. »Dürfen wir Ihnen eine Frage stellen, Herr Engler?«

»Dazu bin ich hier.«

»Meine Schüler würden gern wissen, warum Sie sich ausgerechnet mit der Rolle der Bahn während der Nazizeit beschäftigt haben?«

»Wissen Sie, ich war Eisenbahner und habe mich schon immer für Geschichte interessiert.«

Einige der Jugendlichen stöhnten demonstrativ.

»Aber es gibt noch einen anderen, sehr persönlichen Grund.« Er sog an seiner Pfeife. »Ich war so alt wie ihr, als ich mit meiner Mutter aus München evakuiert wurde. Wir haben mit einer anderen ausgebombten Familie im Austragshäuschen eines Bauernhofs bei Schwabhausen gewohnt. Drei Tage vor Kriegsende haben wir Kinder es kaum noch erwarten können, dass die Amis endlich kamen. Irgendwie hatte es sich herumgesprochen, dass es dann Kaugummis und Zigaretten gab.«

»Sie haben schon als Kind geraucht?«, fragte ein Junge.

»Nur ein einziges Mal, um die Befreiung von den Nazis

zu feiern«, flunkerte Engler und fuhr fort. »An jenem Tag also hörte ich, dass auf der Bahnstrecke hinterm Haus mit kreischenden Bremsen ein Militärzug zum Halten kam. Ich bin sofort hingelaufen, aber auf halbem Weg hinter einem steinernen Feldkreuz in Deckung gegangen, weil am Himmel ein amerikanisches Aufklärungsflugzeug auftauchte. Im Zug hatte man offenbar Angst, dass es zu einem Angriff kommen könnte. Soldaten stiegen aus und machten, dass sie davonkamen. Aber plötzlich drehte einer um und rannte zu einem Güterzug, der schon länger ein paar hundert Meter entfernt unter Bäumen gestanden hatte. Er rief Kommandos und die Waggons wurden eilig auf das Gleis neben den Militärzug rangiert. Da flog das Aufklärungsflugzeug zum zweiten Mal über uns hinweg.«

Seine Stimme war plötzlich belegt, er schüttelte den Kopf, als sei alles gestern passiert. »Dann kamen Jagdflugzeuge und haben die beiden Züge beschossen. Es gab eine furchtbare Explosion. Was sage ich, eine? Es hörte gar nicht mehr auf: Der Militärzug war bis unters Dach mit Munition beladen. Jetzt wurden am Güterzug Türen aufgeschoben. Ausgemergelte Gestalten in gestreifter KZ-Kleidung zwängten sich heraus und versuchten, über die Wiese davonzurennen. Fast alle wurden von der Wachmannschaft erschossen, und die in den Waggons verbliebenen Häftlinge kamen im Feuer um. Insgesamt starben bei dieser Katastrophe fast zweihundert Menschen.«

Ein Mädchen hob schüchtern die Hand. »Vielleicht haben die Soldaten geglaubt, wenn sie die Häftlinge neben den Munitionszug fahren, schießen die Amerikaner nicht.«

»Von wegen«, sagte Engler. »Den Nazis war da längst klar, dass sie den Krieg verloren hatten, deshalb wollten sie noch möglichst viele Zeugen ihrer Verbrechen beseitigen. Da kam ihnen dieser Angriff gerade recht.«

Bevor Schwarz ging, schaute er noch einmal zu dem Foto des Mädchens mit den dunklen Locken. Schade, dass Eva nicht dabei ist, dachte er, sie würde verstehen, weshalb mich dieses Bild so in seinen Bann zieht.

35.

Er fuhr die Leopoldstraße stadteinwärts. Eine dunkle Wolkenschicht hatte sich über die Stadt gelegt, es nieselte leicht und die Temperatur war innerhalb weniger Stunden um zehn Grad gefallen. Mit der Wärme waren die Spaziergänger verschwunden, die gerade noch ihr Eis genossen und geflirtet hatten. War der Sommer schon wieder vorbei? Kamen jetzt die endlosen, grauen Tage und mit ihnen die allgemeine Übellaunigkeit und Gereiztheit?

Man müsste auswandern, dachte Schwarz, obwohl er wusste, dass er dafür völlig unbegabt war. Wie sollte einer, der höchstens mal in den österreichischen Pinzgau verreiste, für immer in einem fremden Land zurechtkommen? In einem Land womöglich, wo er sich nicht mal über grantige Münchner aufregen konnte.

Sein Handy klingelte. »Was ist?«

»Du klingst aber grantig.«

»Grantig? Ich weiß gar nicht, was das ist, Kolbinger.«

»Ich habe was für dich.«

Schwarz setzte den Blinker und bog kurz vor der Universität in eine Parkbucht ein. Er stellte den Motor ab. Sein Gefühl sagte ihm, dass er sich für dieses Telefonat etwas Zeit nehmen sollte.

»Die Sache ist fast zehn Jahre her. Ich habe einen Vermerk gefunden und mir die Akten schicken lassen.«

»Welche Sache, welche Akten?«

»Langsam, Anton. Bedank dich lieber, dass ich es dringend gemacht habe.«

»Hm. Danke.«

Kolbinger raschelte mit Papieren. »Die Geschichte ist in Otterfing passiert, am Bahnhof. Kennst du Otterfing?«

»Nur von den Netzplänen, die in den S-Bahnen hängen.«

»Liegt im Landkreis Miesbach.«

Schwarz hörte Kolbinger wieder blättern und dann bruchstückhaft aus dem Polizeiprotokoll zitieren. »14.11.1998, 0.20 Uhr. Der Fahrgast Grenzebach Achim gerät mit dem Bein zwischen Bahnsteig und abfahrende S-Bahn … Notarzteinsatz … Schwerstverletzter wird zur Unfallklinik Murnau geflogen.«

Das ist der Mann, schoss es Schwarz durch den Kopf: Achim Grenzebach. Und so hat er sein Bein verloren. »Was für eine Rolle hat Klaus Engler gespielt?«

»Er hat die S-Bahn gefahren.«

»Engler? Er fährt Güterzüge.«

»Vielleicht hat er nach dem Unfall umgesattelt. Pass auf, Anton, jetzt geht's erst richtig los. Fast zwei Monate später, nach der Entlassung aus der Klinik, erstattet Grenzebach Anzeige wegen besonders schwerer Körperverletzung durch grobe Fahrlässigkeit.«

»Wer ermittelt?«

»Rosenheim.«

»Wie begründet er diesen Vorwurf?«

»Er behauptet, auf der Fahrt aus München beobachtet zu haben, wie der Fahrer der S2 …«

»Moment, es war wirklich die S2?«

»Ja, die Linie wurde erst später umbenannt. Warum?«

»S2 ist eines der Pseudonyme, die mein Verdächtiger benutzt.«

»Jedenfalls will dieser Grenzebach gesehen haben, wie der Fahrer in Deisenhofen eine weibliche Person in den Führerstand zusteigen ließ, mit der er sich dann intensiv unterhalten hat. Und jetzt kommt's: Grenzebach wirft ihm vor, beim Halt am Bahnhof Otterfing durch diese Frau, die sich gegen alle Vorschriften im Führerstand aufhielt, erheblich in seiner Konzentration gestört gewesen zu sein. Dadurch habe er ihn beim Aussteigen übersehen und sei zu früh mit noch offenen Türen wieder losgefahren.«

»Gab es Zeugen?«

»Nein. Zumindest hat sich keiner gemeldet. Es war die letzte S-Bahn in dieser Nacht und kurz vor der Endstation in Holzkirchen war kaum noch jemand im Zug.«

»Und die Frau?«

»Einen Moment. Die Frau ...«

Schwarz schaltete die Scheibenwischer an und beobachtete eine Gruppe asiatischer Touristen, die im Gänsemarsch im U-Bahnhof Universität verschwanden.

»Hier habe ich das Vernehmungsprotokoll. Klaus Engler gibt an, dass er nie und auch nicht in dieser Nacht betriebsfremde Personen im Führerstand mitgenommen hat. Die Frau sei ein Phantasieprodukt. Das Opfer versuche offenbar mit allen Mitteln, ihm die Schuld an dem bedauerlichen Unglück anzulasten.«

»Haben die Kollegen aus Rosenheim sich über Grenzebachs Persönlichkeit ausgelassen?«

»Sie beschreiben ihn als psychisch auffällig.«

»Das wären wir auch, Kolbinger, wenn uns ein Zug ein Bein abgerissen hätte.«

»Engler hingegen halten sie für vertrauenswürdig. Im Juli 1999 sind die Ermittlungen eingestellt worden. Das konnte Grenzebach aber wohl nicht akzeptieren.«

»Aha?«

»Ich habe hier noch einen Vorgang. 3.7.2001: Klaus Engler meldet sich bei der Inspektion in Laim und gibt an, von Achim Grenzebach bedroht worden zu sein.«

»Fast drei Jahre nach dem Unfall.«

»Angeblich hat dieser Geld von ihm gefordert und ist handgreiflich geworden. Nach einem Besuch bei Grenzebach stufen die Kollegen diesen als ungefährlich ein. Er sei zwar ein wenig verwirrt, aber harmlos. Sie belassen es bei einer Ermahnung, und nach diesem Vorfall wird Grenzebach nicht mehr aktenkundig.«

Schwarz brauchte einen Weile, um alle Informationen zu verdauen. Es war also nie um Tim Burger gegangen, sondern um eine persönliche Rachegeschichte. Grenzebach hatte es sich zunutze machen wollen, dass Neonazis den gescheiterten Attentäter und Selbstmörder Burger glorifizierten. Aber noch während der Planung des Sprengstoffanschlags auf Englers Lok hatte er seine Ziele geändert. Plötzlich wollte er Klaus Engler nicht mehr töten, sondern grausam quälen und in der Seele verletzen – genauso, wie er sich offenbar gequält und verletzt fühlte. Dafür suchte er einen neuen Helfer und fand ihn im Suizid-Forum mit dem labilen und todessehnsüchtigen Matthias Sass.

»Bist du noch da, Anton?«

»Ja.«

»Ist Grenzebach der Mann, den du suchst?«

»Ich bin mir sicher.«

»Warum ist er, nachdem er sich jahrelang ruhig verhalten hat, wieder aktiv geworden?«

Eine gute Frage. Was hatte Grenzebachs Rachebedürfnis plötzlich wieder angeheizt?

»Hat es vielleicht was mit diesem Lokführerstreik zu tun?«, mutmaßte Kolbinger.

»Ich weiß nicht.« Da fiel es Schwarz wie Schuppen von den Augen: ›Der Schatten über den Schienen‹. »Erinnerst du dich an die Reportage in der ›Süddeutschen‹ über die Auswirkungen von Bahnsuiziden auf die Psyche der Lokführer, Kolbinger?«

»Ich lese den ›Merkur‹. Ging es da um Klaus Engler?«

»Genau, und den Selbstmord von Burger. Dieser Artikel muss für Grenzebach wie ein Schlag ins Gesicht gewesen sein.«

»Wieso?«

»Weil ausgerechnet der Mann, der seiner Ansicht nach sein Leben zerstört hat, als bedauernswertes Opfer dargestellt wird.«

Schwarz überlegte. Die große Frage war jetzt, ob dieser Grenzebach, nachdem es ihm gelungen war, Engler einen Selbstmörder vor die Lok zu treiben, mit seiner Rache am Ende war. Oder würde er seinen Feldzug fortsetzen? Und wenn, was hatte er als nächstes vor?

»Anton, diese Geschichte ist heißer, als ich gedacht habe«, meldete Kolbinger sich wieder zu Wort.

»Hm.«

»Zu heiß für einen Privatermittler.«

Schwarz hatte es befürchtet und musste sich eingestehen, dass der Ex-Kollege recht hatte. Allein der geplante Sprengstoffanschlag, von dem die Woltermann-Brüder berichtet hatten, zeigte, dass Achim Grenzebach zu allem fähig war. Außerdem verfügte er offenbar über eine hohe Intelligenz und manipulatorische Fähigkeiten. Anders hätte er Matthias Sass nie zu seinem willfährigen Werkzeug machen können.

Schwarz bat Kolbinger trotzdem, ihm noch einen Tag Zeit zu lassen. Er wollte Achim Grenzebach wenigstens einmal in die Augen schauen, bevor er das Feld der Polizei überließ.

»Einen Tag und keine Stunde mehr«, sagte Kolbinger.
»Gibt es eigentlich Neuigkeiten über Klaus Engler?«
»Er ist nach wie vor in der Psychiatrie.«
»Dann stelle ich besser einen Kollegen ab, damit ihm dort nichts passiert.«
»Ja, ist sicher sinnvoll. Gibst du mir noch die aktuelle Adresse von diesem Grenzebach?«
»Kauderweg 7, Otterfing.«
»Foto hast du keines?«
»Doch, aber das kannst du vergessen.«
»Warum?«
»Es ist unscharf.«
»Überwachungskamera?«
»Genau. Ein Streit im Stachus-Untergeschoss. Grenzebach ist von Jugendlichen angepöbelt worden. Die haben ihn wohl für einen Penner gehalten.«
»Schick mir das Foto trotzdem.«

36.

Schwarz nahm den Aufzug zur Dachetage. Er war zwanzig Minuten zu spät dran, aber das würde sein Auftraggeber ihm verzeihen – vor allem, wenn er hörte, was er herausbekommen hatte. Immerhin kannte er inzwischen den Täter und das Motiv. Die einzelnen Puzzlesteinchen fügten sich plötzlich zu einem Bild zusammen. Thomas Engler würde beeindruckt sein und ihm vielleicht sogar ein Bier anbieten. Obwohl, Leute wie er hatten meistens nur Pils zu Hause oder beste Weine.

Er stieg im vierten Stock aus dem Lift und merkte sofort, dass etwas nicht stimmte. Im Flur lag achtlos weggeworfenes Verpackungsmaterial, ein Mann im blauen Overall kam mit einem großen Schraubenzieher aus der Wohnung. Hinter ihm tauchte Thomas Engler auf. »Was heißt hier unchristliche Zeit?«, rief er empört, »soll ich bei offener Tür schlafen und warten, bis Sie wieder im Dienst sind? – Hallo, Herr Schwarz.«

Schwarz trat näher und sah, dass die Tür beschädigt war. Das Schloss war halb herausgerissen, die hölzerne Einfassung gesplittert. Am Türstock entdeckte er den typischen Abdruck eines Brecheisens.

»Nicht die feine englische Art«, sagte er.

»Sie machen noch Witze?«, sagte Engler. »Gehen Sie mal rein, schauen Sie sich das Desaster an!«

Die Wohnung sah aus, als wäre eine Windhose durch sie hindurchgefegt. Glas- und Porzellansplitter bedeckten den Boden, die wertvollen Biedermeierstühle waren umgeworfen und zum Teil zerbrochen.

»Haben Sie schon festgestellt, was fehlt, Herr Engler?«

Er nickte. »Auf dem Tisch lag Geld, vier- oder fünfhundert Euro vielleicht.«

»Sonst nichts?«

»Ich glaube nicht … nein.«

»Seltsam.«

Sie wurden vom Kreischen einer elektrischen Säge unterbrochen, der Handwerker schnitt ein Stück Holz zurecht. »Ich muss pfuschen, aber bevor ich das neue Schloss nicht habe, brauche ich mit dem Rahmen gar nicht erst anzufangen.«

»Tun Sie, was Sie für richtig halten.«

Schwarz fiel ein Spruch seiner Mutter ein: *Ein Schloss hält nur die anständigen Leute draußen.* »Darf ich mich ein wenig umschauen, Herr Engler?«

»Bitte.«

Anhand der Verwüstungen war es für Schwarz nicht schwer, den Weg des Täters zu rekonstruieren. Er war von der

Wohnungstür direkt zur offenen Küche gegangen und hatte dort fast das gesamte Geschirr zerschlagen. Als Nächstes hatte er die Stühle am Esstisch demoliert und wahllos Kunstbände aus dem Bücherregal gerissen. Dort hatte er offenbar kehrt gemacht.

Schwarz' Blick blieb an der Wendeltreppe hängen. Er stieg zu der Empore mit dem offenen Arbeitsplatz hoch. Auf der Plattform lagen verstreut Papiere und die Einzelteile des Druckers, den der Einbrecher offenbar mit aller Wucht zu Boden geschleudert hatte. Der Computer lief, die Maus lag neben dem Pad.

Auf dem Weg nach unten sah Schwarz, dass Engler damit begann, die Stühle wieder aufzustellen.

»Nicht! Sie müssen auf die Spurensicherung warten.«

Engler ließ den Stuhl, den er in der Hand hielt, achselzuckend wieder fallen.

»Fertig«, sagte der Handwerker.

Engler prüfte, wie die Tür schloss, und war einigermaßen zufrieden. Er bedankte sich und drückte dem Mann zum Abschied einen Geldschein in die Hand.

»Wann haben Sie die Polizei verständigt?«, fragte Schwarz.

»Noch gar nicht. Ich wollte auf Sie warten.«

»Warum?«

»Ich glaube nicht, dass das ein gewöhnlicher Einbruch ist.«

»Was sonst?«

»Bin *ich* der Ermittler?«

»Man muss kein Ermittler sein, um Vermutungen zu haben.«

»Sparen Sie sich Ihre Spitzfindigkeiten, Herr Schwarz. Wir wissen beide, dass es unser Mann war.«

»Wie kommen Sie darauf?«

»Schauen Sie sich doch um. Man kann seinen Hass förmlich spüren.«

»Er hasst Ihren Vater, nicht Sie.«

»Er ist ein Irrer. Wahrscheinlich hasst er uns alle.«

Schwarz ließ den Blick über das Chaos schweifen, das der Einbrecher hinterlassen hatte. Möglicherweise hatte er mit den Zerstörungen von seiner eigentlichen Absicht ablenken wollen. Aber was hatte er gesucht? »Sagt Ihnen der Name Grenzebach etwas?«

Engler überlegte kurz. »Nein.«

»Achim Grenzebach aus Otterfing?«

»Nie gehört.«

»Vor zehn Jahren war Ihr Vater als Fahrer einer S-Bahn in einen Unfall verwickelt.«

»Wirklich?«

»Dieser Grenzebach hat damals sein Bein verloren. Davon wissen Sie nichts?«

Er schüttelte den Kopf. »Vor zehn Jahren? Warten Sie. Ja, klar, da war ich im Ausland. Boston, ich hatte ein Stipendium.«

»Und später hat Ihr Vater auch nichts erzählt?«

Er schüttelte den Kopf.

»Merkwürdig. Meinen Sie, er hat Ihnen den Vorfall bewusst verschwiegen?«

»Das weiß ich nicht, ich …« Er rang nach Worten. »Also, unsere Beziehung war nie sehr eng.«

»Wirklich? Ich hatte den Eindruck, dass Sie und Ihr Vater sich ganz gut verstehen.«

»Ja, in den letzten Monaten hat unser Verhältnis sich entkrampft.«

»Das heißt, vorher war es verkrampft?«

»Mein Gott, Herr Schwarz, Sie drehen einem auch jedes Wort im Mund um.«

»Ich höre nur genau zu.«

Er seufzte tief. »Mein Vater ist Lokführer, mein Großvater war auch einer, *ich* habe studiert und bin Journalist geworden. Da sind die Konflikte vorprogrammiert. Die beiden haben nie verstanden, dass ich mehr vom Leben will, als Züge von München nach Rüsselsheim oder von Augsburg nach Zell am See zu fahren.«

»Dann sind Sie auch noch zur Presseabteilung der Bahn gegangen und waren beim Lokführerstreik sozusagen auf der anderen Seite der Barrikade.«

»›Der Barrikade‹. Sie reden ja schon wie mein Großvater. Aber es ist richtig, dass die beiden völlig unter dem Einfluss der Propaganda ihrer Gewerkschaft standen.«

»Der Propaganda?«

»Ja, da wurden ganz gezielt Fronten aufgebaut – hier die armen ausgebeuteten Lokführer, dort der böse geldgierige Vorstand. Die Atmosphäre bei uns zu Hause war so aufgeheizt, dass das geringste falsche Wort von mir zum Eklat geführt hat. Das hat sich erst etwas beruhigt, als die Stimmung in der Bevölkerung gekippt ist.«

»Jetzt müssen Sie mir helfen, Herr Engler. Ich habe das nicht mehr so präsent.«

»Na ja, anfangs hatten die Leute ja durchaus Verständnis für die Anliegen der Lokführer. Aber je länger der Streik dauerte, umso mehr schwand die Sympathie in der Bevölkerung. Am Ende hatten die Lokführer die öffentliche Meinung komplett gegen sich. Das belegen alle Umfragewerte.«

»Verstehe.« Schwarz schob gedankenverloren mit dem Fuß Porzellanscherben zu einem Haufen zusammen. »Kann es sein, dass Sie durch den Tim-Burger-Suizid eine Chance gesehen haben, wieder auf Ihre Familie zuzugehen?«

Engler schwieg.

»Sie konnten zeigen, dass der verlorene Sohn ein guter Sohn ist.«

»Das klingt mir zu pathetisch.«

»Hm. – Herr Engler, macht es Ihnen was aus, noch mal zu überprüfen, ob der Einbrecher wirklich nur ein paar hundert Euro mitgenommen hat?«

»Was soll das bringen?« Engler, der gerade noch erstaunlich offen über seine Familie gesprochen hatte, ging schlagartig wieder auf Distanz.

»Vielleicht finden wir irgendeinen Hinweis, was der Verdächtige noch vorhaben könnte.«

Er lachte höhnisch. »Er hat uns bestimmt eine Nachricht hinterlassen.«

»Herr Engler, die Polizei wird Sie das auch fragen. Vielleicht sehen Sie sich noch mal um.«

»Das muss ich nicht.«

»Der Täter war oben an Ihrem Arbeitsplatz.«

»Ja, um den Drucker zu zerdeppern.«

Schwarz blickte ihn an. »War er nicht an Ihrem Computer?«

Engler zögerte einen Moment. »Nein, das war ich. Ich habe kurz meine Termine synchronisiert.« Er hielt zum Beweis sein Notebook hoch.

»Ist Ihnen vielleicht aufgefallen, ob die Maus anders lag?«

Engler starrte ihn drei, vier Sekunden lang an und setzte dann ein geringschätziges Lächeln auf. »Herr Schwarz, ich merke mir doch nicht, wie meine Maus liegt.«

»Verstehe. Dann sollten Sie jetzt die Polizei rufen.«

»Das werde ich tun. Was bin ich Ihnen schuldig?«

Schwarz sah ihn fragend an.

»Was denn? Ich betrachte den Auftrag als erledigt.«

Was ist der Grund für diesen plötzlichen Stimmungsumschwung?, dachte Schwarz. Warum hat ihn die Frage nach seinem Computer so nervös gemacht? Was will er verbergen?

»Also, Herr Schwarz, wie viel bekommen Sie?«

»Tausend.«

Engler griff in die Hosentasche, holte ein mit einer Klammer zusammengehaltenes Bündel Scheine hervor und zählte sie auf den Tisch. »Das sind fünfzehnhundert.«

»Ich nehme kein Trinkgeld.«

»Wie Sie meinen. Ich will übrigens nicht Ihre Qualitäten als Privatermittler in Frage stellen.«

Schwarz sah ihn an. »Dann bin ich ja froh.«

37.

Schwarz fühlte sich wie ein Boxer, der vom Gegner auf den Ringboden geschickt worden war, sich wieder hochgerappelt hatte und noch nicht ganz begriff, was gerade passiert war. Als er auf die Straße trat, atmete er erst einmal tief durch. Die kalte Luft tat gut.

So eine Kündigung ist auch eine Befreiung, sagte er sich. Es gibt angenehmere Beschäftigungen, als Neonazis und Internet-Lemuren auf den Zahn zu fühlen. Außerdem hatte er schon wesentlich sympathischere Auftraggeber gehabt als Thomas Engler. Während seiner Ermittlungen war er das Gefühl nie losgeworden, für einen Mann zu arbeiten, der sein wahres Wesen hinter einer perfekten Maske verbarg. Schwarz hatte allerdings keine Vorstellung davon, welcher Art Englers Abgründe sein mochten. Ihm war nur aufgefallen, dass in der Wohnung die üblichen Urlaubs- und Familienfotos fehlten. Wenn er genau überlegte, deutete überhaupt nichts auf ein Privatleben hin. Hatte der Mann keines oder glaubte er, es verstecken zu müssen? Sein Gefühl sagte Schwarz, dass Engler eher nicht der Typ war, der sich Kinderpornos herunterlud oder Huren oder Stricher frequentierte. Eher schon gehörte er zu den bedauernswerten Menschen, die ihr Leben komplett der Karriere opferten. Aber durfte man in so einem Fall von einem Abgrund sprechen? Schließlich waren es Menschen wie Engler, die mit ihrem unermüdlichen Einsatz die ganze Chose am Laufen hielten.

Und nicht so träge Typen wie ich, dachte Schwarz, die sich auch noch freuen, wenn ihnen ein Auftrag entzogen wird.

Während er zu seinem Wagen ging, überlegte er, was er mit der geschenkten Zeit am besten anfing. Er könnte seinen Alfa nach über einem Jahr wieder einmal durch die Waschanlage fahren – aber dafür war ihm seine Zeit dann doch zu wertvoll. Er könnte Heiner besuchen, aber sein alter Freund würde den ganzen Abend nur über die braune Szene sprechen. Bestimmt kannte er die Woltermann-Brüder und wusste, dass sie in Wirklichkeit alles andere als reuig waren.

Er könnte sich auch ein Abendessen im ›Eliseo‹ gönnen – aber ganz allein war das kein Spaß. Enzo, der Wirt, würde sich aufgefordert fühlen, sich zu ihm zu setzen und seine Theorien über die Frau im Allgemeinen und Monika im Besonderen zu entfalten.

Und Monika? Sie wartete bestimmt darauf, dass er sich mit ihr aussprach. Sollte er *sie* ins ›Eliseo‹ einladen? Ein allerletztes Mal?

Nein, dazu fühlte er sich noch nicht gefestigt genug. Enzo würde es sich nicht nehmen lassen, sie im hintersten Teil des Restaurants zu platzieren und Kerzen anzuzünden. Wenn Monika ihm dann im flackernden Licht in die Augen sah ... Nein, das wollte er auf gar keinen Fall riskieren.

Schwarz saß in seinem Wagen und schaute den Regenfäden zu, die über die Scheibe liefen. Er hatte nie begriffen, wieso sie nicht einfach gerade herunterflossen, sondern ständig die Richtung änderten. Obwohl, im Fall seiner verschmutzten Scheibe war das wohl kein physikalisches Rätsel.

Er könnte die Loewis besuchen: Andererseits kannte er sie

für einen spontanen Überfall vielleicht noch nicht gut genug. Bei Luisa war er gerade gewesen. Er wollte ihr im Moment sehr positives Verhältnis auf keinen Fall durch eine Überdosis Papa gefährden.

Und Eva war in den USA. Warum meldete sie sich bloß nicht? Wahrscheinlich kannte sie noch keine Untersuchungsergebnisse. Aber er hatte ihr doch gesagt, sie könne ihn jederzeit anrufen. Er vermisste sie.

Es gab einfach zu wenige Menschen in seinem Leben, die ihm etwas bedeuteten und die auch ihn schätzten. Was hatte er in den letzten Jahren bloß falsch gemacht? War es seine Fixierung auf Monika gewesen oder hatte die Arbeit ihn vom Leben abgehalten? Ja, vermutlich waren es die Fälle, die ihn Tag und Nacht beschäftigten und verhinderten, dass er seine sozialen Kontakte pflegte. Jetzt waren ihm tatsächlich nur noch wenige offenbar nicht sonderlich anspruchsvolle Menschen geblieben, die ihn so akzeptierten, wie er war.

Blödsinn, dachte Schwarz, das ist doch alles nicht wahr.

Er rief sich seinen Geburtstag in Erinnerung, den Moment, als die Überraschungsgäste alle zugleich husteten und lachten, die Lieder, die Komplimente und Umarmungen. Er war alles andere als ein einsamer Mensch. Er war höchstens ein wenig wetterfühlig und neigte bei Temperaturstürzen nun mal zur Melancholie.

Schwarz startete den Motor. Wieso sollte er überhaupt jemanden besuchen? Er liebte seine Wohnung und außerdem wartete dort eine Aufgabe auf ihn. Eine Aufgabe, die er aus Zeitmangel immer verschoben hatte. Schon lange wollte er die unzähligen, gesammelten Zeitungsartikel in eine vernünftige Ordnung bringen, eine chronologische zuerst, und dann vielleicht sogar eine systematische. Dieser Plan hob seine Stimmung merklich. Vielleicht hatte seine Mutter auch etwas gekocht.

Vor dem ›Koh Samui‹ stand ein Wagen, den er gut kannte. Monika unterhielt sich im Imbiss mit Jo. Als sie Schwarz entdeckte, lief sie ihm entgegen.

»Hallo, Anton.«

»Monika, wie geht's?«

»Beschissen, aber darauf brauchst du dir nichts einzubilden.«

Schwarz zog es vor, diese Spitze unkommentiert zu lassen. Monika würde es ihm so oder so nicht glauben, dass er sie nicht hatte verletzen wollen.

»Ich habe meine Ohrringe bei dir liegen lassen.«

»Soll ich sie dir schnell holen?«

»Ich komme mit. Ich weiß, wo sie sind.«

Schwarz war sich nicht ganz sicher, ob Monika bei ihrem letzten Besuch wirklich Ohrringe getragen hatte. Sie stiegen schweigend die Treppe hoch.

Das ist jetzt das letzte Mal, dachte Schwarz. Er sperrte die Tür auf und stutzte. Die Wohnung lag im Dunklen. Wo war seine Mutter?

»Hildegard ist bei Barenboim.«

»Bei Barenboim?«

Schwarz wunderte sich, dass sie ihm davon nichts erzählt hatte. Sie liebte und bewunderte diesen Dirigenten.

»Die Karte habe ich ihr geschenkt.«

Schwarz beschlich das unangenehme Gefühl, dass hinter Monikas Lächeln eine Gefahr lauerte. Jetzt kniete sie sich neben sein Bett und begann zu suchen. »Es waren die türkisfarbenen, die du mir zu unserem zehnten Hochzeitstag geschenkt hast.«

Er erinnerte sich, aber diese Ohrringe hatte sie bereits vor Jahren nach einer Studienreise durch Sizilien vermisst. Trotzdem half er bereitwillig, als Monika ihn bat, mit ihr das Bett ein Stück zur Seite zu rücken.

Sie stellten sich nebeneinander, gingen in die Knie und versuchten, das schwere Gestell anzuheben.

»Auf Kommando«, sagte Schwarz. »Und jetzt!«

Monika richtete sich auf.

»Was ist?«

»Ich habe die Ohrringe damals in Agrigento liegen lassen.«

»Ich weiß.«

»Warum hilfst du mir dann, sie in Pasing zu suchen?«

Schwarz rang sich ein Lächeln ab. »Ich kann dir immer noch keinen Wunsch abschlagen.«

Plötzlich spürte er, dass Monika seinen Kopf festhielt und ihn auf den Mund küsste. Sie ließ ihn wieder los und schaute ihm in die Augen. Ihr Blick war zornig. Auch ihr Kuss war eher wie ein leichter Schlag auf seine Lippen gewesen.

An diesem Punkt hätte Schwarz noch den Rückzug antreten können. Er hätte sagen können, *Monika, lass uns keinen Fehler machen.* Er sagte es nicht und küsste sie sanft. Monika zog ihn ungeduldig aufs Bett. Die Zeit der Zärtlichkeiten war wohl endgültig vorbei. Sie rissen sich die Kleider herunter, nicht alle, nur die, die im Weg waren. Als er in sie eindrang, spürte er einen kurzen, brennenden Schmerz. Es war wohl nicht so, dass ihr Körper sich nach ihm gesehnt hatte. Ihr Kopf wollte ihn – und nur er. Es wurde ein wütender, verzweifelter Kampf, aber nach wenigen Minuten war er vorbei.

»Gut«, sagte Monika und zog sich wieder an.

Schwarz war zu aufgewühlt, um gleich aufstehen zu können. Er betrachtete Monika. Diese Frau hatte er mehr als jede andere geliebt. Er war todtraurig über den Verlust ihrer Liebe und gleichzeitig erleichtert. Er wusste, dass er sich nun nicht mehr nach ihr sehnen würde. Hatte sie das bezweckt?

»Hast du schon zu Abend gegessen, Anton?«

Er schüttelte den Kopf.

»Dann zieh dir was an und lass uns auf ein richtig scharfes Curry zu Jo gehen.«

38.

Es gelang ihnen tatsächlich, nicht zu streiten, und sie machten sich keine Vorwürfe. Dabei half ihnen die stillschweigende Übereinkunft, kein Wort über den Verlust ihrer Liebe zu verlieren. Es gab so viele andere Themen, nicht zuletzt Luisa.

»Hast du eine Ahnung, warum Sie keinen Mann findet?«, sagte Schwarz.

»Sie hat doch Männer.«

»Ja, aber nie eine längere Beziehung.«

»Vielleicht war unser Beispiel so abschreckend.«

»Nicht abschreckender als das anderer Eltern, denke ich.«

Monika lächelte. »Oder wir haben sie entmutigt, weil wir so perfekt waren.«

»Das nun auch wieder nicht.«

»Sie wird einfach noch nicht den Richtigen gefunden haben.«

»Gibt es den Richtigen, Monika?«

Sie wich seinem Blick aus und wechselte das Thema. »Wie geht es denn jetzt mit deiner Mutter weiter?«

»Ich habe keine Ahnung.«

»Bei mir in der Nähe wird ein Haus saniert. Da soll eine Art Alten-WG entstehen.«

»Du weißt, dass Mama sehr speziell ist.«

»Es wäre sicher eine Umstellung für sie, aber in der ersten Zeit könnte ich mich gern um sie kümmern.«

»Das würdest du tun?«

»Wieso nicht? Ich habe mich nicht von Hildegard getrennt, sondern von dir.«

Ich habe mich von dir getrennt, meine Liebe, dachte Schwarz. Aber er sagte: »Stimmt.«

Sie tranken jeder noch drei Bier, lachten und husteten. Jo hatte wirklich sein allerschärfstes Curry aufgetischt.

Zum Abschied küssten sie sich auf die brennenden Lippen. Aber nur kurz.

39.

Später saß Schwarz inmitten hunderter alter Zeitungsartikel auf dem Boden und zerbrach sich den Kopf über ein vernünftiges System. Es müsste funktionieren wie bei ›Google‹, dachte er. Ich suche einen bestimmten Begriff und finde sofort die passenden Artikel. Nur: Wie sollte er das hinkriegen? Dazu müsste er alle Artikel einzeln einscannen. Er besaß gar keinen Scanner, aber den könnte er sich zulegen, zusammen mit einer Software, die wie eine Suchmaschine funktionierte.

Schwarz stutzte. Was war dann der Vorteil gegenüber ›Google‹ oder ›Yahoo‹, die Zugriff auf Millionen solcher Artikel hatten?

Der Unterschied ist, dass *ich* diese Artikel gesammelt habe, dachte er trotzig.

Er blätterte und las da und dort einige Sätze. Dann fiel sein Blick auf die Aufnahme eines Mannes, der im Halbprofil neben einer Lok stand. Es war Klaus Engler.

Klaus E. ist ein nachdenklicher und zurückhaltender Mensch. Er drängt sich nicht in den Vordergrund, sein Platz ist auf dem Bock – im einsamen Führerraum einer Lokomotive der 140er Baureihe. Er weiß, welche Verantwortung er trägt, wenn er hunderte Tonnen Holz von Augsburg nach Zell am See transportiert. Er erfüllt seine Pflicht mit absoluter Konzentration und größter Umsicht. Klaus E. gehört zu den Menschen, denen man blind vertraut, auf ihn kann man sich hundertprozentig verlassen. Einer wie er würde vor der Fahrt nie einen Tropfen Alkohol anrühren oder sich im Dienst ablenken lassen – nicht einmal von den eigenen Sorgen. Und Klaus E. hat Sorgen, denn er weiß, welches Risiko mit jeder Fahrt verbunden ist.

Schwarz versuchte, sich vorzustellen, wie dieser Text auf Achim Grenzebach gewirkt haben musste. Wenn seine Aussage vor der Polizei der Wahrheit entsprochen hatte, war sein Bild von Engler ein völlig anderes. Für ihn war er kein stiller, tragischer Held, sondern verantwortungslos und brutal. Ein Monster.

Schwarz griff zu dem Foto, das Kolbinger ihm per Kurier hatte zustellen lassen. Er legte es neben den Artikel – den in einer Fluchtbewegung aufgenommenen, zerbrechlich wirkenden Grenzebach neben den vierschrötigen, fast einen Kopf größeren Lokführer.

Wer war der Täter, wer das Opfer?

Ein weiterer Zeitungsausschnitt fiel Schwarz in die Hände. Er war zu Beginn des Lokführerstreiks verfasst, der das Land über Monate in Atem gehalten hatte. Auch Klaus Engler wurde darin zitiert. Er verteidigte am Rande einer Veranstaltung die Forderung der Gewerkschaft der Lokführer nach weniger Arbeitszeit – 40 statt 41 Stunden – und deutlich höheren Löhnen: »Wenn ein vierzigjähriger Lokführer im Monat 1500 Euro verdient, entspricht das in keiner Weise seiner Verantwortung für Mensch und Material«. In dem Artikel, der offen für die Streikenden Partei ergriff, wurde auch auf die Gehälter der acht Vorstandsmitglieder der Bahn hingewiesen. Sie seien kürzlich von 12,5 auf über 20 Millionen Euro gestiegen. Der Aufsichtsrat dürfe sich sogar über eine Steigerung seiner Bezüge um 288 Prozent freuen.

Die Wohnungstür öffnete sich, Hildegard Schwarz trat auf Zehenspitzen ein. Ihre Schuhe trug sie in der Hand.

»Ich bin noch wach, Mama.«

»Ah, gut.«

Sie war vor ihrem Konzertbesuch offenbar noch schnell beim Friseur gewesen und hatte den gewohnten violetten Schimmer ihrer Dauerwelle durch einen dezenten Silberton ersetzt. Zum schwarzen Kostüm trug sie eine lila Stola, außerdem hatte sie etwas Rouge aufgelegt.

»Du siehst wunderbar aus.«

»Danke.«

Sie ließ Wasser in ein Glas laufen und setzte sich damit in ihren Sessel. »Mein Gott, war das schön. Als er dann noch Mendelssohn gespielt hat, war es um mich geschehen. Ich habe eine ganze Packung Tempo verbraucht. Meine Platznachbarn werden sich gefreut haben. Hast du Barenboim schon mal gehört?«

»Ich gehe nie ins Konzert.«

»Das ist ein Fehler, Tonele, bei Barenboim sogar ein unverzeihlicher. Du musst ihn unbedingt hören. Und nicht erst, wenn er wieder nach München kommt. Weißt du was, ich schenke dir nachträglich zu deinem Geburtstag eine Reise nach Berlin. Und ich komme mit – ganz uneigennützig. Die Loewis waren übrigens auch da. Sie lassen dich grüßen.«

»Danke.«

Sie trank einen Schluck. »›Lieder ohne Worte‹, diese wunderbaren Klavierstücke kennst du doch sicher?«

»Ja, wahrscheinlich schon. Ich mag klassische Musik, aber wenn du mich nach Titeln fragst ...«

»Ich muss dir noch was erzählen.«

Er sah sie fragend an. Sie war schlagartig ernst geworden.

»Gerade in der S-Bahn saß mir ein Mann gegenüber. Er hat mich nur kurz gemustert und den Rest der Fahrt an mir vorbeigeschaut. Aber ...« Sie verstummte.

»Was war mit ihm?«

»Er hat mich an jemanden erinnert.«

»An wen?«

»Wir hatten ein Badehaus im Lager.«

»In Föhrenwald?«

»Hm.«

Ihr Blick ging ins Leere, sie war auf dem Weg in die Vergangenheit. »Baden war damals etwas ganz Besonderes für mich, schließlich hatte ich fast zwei Jahre lang kein warmes Wasser mehr auf der Haut gespürt. Wir sind immer zu mehreren in den großen Bottich gestiegen, erst die Kinder, dann die jungen Mädchen, die Buben ...« Sie dämpfte ihre Stimme. »Er war der Bademeister, seinen Namen weiß ich nicht mehr. Er war vielleicht fünfzig, nicht sehr groß, aber kräftig. Er hat immer die Eimer mit heißem Wasser herbeigeschleppt. ›Aufpassen‹, hat er gerufen, damit wir uns nicht verbrühen, ›alle aufpassen jetzt!‹ Sonst hat er geschwiegen und uns kaum angeschaut. Er hat auch nie gelacht, aber da war er nicht der Einzige in Föhrenwald. Hat man ihn gefragt, wo er herkommt, hat er ›Treblinka‹ gesagt. Und wo er hin will? ›Weiß nicht.‹

An einem Morgen im Winter hat man ihn tot hinterm Badehaus gefunden, er war schon ganz starr. Den Kindern wurde erklärt, er sei in der Nacht Sterne gucken gegangen, mit den Füßen festgefroren und umgefallen. Uns Größeren hat man gesagt, dass so etwas passiert, wenn die Seele nicht heilen will.«

Sie presste die Lippen zusammen und hatte plötzlich Tränen in den Augen.

»Was war mit dem Mann?«

»Ich habe gesehen, wie sie ihn weggetragen haben, zum Waschen. Einer ist gelaufen, um das Leichentuch zu holen. Aber dann sind alle zurückgekommen und waren ganz blass. Über das, was sie entdeckt hatten, wollten sie nicht reden. Bringst du mir noch einen Schluck Wasser?«

Schwarz füllte das Glas und brachte es ihr. Sie trank es hastig aus.

»Was war passiert?«

»Sie haben die Tätowierung gefunden.«

»Seine KZ-Nummer?«

Sie lachte hohl. »Er war im KZ gewesen, aber nicht als Häftling.«

Schwarz lief es eiskalt den Rücken hinunter. »Was war das für eine Tätowierung?«

»Das Blutgruppenabzeichen der SS.« Sie deutete auf eine Stelle an der Innenseite ihres linken Oberarms direkt unter der Achselhöhle. »Hier, ein B, ich habe es mir selbst angeschaut. Begreifst du, was das für uns bedeutet hat? Wir wussten ja, dass wir von Menschen umzingelt sind, die bis vor Kurzem stramme Nazis gewesen waren und fast alle von der Vernichtung profitiert hatten. Aber in unserem Lager fühlten wir uns sicher, es war wie eine Insel. Da stellte sich plötzlich heraus, dass mitten unter uns ein Mörder gelebt hatte. Und der Bademeister war vielleicht nicht der Einzige, der sich so zu verstecken versuchte.«

Schwarz fühlte eine große Dankbarkeit, dass seine Mutter ihm diese Geschichte anvertraut hatte. Er griff nach ihrer Hand, aber sie entzog sie ihm.

Sie war noch nicht fertig. »Ich wollte mich in Sicherheit bringen, verstehst du? Mir ist nichts Besseres eingefallen, als dazu in die Rolle der Egerländerin zu schlüpfen.«

Sie setzte das Glas an die Lippen und stellte fest, dass es leer war.

»Noch Wasser, Mama?«

Sie schüttelte den Kopf. »Ich habe mich selbst zur Volksdeutschen ernannt, um endlich keine Angst mehr haben zu müssen. Jetzt weißt du es, und ich gehe ins Bett.« Sie zog sich an seiner Hand hoch und verschwand ins Bad.

Seit er das Testament seiner Mutter irrtümlich vor der Zeit gelesen hatte, fragte Schwarz sich oft, was ihr wahres Motiv gewesen sein mochte, die jüdische Herkunft zu verleugnen. Er hatte vermutet, dass sie der quälenden Erinnerung an die Shoah durch einen radikalen Bruch mit der Vergangenheit zu entgehen hoffte. Insgeheim hatte er es sogar für möglich gehalten, dass sie sich aus Opportunismus oder zumindest Bequemlichkeit der neuen Umgebung angepasst hatte. Dafür schämte er sich jetzt.

40.

Das Standard-Frühstück im ›Lokschuppen‹ bestand aus einer Halben Bier und einer Butterbrezel, entsprechend war das Publikum. Rudi Engler lotste Schwarz zu einem Ecktisch, an dem sie ungestört reden konnten. »Danke, dass Sie sich Zeit genommen haben, ich brauche dringend Ihren Rat.«

»Frühstück?«, sagte die Kellnerin.

»Ja, aber nur Kaffee, bitte«, sagte Schwarz.

»Kännchen?«

»Gern.«

»Ich schließe mich an.« Engler wartete, bis die Kellnerin sich entfernt hatte. »Ich habe gestern in meiner Rede ja angedeutet, dass ich Probleme mit dem Radikalenerlass hatte.«

»Das war in den siebziger Jahren, oder?«

»Genau. Damals wurde ich nicht nur von der Lok verbannt, sondern auch aufgefordert, meine Waffe abzugeben.«

Schwarz sah ihn fragend an.

»Das hat an meiner Ehre gekratzt, schließlich war ich kein Terrorist, sondern Sportschütze beim ESV München-Ost. Deswegen habe ich meine Walter P 38 als verloren gemeldet.«

»Und weiter unterm Kopfkissen aufbewahrt?«

»In einem alten Bergschuh, wenn Sie's genau wissen wollen. Jetzt ist mir gestern auf einem der Ausstellungsfotos ein Gestapo-Mann aufgefallen, der eine Pistole in der Hand hält. Ich wollte wissen, ob es auch eine P 38 ist, und sie mit meiner vergleichen …«

Er blickte Schwarz in die Augen. »Sie ist weg.«

»Weg? Gestohlen?«

Rudi Engler hob ratlos die Achseln.

»Vielleicht täuschen Sie sich mit dem Versteck.«

»Ich bin alt, aber nicht dement.«

»Das habe ich nicht behauptet. Wann haben Sie die Pistole denn zum letzten Mal gesehen?«

Er räusperte sich. »Nach dem ersten Unfall von Klaus. Ich wollte sichergehen, dass sie an ihrem Platz ist.«

»Kennt irgendjemand das Versteck?«

»Kein Mensch.«

»Wer hat einen Schlüssel zu Ihrer Wohnung?«

»Nur meine Familie: Thomas, Anna und Klaus.«

»Haben Sie eine Vermutung?«

Er schüttelte den Kopf. »Was raten Sie mir, Herr Schwarz?«

»Sie können schlecht den Verlust einer verloren gemeldeten Sache melden.«

»Eben.«

»Haben Sie schon mit Ihrem Sohn gesprochen?«

»Nein, und das möchte ich auch nicht.«

»Warum?«

»Er könnte denken, ich unterstelle ihm, dass er sich etwas antun will.«

Schwarz überlegte. »Ich wollte ihn sowieso mal besuchen. Vielleicht kann ich mit ihm reden.«

41.

Neben der Tür saß ein gelangweilter Polizist in Uniform. Schwarz erklärte ihm, dass er gern Herrn Engler besuchen würde.

»Ausweis.«

Er reichte ihn ihm. Der Polizist griff zum Handy. »Schwarz Anton, 58er Baujahr, Wolfratshausen. Darf der rein?«

Während er auf eine Antwort wartete, betrachtete er seine Finger und biss am kleinen ein Stück Nagelhaut ab. »Ja?« Er horchte. »Alles klar«. Er legte auf und gab Schwarz seinen Ausweis zurück. »Aber nicht so lang. Zehn Minuten höchstens.«

Schwarz trat in das Krankenzimmer. Im ersten Bett kniete ein älterer Mann und betete. Als er den Besucher bemerkte, verbarg er sein Gesicht hinter den Händen.

Das zweite Bett war leer.

Klaus Engler saß in eine karierte Decke gewickelt auf dem Balkon und blickte in den Park. Seine durch die Glassplitter verletzte Stirn war leidlich verheilt. »Da ist so ein Eichhörnchen, das den anderen immer alles klaut«, sagte er, als Schwarz neben ihn trat.

»Erinnern Sie sich an mich, Herr Engler?«

»Ja, natürlich.«

Schwarz war nicht ganz überzeugt. »Ich bin Anton Schwarz.«

»Ich weiß: Uns verbindet etwas.«

Für Bruchteile von Sekunden tauchte der Güterzug vor Schwarz' Augen auf und Tim Burger, der auf die Lok zurannte. Aber die Bilder hatten ihre Kraft verloren. Seit er zu der Stelle zurückgekehrt war, wo Matthias Sass gestorben war, hatte ihn auch sein Alptraum in Ruhe gelassen. Der Kratzer auf der alten Platte ist verschwunden, dachte Schwarz, vielleicht kann ich meine Melodie noch eine Weile spielen.

»Mich regt dieses gemeine Eichhörnchen auf«, sagte Engler, »aber noch mehr der Verrückte in meinem Zimmer, der den ganzen Tag betet und die Krankenschwestern als Huren beschimpft.«

»Wann können Sie hier wieder raus?«

»Jederzeit.«

Schwarz sah ihn überrascht an.

»Ich muss nur jemanden finden, der die Verantwortung übernimmt. Aber das will ich weder meiner Frau noch meinem Vater zumuten.« Seinen Sohn ließ er merkwürdigerweise unerwähnt.

Schwarz sah, dass Englers Hände zitterten. Außerdem hatte er einen Ausschlag an Fingern und Hals – vielleicht eine Nebenwirkung der Psychopharmaka.

»Ich werde nicht mehr fahren«, sagte er plötzlich. »Noch mal schaffe ich das nicht. Ich habe Maschinenschlosser gelernt, vielleicht kann man mich bei der Wartung einsetzen. Da verdiene ich nicht so viel, aber das ist egal. Ich habe ja meine Anna. Wissen Sie, dass sie mich jeden Tag besucht?«

Vielleicht, dachte Schwarz, war es damals seine Frau, die er in den Führerstand der S-Bahn geholt hat. – Wenn dieser Grenzebach sich die ganze Geschichte nicht nur eingebildet hat.

Engler kratzte sich mit der linken Hand am Hals. Dabei rutschte der Ärmel seines Morgenmantels zurück und gab den verbundenen Unterarm frei.

Ihre Blicke trafen sich.

»Haben Sie sich verletzt, Herr Engler?«

»Verletzt? Ja. Aber das spüre ich nicht. Es passiert mir einfach so, sogar im Schlaf. Die Ärzte wissen nicht, wie sie mir das abgewöhnen sollen.«

Der zweite Suizid hat ihn endgültig aus der Bahn geworfen, dachte Schwarz, aber er sagte: »Sie schaffen das, Herr Engler. Da bin ich mir sicher.«

Aber Engler hörte schon nicht mehr zu. Sein Blick folgte wieder dem Eichhörnchen. Schwarz überlegte kurz, ob er ihn nach der Pistole fragen sollte, verzichtete aber darauf. Selbst wenn Engler sie irgendwann in den letzten Wochen entdeckt haben sollte, war es ausgeschlossen, dass er sie in seinem Zustand in die Psychiatrie hatte schmuggeln können.

Der repräsentative Eingangsbereich der Klinik glich der Lobby eines Wellness-Hotels. Schwarz schlenderte an einem kleinen Springbrunnen vorbei, da stach ihm ein abgestellter Rollstuhl ins Auge. Er ging kurzentschlossen hin, setzte sich hinein und zückte sein Handy. Trotz des strengen Blicks des Pförtners tippte er die SMS, die er längst hätte schreiben sollen. *Liebe Eva, sag mir doch, wie es dir geht. Und wann kommst du zurück? Ich würde dich gern am Flughafen abholen.*

Er wartete. Nichts geschah, außer dass ein Krankenpfleger ihn vertrieb, weil er den Rollstuhl benötigte. Schwarz setzte sich auf eine Steinstufe. Ich gehe hier nicht weg, dachte er, bevor sie mir nicht antwortet. Aus dem ersten Stock kamen schrille Schreie und brachen jäh ab.

Schwarz saß noch etwa zehn Minuten am Fuß der Treppe,

dann siegte die Vernunft über seine Sturheit. Wenn Eva zum Beispiel gerade in der CT-Röhre lag, konnte er lange warten. Außerdem barg die Eingangshalle einer psychiatrischen Klinik doch gewisse Risiken bei allzu eigenwilligem Verhalten.

Sein Handy klingelte auf dem Weg zum Auto.
»Eva?«
»Oho. Wer ist denn Eva? Weiß Monika von ihr?«
»Kolbinger, du.«
»Können wir jetzt loslegen?«
»Wie loslegen?«
»Wir hatten eine Abmachung.«
»Wir?«
»Ich sollte dir einen Tag Vorsprung lassen.«
»Ach so, stimmt. Das ist doch jetzt hinfällig.«
»Wie, hinfällig? Hat sich was Neues ergeben?«
Eine unangenehme Vorahnung beschlich Schwarz. »Hat Thomas Engler sich nicht bei euch gemeldet?«
»Nein, wieso?«
»Mir hat er gestern erklärt, er wolle den Fall der Polizei übergeben. Was ist mit dem Einbruch? Hat er den denn auch nicht angezeigt?«
»Moment.«
Schwarz hörte Kolbinger tippen.
»Nein. Da sehe ich nichts.«
Ich Idiot, dachte Schwarz. Das Ganze war eine Finte. Engler wollte mich loswerden. Aber warum? Um die Sache selbst in die Hand zu nehmen? War ihm denn nicht bewusst, in was für eine Gefahr er sich damit begab? Nein, natürlich nicht. Es hatte sich ja gar keine Gelegenheit ergeben, ihn eindringlich zu warnen und zum Beispiel von dem geplanten Sprengstoffanschlag auf seinen Vater zu erzählen.

Schwarz hasste es, wenn Laiendarsteller die Bühne betraten. Meistens machten sie alles nur komplizierter. Machtmenschen wie Thomas Engler waren die schlimmsten. Da sie in ihrem Berufsleben hauptsächlich von Speichelleckern umgeben waren, neigten sie dazu, Schwierigkeiten und Gefahren sträflich zu unterschätzen. Aber ein zu allem entschlossener und möglicherweise psychisch kranker Gewalttäter wie Achim Grenzebach scherte sich einen Dreck um Hierarchien.

»Anton! Du musst deine Karten auf den Tisch legen.«

»Morgen.«

»Wie, bitte?«

»Ich brauche noch einen Tag.«

»Unmöglich.«

»Kolbinger, bitte. In vierundzwanzig Stunden ist es dein Fall.«

»Warum sollte ich das für dich tun?«

»Muss ich dich daran wirklich erinnern?«

Kolbinger schwieg. Ihm war nur allzu deutlich bewusst, dass er ohne Schwarz nie Karriere gemacht hätte. Er wäre nicht mal mehr bei der Polizei, wenn der Kollege sich damals nicht für ihn geopfert hätte. »Aber keine Stunde länger, Anton.«

»Ist klar.«

Schwarz legte auf und verfluchte sich dafür, Engler Grenzebachs Namen und Wohnort mitgeteilt zu haben – und die Tatsache, dass der eine Gehbehinderung hatte.

42.

Novalis googelte das Wort »Achillessehnenriss«. »Der laute Knall ist oft nicht zu überhören«, las er, »Patienten erleben den Sehnenabriss wie einen Peitschenhieb.« Er war zwar noch nie mit einer Peitsche geschlagen worden, wusste aber auch so, dass die Beschreibung nicht zutraf. Vielleicht war es ja nur ein Sehnenanriss. »Typischerweise kann der Patient nicht mehr normal gehen oder auf Zehenspitzen stehen.«

Er versuchte es. Unmöglich – die Kraftübertragung von der Ferse zur Wade funktionierte nicht mehr. Also vielleicht ein partieller Achillessehnenriss.

Und? Was spielte das für eine Rolle? Da seine Schmerzen inzwischen einigermaßen erträglich waren, war es ihm egal, ob seine Achillessehne ganz oder nur halb durchgerissen war. Jetzt ging es um Wichtigeres. »Dieser Amok wird weitermachen«, hatte der Detektiv gesagt. »Helfen Sie mir, das zu verhindern.«

Er holte seine Armeejacke vom Kleiderhaken, stopfte die beiden letzten Büchsen Red Bull in die Taschen und humpelte zur Tür.

Klar, er hätte János auch eine Mail schicken können. *Hallo, alter Kumpel, erinnerst du dich noch an mich?* Natürlich erinnerte er sich. Schließlich hatte er ihn fast ein Jahr lang mit seiner Liebe verfolgt. Warum hatte er János eigentlich nie erhört? Der Junge war clever, sensibel und sah gar nicht schlecht aus. War er selbst nur zu verklemmt gewesen? Wahrscheinlich. Nähe war für ihn etwas verdammt Kompliziertes. Außerdem hatte er es genossen, dass jemand sich seinetwegen die Augen ausheulte.

Das Gehen tat doch ziemlich weh. Aber hätte er János nur wegen Amok geschrieben, hätte dieser garantiert versucht, sich rauszuwinden. *Mann, du weißt doch, ich darf keine Kundendaten weitergeben.* Selbstverständlich durfte er das nicht, aber er konnte es. Bei ›Doublecable‹ war Janós inzwischen eine so große Nummer, dass ihn kein Mensch mehr kontrollierte.

Novalis zog die Tür von außen zu. Er würde János einfach

überrumpeln, und falls er Zicken machte, sich notfalls sogar von ihm küssen lassen. Oder auch mehr. Das war ihm die Information wert. Er war zu allem bereit, wenn Amok endlich das Handwerk gelegt würde.

Das grelle Licht war unerträglich. Er machte kehrt, um seine Sonnenbrille zu holen.

43.

Es gab keinen Bahnhof Otterfing mehr, der diesen Namen verdient hätte. Das obere Stockwerk des kleinen Backsteinhauses war vermietet, im Erdgeschoss hatte immerhin ein ›Verein der Eisenbahnfreunde‹ Unterschlupf gefunden. Durch ein Fenster sah Schwarz auf eine liebevoll gestaltete Modelleisenbahn und einige historische Sammelstücke. Früher hatte es hier einen Schalter mit Stückgutannahme, ein Stellwerk für sechs Weichen, einen gemütlichen Warteraum und vor allem eine Toilette gegeben.

Heute war Otterfing eine Haltestelle der Münchner S-Bahn, die sich in nichts von Neuaubing, Daglfing oder Türkenfeld unterschied. Die Bahnsteige verfügten über die übliche standardisierte Ausstattung. Das viel zu kleine Wartehäuschen schützte vielleicht noch den Fahrscheinautomaten, nicht aber die Kunden vor Wind und Wetter. Die Schaukästen mit der Umgebungskarte und den Fahrplänen waren so mit Graffiti bedeckt, dass alle wichtigen Informationen verborgen blieben. Meistens streikte mindestens ein Entwerter, damit die kurz vor Einfahrt der S-Bahn eintreffenden Fahrgäste noch Gelegenheit zu einem Sprint bekamen.

Die Uhr über der Plattform immerhin zeigte fast die richtige Zeit: 12.33 Uhr. Die letzte S-Bahn Richtung München war gerade abgefahren, die nächste Richtung Holzkirchen würde in achtzehn Minuten kommen.

Schwarz sah sich um. Der Bahnhof lag wie ausgestorben da. Er ging von der Treppe der Fußgängerunterführung an der Bahnsteigkante entlang bis zum Ende des Haltebereichs. Irgendwo auf dieser etwa hundert Meter langen Strecke hatte Achim Grenzebach sein Bein verloren. Schwarz ließ den Blick nicht vom Boden. Er machte sich keine Hoffnungen, nach zehn Jahren noch Spuren zu finden, aber er wollte das Unglück möglichst intensiv nacherleben.

Er blieb stehen und stellte sich die einfahrende S-Bahn vor: Im Führerstand drückte Anna ihrem Klaus einen Kuss auf den Mund. Nur zwei, drei Fahrgäste stiegen aus und verschwanden eilig in der Dunkelheit. Plötzlich war im Zug eine Bewegung zu erkennen, ein Mann stürzte von seinem Platz zum Ausgang: Achim Grenzebach. Er war eingenickt gewesen und hatte erst im letzten Augenblick bemerkt, dass er raus musste. Jetzt hatte er die Tür erreicht, griff mit der Rechten nach der Haltestange und setzte den linken Fuß auf die Plattform.

In dem Moment fuhr der Zug mit noch offenen Türen an und riss ihn herum, sodass er mit dem rechten Fuß ins Leere trat – in die enge Spalte zwischen Bahnsteig und Waggon.

So stellte Schwarz sich das jedenfalls vor. Er versuchte auch, die Bilder heraufzubeschwören, wie Grenzebach ein Stück mitgeschleift wurde, wie sein Kopf auf den Beton aufschlug und er um sein Leben schrie. Endlich kam der Zug, der noch kaum Fahrt aufgenommen hatte, zum Stehen. Klaus Engler trat aus dem Führerstand auf den Bahnsteig und sah, wie der Fahrgast verzweifelt seinen eingeklemmten Fuß zu befreien versuchte. »Verschwinde!«, zischte er Anna zu. Erst dann alarmierte er den Notarzt.

Schwarz verließ den Bahnhof. Nun konnte er Grenzebach treffen.

Die Adresse Kauderweg 7 existierte nicht mehr, dafür gab es nun die Nummern 7a, 7b und 7c. Das Grundstück war geteilt und mit drei Einfamilienhäusern bebaut worden. Keines passte zum anderen, das einzige verbindende Element war die geschmackliche Verirrung – beim oberbayerischen, mit Schnitzereien verzierten Balkon vor der weiß lasierten, skandinavisch anmutenden Holzfassade oder bei der Dreifachgarage, deren Tore offensichtlich aus konkurrierenden Baumärkten bezogen worden waren.

Schwarz entschloss sich, am Haus Kauderweg 7a zu klingeln.

Eine resolute Frau mit blonder Kurzhaarfrisur öffnete. »Ja?«

»Guten Tag.«

»Grüß Gott, was wollen Sie denn?«

»Ich suche einen Herrn Grenzebach.«

Im Hintergrund begann ein Kind zu schreien. Sie stöhnte genervt. »Ja, Sandy, ist ja gut. – Den Achim?«

»Genau.«

»Der wohnt hier schon seit drei Jahren nicht mehr.«

»Verstehe. Haben Sie vielleicht seine neue Adresse?«

Sie schüttelte den Kopf. »Er ist mitten in der Nacht auf und davon.«

»Warum denn das?«

»Hier ist ein alter Bauernhof gestanden. Der Achim hat in der Scheune gehaust, im ehemaligen Knechtszimmer. Dann ist der Bauer gestorben und seine Kinder wollten nicht sanieren, sondern abreißen. Der Achim hat den Denkmalschutz eingeschaltet, aber der hat nichts machen können, weil alles so baufällig war.« Sie seufzte. »Er hat es lange nicht wahrhaben wollen, dass er gehen muss, der Achim. Einmal war er noch bei mir und hat gesagt, ich soll für ihn kämpfen. Dabei haben wir schon den Baugrund gekauft gehabt.«

Ein etwa zweijähriges Mädchen mit nutellaverschmiertem Gesicht tauchte auf und versuchte, seine Mutter von der Haustür wegzuzerren. »Will DVD schauen.«

»Gleich, Sandy.«

Das Mädchen drückte sich an ihren Oberschenkel, allerdings nicht aus Schüchternheit, sondern um seinen Mund abzuwischen.

»Könnte jemand im Dorf wissen, wo der Herr Grenzebach jetzt wohnt?«

»Ich glaube nicht. Am Ende war der Achim so verbittert, dass er mit keinem mehr geredet hat. Und einen Verhau hat der hinterlassen. Der Bagger hat gleich die ganze Hütte weggeschoben.«

Schwarz nickte.

»Was hätten Sie denn von ihm gewollt?«

»Ich? Ich wollte ihn nur mal sehen.«

»Maamaa«, quengelte das Mädchen.

»Ja-ha«, sagte sie genervt und wandte sich wieder Schwarz zu. »Kennen Sie ihn noch aus der Zeit vor seinem Unglück?«

Schwarz schüttelte den Kopf.

»Sie können sich nicht vorstellen, wie anders er war, so lustig und blitzgescheit. Er hat ja in München Chemie studiert und wir haben immer gescherzt, dass er der erste Otterfinger Nobelpreisträger werden wird.«

»Haben Sie mal mit ihm über seinen Unfall geredet?«

Sie schüttelte den Kopf. »Das habe ich mich nicht getraut. Er ist fuchsteufelswild geworden, wenn einer an seiner Version gezweifelt hat. Und schließlich weiß keiner, was damals wirklich passiert ist.«

Das kleine Mädchen startete einen neuen Angriff und diesmal gab seine Mutter nach. Schwarz konnte ihr gerade noch ein Dankeschön hinterherrufen.

44.

Achim Grenzebach war also aus Otterfing verschwunden und hatte sich an seinem neuen Wohnort nicht gemeldet. Für die Post – wenn er überhaupt noch welche bekam – nutzte er möglicherweise ein Postfach.

Schwarz griff zum Handy. »Sind eure Daten immer so aktuell, Kolbinger?«

»Wie meinst du das?«

»Der Hof, zu dem du mich geschickt hast, ist vor drei Jahren abgerissen worden.«

»Oh.«

»Oh? Mehr fällt dir dazu nicht ein? Ich muss wissen, wo der Mann wohnt. Und zwar jetzt.«

»Und wie soll ich das auf die Schnelle rauskriegen?«

»Vielleicht ist er in den Nachbarlandkreis gezogen. Jedenfalls ist er in einem Auto mit Tölzer Kennzeichen gesehen worden. Kannst du nicht mal bei der dortigen Kfz-Zulassungsstelle nachfragen?«

»Nicht ohne Staatsanwalt, das weißt du doch. Und der hat bisher leider keine Ahnung von diesem Fall, weil ich auf einen gewissen Privatermittler Rücksicht nehmen sollte.«

»Okay, vergiss es, Kolbinger.«

Schwarz drückte auf seinen Autoschlüssel. Zu seiner Überraschung funktionierte die Fernbedienung des Alfa diesmal auf Anhieb.

Er kannte die Strecke durch den Teufelsgraben als Schleichweg auf seinen Fahrten nach Österreich, wenn sich auf der Autobahn der Ferienverkehr staute. Südlich von Holzkirchen öffnete die Landschaft sich und entsprach mit ihren sanften Hügeln, satten Wiesen und herausgeputzten Dörfern genau dem Bild, das Touristen in Oberbayern suchten. Schwarz hatte dafür kein Auge, er fragte sich nur im Vorbeifahren, wie wohl der Ort Sufferloh zu seinem schönen Namen gekommen war.

Die Tölzer Behörden waren auf dem Areal der ersten, von Hitler eröffneten, Junkerschule untergebracht, in der auch Mitglieder der SS-Totenkopf-Verbände für ihren Dienst in den Konzentrationslagern ausgebildet worden waren. Diese Vergangenheit ignorierte man in Stadt und Landkreis geflissentlich. Stattdessen war der ambitionierte und unter erheblicher Steuerverschwendung errichtete Dienstleistungs- und Gewerbepark auf den Namen »Flinthöhe« getauft worden, als habe die Geschichte der Kaserne erst mit deren späterer Nutzung durch das amerikanische Militär begonnen.

Schwarz fuhr am alten Wehrturm der Junkerschule und einem futuristischen, der Form eines Schneckenhauses nachempfundenen, Bürogebäude vorbei zu einem Parkplatz.

Als Münchner Behördenopfer war er auf eine lange Schlange gefasst, aber vor der Tür der Zulassungsstelle warteten nur zwei Männer und eine Frau mit ihren Papieren und Nummernschildern. Nach kaum zehn Minuten signalisierte ihm ein grünes Licht, dass er eintreten durfte.

Eine freundliche, junge Frau winkte ihn heran.

»Neuzulassung?«

Wie sollte er es anstellen, an eine Adresse zu gelangen, die sie ihm auf keinen Fall geben durfte? Sollte er sie überrumpeln oder eher auf seinen Charme bauen? Vermutlich war sie während ihrer Ausbildung gegen beide Strategien immunisisiert worden.

»Ich will keinen Wagen anmelden, ich habe eine allgemeine Frage zu den gesetzlichen Bestimmungen.«

Sie lächelte wissend. »Presse, stimmt's?«

Endlich, dachte Schwarz, werde ich mal nicht für einen Polizisten gehalten. Er nickte, weil *Presse* seines Wissens in diesem Landstrich noch kein Schimpfwort war.

»Nehmen wir an, jemand hat eine Behinderung. Was für einen Führerschein braucht er da?«

»Das kommt auf die Art der Behinderung an.«

»Stimmt. Sagen wir, er hat eine Beinprothese.«

»Dann steht im Führerschein 03. Das bedeutet, er darf nur mit einer speziellen Handbedienung fahren.«

»Gibt es Ausnahmen?«

»Nicht, dass ich wüsste.«

»Ich weiß aber von einer gehbehinderten Person im Landkreis, die einen ganz normalen Fiat Punto fährt.«

»Hier bei uns? Und wer soll das sein?«

»Der Name ist Grenzebach, Achim.«

Sie tippte. »Da irren Sie sich aber. Der Herr Grenzebach fährt ein umgerüstetes Kfz.«

»Ist er das überhaupt?« Schwarz beugte sich unvermittelt über den Tresen, der ihn von der Beamtin trennte.

Ihre Miene wurde streng. »Würden Sie bitte einen Schritt zurücktreten?«

Schwarz gehorchte gern, denn er hatte bereits einen Blick auf die Adresse erhascht. »Der Datenschutz, Entschuldigung.«

Sie nickte schon wieder besänftigt.

»Wie ist es mit Armprothesen?«, fragte Schwarz.

»Im Prinzip genauso. Da steht auch die 03 im Führerschein. Der Fahrer braucht dann einen Lenkradknopf und einige elektrische Umbauten. Wollen Sie unsere Broschüre zum Thema mitnehmen?«

»Ja, gerne.«

Als Schwarz ging, sah die junge Beamtin ihm mit einem Hauch Skepsis hinterher.

45.

Die Strecke von Bad Tölz nach Hechenberg zeichnete sich ab Kirchbichl durch wildromantische Waldschluchten und entsprechend viele Löcher im Handynetz aus. Schwarz hörte sein Telefon mehrmals klingeln, aber sobald er abhob, brach die Verbindung ab. Schließlich fuhr er, als er ausnahmsweise Empfang hatte, entnervt an den Straßenrand, um dort auf den nächsten Anruf zu warten. »Ja, bitte?«

»Ist dein Handy kaputt?«

»Kolbinger.«

»Oder bist du noch auf dem Land? Hör zu, ich habe die Adresse von Achim Grenzebach.«

»Die brauche ich nicht mehr.«

»Du gibst auf?«

»Ich habe sie mir selbst besorgt.«

»War gar nicht so schwierig, was?« Das Lachen des Ex-Kollegen klang künstlich.

»Geht so. Ich musste eine nette junge Frau anlügen und da stehe ich nicht so drauf.«

»Weil sie nett und jung war?«

Schwarz schwieg. Er hatte keine Lust, das zu vertiefen.

»Jedenfalls kommen wir jetzt auch.«

»Ihr? Wieso denn das?«

»Ich habe kein gutes Gefühl bei der Sache.«

»Seit wann gehst du nach deinen Gefühlen?«
Diesmal antwortete Kolbinger nicht.
»Und wie bist *du* so schnell an die Adresse gekommen – ohne Staatsanwalt?«
»Sie steht im Telefonbuch.«
Schwarz schrie auf. »Im Tele...? Kolbinger, das ist nicht wahr!«
»Doch. Tut mir leid, Anton.«
Schwarz startete den Motor und setzte den Blinker.
»Anton? Bist du noch da? Ich höre dich kaum noch.«
»Sollst du auch nicht«, brummte Schwarz und drückte aufs Gas.

»Könnt ihr mir sagen, wie ich zum Schanzberghof komme?« Die Kinder, die an der Straße standen und auf den Nachmittagsbus warteten, schüttelten stumm den Kopf. Schwarz hätte gern gewusst, ob sie den Weg tatsächlich nicht kannten, oder ob ihre Eltern ihnen eingeschärft hatten, nicht mit Fremden zu reden.

Der Biergarten der Hechenberger Dorfwirtschaft lag wie eine Aussichtskanzel über dem Oberland. Wenn Schwarz als Kind mit seiner Mutter hier gewesen war, hatte sie immer behauptet, der letzte Berg in der Ferne liege bereits in der Schweiz. Heute aber hingen die Wolken so tief, dass man kaum bis zur Isar sah, die sich unterhalb des Dorfes vorbeischlängelte. Fünfzehn Kilometer weiter nördlich erreichte sie Waldram, wo Anton Schwarz geboren und aufgewachsen war.

Ein Kellner lehnte an der Tür und starrte melancholisch auf die leeren Tische.
»Nichts los heute?«
»Nicht mal ein Radfahrer. Wollen Sie was trinken?«
Schwarz schüttelte den Kopf. »Ich bräuchte eine Auskunft. Kennen Sie den Schanzberghof?«

»Was wollen Sie denn da?«

»Ich möchte ihn mir mal anschauen.«

Der Kellner lachte höhnisch. »Der wird nicht verkauft, da haben sich schon andere die Zähne ausgebissen.«

»Wirklich?«

»Ja, der Hof gehört einer zerstrittenen Erbengemeinschaft.«

»Wohnt da denn zur Zeit jemand?«

»Angeblich einer, der sich ums Haus kümmert, aber ich habe den noch nie gesehen.« Er schaute besorgt zum Himmel, die ersten Regentropfen fielen. »Entschuldigung, ich muss die Tische abdecken.«

Schwarz folgte dem Kellner, der eilig die Tischdecken einsammelte.

»Wie komme ich denn jetzt zum Schanzberghof?«

»Auf der Straße nach Kirchbichl geht ein Wanderweg zum Kirchsee ab. Auf dem biegen Sie nach circa einem Kilometer links ab. Dann müssen Sie noch ein Stück durch den Wald. Aber passen Sie auf, der Weg ist steil.«

Schwarz ignorierte ein Sperrschild und zog sich den Unmut einiger Wanderer zu. Eine Frau in Kniebundhosen schlug mit ihrem Schirm auf sein Wagendach. Der Regen wurde immer heftiger. Auf dem Hohlweg nach der Abzweigung kamen Schwarz Sturzbäche entgegen. Es hatte keinen Zweck, er musste den Wagen hinter einer verfallenen Jagdhütte stehen lassen.

In seiner Schulzeit hatte Schwarz oft Aufsehen erregt, weil er die Witterungsverhältnisse ignorierte. Im Winter war er nicht selten in T-Shirt und Sandalen unterwegs, im Hochsommer hatte er seiner Umgebung gern von seiner Mutter gestrickte Wollpullover vorgeführt. Auch heute noch gelang es ihm nicht immer, sich vorausschauend zu kleiden. Das büßte er nun.

Als endlich der auf drei Seiten von Wald umgebene Gutshof auftauchte, war Schwarz nass bis auf die Haut. Er strich energisch sein tropfendes Haar nach hinten und wischte sich mit dem Hemdsärmel übers Gesicht.

Der Schanzberghof war auf den ersten Blick ein typisch oberbayerischer Bauernhof. Das zweistöckige Wohngebäude mit dem roten Satteldach ging in den Stall und eine große Scheune über. Allerdings fehlte die übliche Geranienpracht an den geschnitzten Balkonen, mehrere Sprossenfenster waren von Efeu überwachsen und im mit groben Brettern eingezäunten Bauerngarten wucherte Gemüse neben Unkraut.

Schwarz hielt Ausschau nach Grenzebachs Fiat. Vor dem Haus stand er nicht, aber auch als Schwarz sich im Schutz einiger Haselstauden und eines Schuppens ans Haus angeschlichen hatte, war von dem Auto nichts zu sehen. Er spähte durch ein Fenster und blickte in eine bäuerliche Stube. Alles war mit einer dicken Staubschicht bedeckt, auf dem Tisch stand noch ein Strauß vertrockneter Blumen, auf einem Stuhl lag ein grauer Filzhut. Er ging weiter zur doppelflügeligen Haustür und stellte anhand der Inschrift über dem Sturz fest, dass die Heiligen Drei Könige seit zehn Jahren einen Bogen um den Hof machten.

Er lauschte, aber außer dem Trommeln der Regentropfen und ab und zu einer Windböe war nichts hören.

Beobachtete Grenzebach ihn?

Schwarz drückte mit angehaltenem Atem die gusseiserne Klinke herunter. Es war nicht abgesperrt.

Er trat in den düsteren Flur. Zu seiner Rechten waren zwei niedrige Türen, links führte eine Stiege nach oben. Schwarz entschied sich für den ersten Raum. Es war die Vorratskammer. Auf dem groben Ziegelboden lagen leere Weinflaschen, in den Regalen standen verrostete Konservendosen und Weckgläser undefinierbaren Inhalts. Der Fäulnisgeruch war so intensiv, dass Schwarz die Tür schnell wieder zuzog.

Er überlegte. Wenn Grenzebach über einen einigermaßen intakten Geruchssinn verfügte, nutzte er wohl die obere Etage.

Er ging auf Zehenspitzen zur Treppe, doch als er den Fuß auf die erste Stufe setzte, gab sie ein langgezogenes Knarzen von sich. Falls Grenzebach im Haus war, hatte er ihn spätestens jetzt gehört.

Schwarz zögerte nicht und stieg nun geräuschvoll nach oben. »Hallo, ist da jemand?« Es blieb still.

Der Platz vor den Zimmern im ersten Stock war heller als der Flur unten, obwohl das einzige, teilweise zerbrochene Sprossenfenster vor Spinnweben fast blind war.

»Herr Grenzebach, sind Sie zu Hause?« Er riss die nächstbeste Tür auf und blickte auf ein Ehebett mit verblichenen Plumeaus. Das Schlafzimmer war ganz offensichtlich seit Jahren nicht mehr genutzt worden.

Zurück im Flur blieb Schwarz' Blick an einem Kabel hängen, das mit einigen Lüsterklemmen an der gekalkten Wand befestigt war. Wenn ihn nicht alles täuschte, war es ein Telefonkabel. Es war neu und führte zu einer Falltür direkt über ihm.

Die passende Leiter war hinter einem alten Schrank versteckt. Auf der dritten Sprosse verharrte Schwarz plötzlich. Schritte. Jemand ging auf dem Kiesweg ums Haus herum. Es war unüberhörbar, dass dabei ein Bein nachgezogen wurde. Schwarz hatte keine Zeit zu verlieren. Er drückte eilig die Falltür auf und zog sich am Rahmen hoch. An einem Sparren fand er einen Lichtschalter.

Das Dachzimmer war nur ein besserer Verschlag, aber es war bewohnt. Auf einem schmalen Bett lagen ein Schlafsack und ein Kissen. Daneben stand ein einfacher, nur aus zwei Schragen und einer Spanplatte gebauter, Schreibtisch. Er hörte, dass der Computer lief, setzte sich und bewegte die Maus. Langsam baute sich das Bild auf dem Monitor auf. »Arbeitsplatz«, las Schwarz, »Festplatten«, »Wechseldatenträger«.

Grenzebach hatte Dateien von einem USB-Stick auf seine Festplatte gezogen. Dann war er unterbrochen worden und hatte es nicht mehr geschafft oder nicht für nötig gehalten, das Fenster zu schließen und den Stick abzuziehen.

Schwarz klickte das Symbol für den Stick an. Mehrere Icons tauchten auf, aber eines stach ihm sofort ins Auge. ›Outlook‹. Er öffnete das Programm: Achim Grenzebach hatte Thomas Englers Adressbuch, Terminkalender und dessen E-mails exportiert. Aber wozu?

Plötzlich hörte er Geschrei. Es waren zwei Männerstimmen, eine laute, autoritäre und eine leise, flehende. War Kolbinger bereits da und nahm Grenzebach fest?

Da fiel ein Schuss. Und ein zweiter.

46.

»Es war Notwehr. Notwehr!« Thomas Engler stand mit hängenden Schultern neben dem bäuchlings im Kies liegenden Körper. In der rechten Hand hielt er eine Walter P 38. Er zitterte. »Er – er hat mich angriffen. Ich wollte ihn nur fragen, ob ihm klar ist, was er meinem Vater angetan hat, und da ist er plötzlich auf mich losgegangen.«

Schwarz versuchte unauffällig, sich Engler ein Stück zu nähern, aber der richtete sofort die Pistole auf ihn. »Verdammt, es war Notwehr! Haben Sie das verstanden?«

»Habe ich.« Ein Wasserguss lief ihm in den Nacken. Die

Regenrinne über ihm war von Rost zerfressen. Er trat einen Schritt nach vorne.

»Bleiben Sie, wo Sie sind!« Engler fuchtelte nervös mit der Pistole.

»Notwehr also? Aber wenn Sie nichts unternehmen, ist es unterlassene Hilfeleistung. Die Polizei wird sich fragen, warum Sie ihn haben sterben lassen.«

»Er ist tot.«

»Sind Sie sicher?«

»Er hat keinen Puls mehr.«

»Darf ich?«

Engler zuckte die Achseln. »Wenn Sie meinen.«

Schwarz kniete sich hin. »Und hören Sie auf, mich zu bedrohen, das passt nicht zu ihrer Notwehrthese.«

Engler starrte ihn an und ließ die Waffe langsam sinken.

Ein Rinnsal, in dem sich Blut und Regenwasser mischten, bahnte sich seinen Weg zwischen den Kieseln. Schwarz fühlte an der Halsschlagader. »Sie haben recht.« Er beugte sich über den Körper, um der Leiche ins Gesicht zu sehen, und erstarrte. »Das ist nicht Achim Grenzebach.«

»Was? Aber er hat doch eine Gehbehinderung, und er wusste sofort, wer mein Vater ist. Wer ist denn das, verdammt noch mal?«

Schwarz nahm der Leiche vorsichtig die Sonnenbrille ab und schaute in zwei kindlich erstaunte Augen. Mein Gott, dachte er, was hast du hier gesucht? Niemand hat verlangt, dass du den Helden spielst und dich umbringen lässt. Scheiße, wärst du doch in deiner virtuellen Welt geblieben.

»Wer soll das denn sein?«

Schwarz erhob sich seufzend. »Eigentlich heißt er Sven Achleitner.«

»Nie gehört.«

»Sie haben sich in seinem Forum als Abaddon zu Wort gemeldet.«

»Das ist ... der Administrator?«

»Novalis.«

Engler schüttelte ungläubig den Kopf. »Und er hat wie Grenzebach eine Behinderung?«

»Nur eine Verletzung. Er wollte sich aus dem Fenster stürzen, aber er war zu ungeschickt.«

»Ein Selbstmordversuch?«

»Der Tod von Matthias Sass hat ihn fertiggemacht.«

»Er wollte also sterben?«

»Machen Sie sich keine falschen Hoffnungen. Das entlastet Sie nicht. Und jetzt geben Sie mir die Pistole!«

Engler reagierte nicht. Er suchte offenbar fieberhaft nach einem Ausweg.

»Los, die Polizei wird gleich da sein.«

Engler zitterte am ganzen Leib, dann hielt er ihm kraftlos die Waffe hin.

»Andersherum, bitte. Wir wollen doch nicht, dass Sie gleich zweimal Notwehr geltend machen müssen.«

Nachdem Engler seine Waffe endlich abgegeben hatte, brach er zusammen. Er rutschte langsam mit dem Rücken die Wand hinunter, saß da zusammengekauert wie ein Embryo und biss sich schluchzend in die Faust.

Schwarz wandte sich ab. Warum, dachte er, sieht es bei manchen Männern so abstoßend aus, wenn sie heulen? Schneiden sie so groteske Gesichter, weil sie sich die Tränen eigentlich verbieten? Oder ertrage *ich* es nicht, wenn von einem so souverän auftretenden Menschen wie Engler nur noch ein Häufchen Elend übrig ist? Obwohl, so beeindruckt von ihm war ich auch wieder nicht.

Er griff zum Handy, um zu hören, wo Kolbinger blieb, doch der Schanzberghof lag in einem Funkloch.

»Und wo ist dann Grenzebach?«, fragte Engler mit dünner Stimme.

Schwarz reagierte nicht.

»Er wohnt doch hier?«

Richtig, wo war er? Hatte er alles stehen und liegen lassen, weil er wusste, dass man ihm auf der Spur war? Oder hatte er das, wonach er gesucht hatte, auf Englers PC gefunden? Ja, klar, das war es!

»Herr Engler, Sie arbeiten mit Outlook?«

»Ja.« Er schniefte.

»Und speichern täglich Ihre Termine?«

Er nickte.

»Wie ist es mit den Adressen?«

Er sah ihn verständnislos an.

Schwarz schrie jetzt. »Haben Sie auf Ihrem Computer die Klinikadresse gespeichert?«

»Sie meinen die Klinik, in der mein Vater …? Ja, schon.«

»Scheiße.«

»Herr Schwarz, wo wollen Sie hin?«

Er stieß ihn grob zur Seite. »Sie bleiben hier und warten auf die Polizei. Wenn Sie abhauen, wird man Ihnen noch weniger glauben.«

»Was ist denn mit meinem Vater?«

»Grenzebach ist auf dem Weg zu ihm.«

Schwarz lief mit dem Handy zur nächsten Anhöhe, aber auch dort hatte er keinen Empfang. Da hörte er ein Motorengeräusch. Die Polizei traf mit zwei Fahrzeugen ein. Im ersten saß Kolbinger. »Anton, wie schaust du denn aus?«

Schwarz sah an sich hinunter. Die nasse Kleidung klebte an seinem Körper, seine Hosen waren mit Dreck verschmiert.

»Du holst dir ja den Tod. Willst du meine Jacke?«

Schwarz schüttelte den Kopf und deutete Richtung Schanzberghof. »Da oben wartet Thomas Engler auf euch.«

»Dieser Pressemensch?«

»Er hat Sven Achleitner erschossen.«

»Wer ist denn das?«

»Das soll *er* euch erklären. – Und, Kolbinger: Er behauptet, es wäre Notwehr gewesen. Ich habe da so meine Zweifel.«

»Ist er noch bewaffnet?«

Schwarz zog die P 38 aus dem Hosenbund und legte sie kommentarlos aufs Wagendach. Den USB-Stick, den er von Grenzebachs Computer abgezogen hatte, behielt er in der Tasche.

»Und was ist mit Grenzebach, Anton?«

»Der ist höchstwahrscheinlich auf dem Weg in die Psychiatrie.«

»Was? Dann müssen wir sofort Alarm schlagen.«

»Genau das habe ich vor – falls ich jemals wieder aus diesem Scheiß Funkloch hier rauskomme.«

47.

»Buchrieser.« Es klang mehr wie ein Gähnen als ein Familienname.

»Pass auf, Kolbinger kann dich nicht erreichen, sonst würde er dich anrufen.«

»Und was würde er mir sagen?«

»Dass Klaus Engler in Lebensgefahr ist.«

»Der ist doch in der Psychiatrie?«

»Genau.«

»Und einer von uns sitzt vor seiner Türe.«

»Und langweilt sich genauso wie du.«

»Er lässt trotzdem keinen zu ihm.«
»Buchrieser, das ist keine Feuerwehrübung. Englers Sohn hat gerade einen Unschuldigen erschossen.«
»Dieser smarte Pressetyp?«
»Wahrscheinlich hat er gedacht, er muss seinen Vater schützen. Allerdings hat er den Falschen erwischt.«
»Und der Richtige ist wer?«
»Achim Grenzebach.«
»Und der ist auf dem Weg zur Klinik?«
»Du hast es erfasst.«
Buchrieser seufzte. »Dann schau ich dort wohl am besten persönlich vorbei.«
»Ja, und zwar sofort. Und nimm Verstärkung mit!«

Sein Alfa hatte immer schon ein Eigenleben geführt, das jeden Automechaniker vor Rätsel stellte. Angeblich gab es keinen Grund für das ständige Scheppern im Motorraum, das Schwarz als eher defensivem Fahrer immerhin die Illusion verschaffte, sportlich unterwegs zu sein. Völlig unberechenbar war die Heizung. Mal verwandelte sie den Wagen in eine Sauna, mal in einen Kühlschrank, und jetzt streikte sie ganz. Schwarz schlug fluchend mit der flachen Hand auf die Konsole und schwor sich, den Alfa bei nächster Gelegenheit der Schrottpresse zuzuführen.

Er überlegte, was der beste Weg nach München war. Der kürzeste war nicht der schnellste, aber auf der Autobahn geriet er jetzt wahrscheinlich in den Feierabendstau. Er entschied sich für den direkten Weg über die Dörfer.

Während der Fahrt nach München hatte Schwarz Zeit, Bilanz zu ziehen. Er musste sich eingestehen, die Lage völlig falsch eingeschätzt zu haben. Vor allem hätte er Thomas Engler niemals dieses kriminelle Potential zugetraut. Zwar hatte er, als der Sohn des Lokführers den Ermittlungsauftrag überraschend zurückzog, begriffen, dass die Begründung nur vorgeschoben war. Aber dann hatte er sich nicht weiter für Englers wahre Absichten interessiert. Hatte die Kränkung, einfach abserviert zu werden, bei ihm zu einer Denkblockade geführt? Gut möglich. Trotzdem hätte er spätestens, als der alte Engler ihn wegen der verschwundenen Pistole zurate zog, die richtigen Schlüsse ziehen müssen. Er hatte es nicht getan und dann auch noch das Pech gehabt, dass der Eintrag zu Grenzebach im Polizeicomputer nicht mehr aktuell war. Hätte Kolbinger ihm gleich die richtige Adresse gegeben, hätte er Grenzebach noch zu Hause angetroffen und Novalis würde wahrscheinlich noch leben.

Wer viel hadert, wird oft geschlagen, dachte Schwarz. War das auch ein jiddisches Sprichwort oder zitierte seine Mutter in diesem Fall eher eine katholische Weisheit? Der unterschwellige Masochismus sprach für zweiteres.

Schwarz versuchte, sein schlechtes Gewissen damit zu beruhigen, dass er während seiner gesamten Zeit bei der Kripo nur selten Ermittlungen erlebt hatte, die glatt liefen. Er und seine Kollegen hatten sich häufig Schnitzer geleistet, Indizien nicht ernst genommen und Täter falsch eingeschätzt. Am Ende war es immer darum gegangen, ob Irrtümer rechtzeitig erkannt und korrigiert werden konnten.

Ab jetzt, dachte er, muss ich alles richtig machen.

Als Schwarz durch den Ort Fraßhausen fuhr, fiel ihm Sufferloh ein, aber schon in Endlhausen waren seine Gedanken wieder dort, wo sie sein sollten. Wenn Achim Grenzebach tatsächlich in der Klinik auftauchte, was hatte er vor? Die Woltermann-Brüder hatten davon gesprochen, dass er den Lokführer nicht töten, sondern quälen und in den Selbstmord treiben wollte.

Sein Handy klingelte. Kolbinger klang extrem nervös.

»Wir sind noch am Tatort – also ich gerade nicht, weil dort ja kein Empfang ist.«

»Klar.«

»Hör zu, Anton, wir haben in einem Schuppen ein kleines Chemielabor entdeckt. Der Kollege von der Technik ist kein Experte, aber er meint, Grenzebach könnte mit Nitroglycerin experimentiert haben.«

»Er wollte angeblich Sprengstoff in Klaus Englers Lok deponieren, hat den Plan aber aufgegeben.«

»Ist diese Information zuverlässig?«

»Schwer zu sagen.«

»Geh bitte äußerst vorsichtig vor und sag das auch den Kollegen!«

»Mache ich.«

48.

Der Rollstuhl stand wieder an der alten Stelle in der Eingangshalle. Warum ließ Eva nichts von sich hören? War alles okay mit ihr? Oder wartete sie darauf, dass *er* sich meldete? Schwarz nahm sich vor, sie, sobald er Zeit hatte, anzurufen.

Ein Krankenpfleger schob ein Bett vorbei. Der Patient hielt die Hände gefaltet und murmelte ein Gebet vor sich hin. Schwarz erkannte Englers Zimmergenossen und beschleunigte seinen Schritt. Hoffentlich war er nicht zu spät dran.

Vor dem Krankenzimmer standen Schwestern, ein Arzt, drei Polizisten in Uniform und Buchrieser. Als er Schwarz bemerkte, lief er ihm entgegen. »Ein Riesenmist, Toni.«

»Was ist passiert?«

Buchrieser winkte den zur Bewachung abgestellten Polizisten heran. »Los, kommen Sie! Das ist jetzt der Herr Schwarz, ein ehemaliger Kollege.«

»Wir kennen uns schon«, sagte der Polizist und senkte den Blick. »Ja, ich habe es verbockt.«

»Verbockt«, knurrte Buchrieser.

»Ich weiß, dass ich jeden hätte überprüfen müssen.«

»Aber?«, sagte Schwarz.

»Wenn Herr Engler doch gesagt hat, es ist ein Bekannter von ihm.«

»Wer?«

»Der Mann, der im Park auf ihn gewartet hat.«

»Auf ihn gewartet?«

»Ja, er ist unter einem Baum gestanden und hat die ganze Zeit hergeschaut. Erst habe ich gedacht, er ist ein Patient, aber dann wollte der Herr Engler plötzlich zu ihm.«

»Und Sie haben ihn gehen lassen?«

Der Polizist nickte mit betretener Miene. »Er hat erklärt, er muss unbedingt mit ihm reden.«

»Und seitdem ist er verschwunden«, fügte Buchrieser trocken hinzu.

»Engler ist mit dem Mann weggegangen?«

»Hier ist er jedenfalls nicht mehr, Toni – auch nicht in einer anderen Abteilung.«

Schwarz bat den zerknirschten Polizisten um eine Beschreibung des angeblichen Bekannten von Engler. Seine kleine Hoffnung, es könnte doch jemand anderer gewesen sein, löste sich schnell in Luft auf.

»Eine Gehbehinderung, verstehe.« Aber warum war Engler Grenzebach gefolgt? Es gab keinen Hinweis, dass er bedroht oder von ihm genötigt worden war. *Wie ein Lamm, das sich zur Schlachtbank führen lässt,* dachte Schwarz. War Engler inzwischen so zermürbt?

»Habt ihr die Fahndung schon rausgegeben?«

Buchrieser nickte. »Haben wir.«

»Ich würde auch eine Streife zu der Stelle schicken, wo Sass sich umgebracht hat.«

»Zu den Gleisen? Wieso das?«

»Ich kann mir gut vorstellen, dass er Engler dazu bringen will, genauso und am selben Ort zu sterben.«

Kaum dass er diese Überlegung ausgesprochen hatte, wusste Schwarz, dass sie falsch war. Grenzebach war kein Serientäter, der zwanghaft ein bestimmtes Muster wiederholte. Er wollte Rache für das von ihm erlittene Unrecht. Matthias Sass und dessen Selbstmord waren für ihn nur Mittel zum Zweck gewesen, um den Lokführer in der Seele zu treffen. Aber jetzt hatte er Klaus Engler in seiner Gewalt. Was hatte er mit ihm vor?

»Sühne«, dachte Schwarz. War es das? Wollte Grenzebach den Lokführer genau das durchleben lassen, was er selbst erlitten hatte? War er mit ihm zu dem Ort unterwegs, wo seine Leidensgeschichte begonnen hatte?

»Wie lange sind die beiden schon weg?«

»Höchstens zwanzig Minuten«, sagte der Polizist.

»Ich brauche Kolbinger in Otterfing, am Bahnhof.«

»Wir haben immer noch keinen Kontakt zu ihm«, sagte Buchrieser.

»Dann musst du jemanden hinschicken.«

»Alles klar. Mach ich.« Plötzlich stutzte er. »Ein bisschen komisch ist das schon, Toni.«

»Was denn?«

»Dass mir hier einer Anweisungen gibt, den wir rausgeworfen haben.«

»Stimmt«, sagte Schwarz, »aber du würdest doch sicher nichts tun, von dem du nicht überzeugt bist?«

Buchrieser brummte nur.

49.

Inzwischen war es dunkel. Auf der regennassen Autobahn Richtung Salzburg stand der Verkehr. Pendler, die jeden Abend von München zurück nach Holzkirchen, Rosenheim oder Berchtesgaden fuhren, Wochenendausflügler und Touristen auf dem Weg in den Sommerurlaub verstopften die Straße. Zwischen einem Wohnmobil aus Nimwegen und einem Porsche Cayenne aus Salzburg fiel der schwarze Fiat Punto mit Tölzer Kennzeichen kaum auf.

Klaus Engler saß schweigend und in sich zusammengesunken auf dem Beifahrersitz. Hin und wieder schaute er verstohlen zu Achim Grenzebach, der mit fiebrigem Blick hinter dem Steuer saß: Sein Gesicht war aufgedunsen, er hatte sich länger nicht mehr rasiert. Wenn Bewegung in die Schlange kam, gab er wütend Gas, um gleich wieder auf die Bremse zu steigen, weil an dem Wohnmobil vor ihm die Rücklichter rot aufleuchteten. Er machte alles mit dem linken Bein. Sein Auto hatte eine gewöhnliche Automatikschaltung und war anders, als es Schwarz bei der Zulassungsstelle erklärt worden war, nicht auf Handbetrieb umgerüstet. Nur die Position der Pedale schien leicht korrigiert worden zu sein.

»Ein feiger, kleiner Pisser bist du«, sagte Grenzebach plötzlich.

»Wieso?«

»Du hättest abhauen können. Du hast die Chance gehabt vor der Klinik.«

Klaus Engler hob die Schultern.

»Aber du hattest Panik, dass dir mein Fläschchen um die Ohren fliegt.« Er berührte mit den Fingerspitzen ein verschlossenes Glasgefäß, das im Getränkehalter stand. Es war mit einer öligen, leicht gelblichen Flüssigkeit gefüllt.

»Ich habe keine Panik.«

»Komm, sonst hättest du dich doch gewehrt.«
»Ich will die Sache endlich klären.«
»Klären?« Grenzebach lachte schrill.
»Und so weit es möglich ist, wiedergutmachen.«
»Ah, du kannst mir mein Bein zurückgeben und zehn beschissene Jahre ungeschehen machen?«

Er zog einen Reflexhammer, wie ihn Orthopäden verwenden, aus der Tasche seines Parkas und deutete einen Schlag auf den Flacon an. »Ich habe dich durchschaut, Engler. Du willst mich provozieren, damit es schnell vorbei ist und nicht wehtut. Aber so leicht kommst du nicht davon.«

Grenzebach blickte nervös in den Rückspiegel. Hinter ihnen war eine Sirene zu hören. Sie wurde langsam lauter. Die anderen Fahrzeuge begannen zu rangieren, um eine Durchfahrt frei zu machen. Auch er lenkte den Fiat nach links. Ein Polizeiwagen näherte sich mit roten Blinklichtern. Grenzebach hielt den Atem an und umklammerte das Lenkrad mit beiden Händen. Der Wagen fuhr vorbei und die Gasse schloss sich wieder.

»Sie fahnden sicher schon nach uns«, sagte Grenzebach, »aber sie werden zu spät kommen.«

»Wohin fahren wir denn?«

»Hast du das noch nicht begriffen?«

Engler schaute ihn fragend an.

Nach zehn Minuten im Schritttempo konnten sie endlich die Unfallstelle passieren. Neben einem auf dem Dach liegenden Cabrio stand rauchend ein junger Mann, ein zweiter wurde von Polizisten befragt. Jetzt traf auch ein Notarztwagen ein, aber offenbar war niemand ernsthaft verletzt.

»Haben ein Scheißglück gehabt, die Schwachköpfe«, sagte Grenzebach.

»Im Gegensatz zu dir.«

Grenzebach riss den Kopf herum und starrte ihn hasserfüllt an. »Was sagst du da, Arschloch?«

Engler schwieg und fragte sich, wieso er Grenzebach nicht einfach packte und der Sache ein Ende machte. Er war ihm körperlich überlegen und könnte ihn sicher außer Gefecht setzen, bevor er die Sprengladung zündete – wenn es überhaupt eine war. Er, Engler, befand sich schließlich in einer Notsituation und hatte jedes Recht, sich zu wehren.

Aber er schaffte es nicht. Ihm fehlte die Energie.

In der Klinik hatten sie ihm stimmungsaufhellende Medikamente verschrieben, aber das erklärte seine Kraftlosigkeit nicht. Hatten die Ärzte ihn ohne sein Wissen sediert, damit er endlich aufhörte, sich selbst zu verletzen? Oder lähmte ihn die Schuld, die seit fast zehn Jahren auf ihm lastete?

»Es geht nicht um Glück oder Unglück«, sagte Grenzebach wieder etwas ruhiger.

»Sondern um Schuld.«

»Ah, das ist dir dann doch bewusst.«

»Ja, aber es ist eine andere Schuld, als du denkst.«

Grenzebach sah ihn fragend an.

50.

Anton Schwarz fuhr auf den Parkplatz am Bahnhof Otterfing. Die S-Bahn aus München hatte hier vor Kurzem Halt gemacht und war Richtung Holzkirchen weiter gefahren. Die Fahrgäste gingen zügig zu ihren Autos, Kinder und Jugendliche wurden von ihren Eltern abgeholt, zwei ältere Damen stiegen in ein Taxi. Alle hatten es eilig, nach Hause zu kommen. Nach wenigen Minuten war der Bahnhof fast menschenleer. Nur auf der gegenüberliegenden Plattform warteten drei junge Männer und eine Frau.

Schwarz nahm die Fußgängerunterführung und sprach sie an. »Entschuldigung, ich war hier verabredet und habe mich verspätet. Haben Sie vielleicht jemanden gesehen, der ...«

»Wir sind auch gerade erst gekommen«, unterbrach ihn die Frau.

»Wann fährt denn die nächste S-Bahn?«

»Erst in einer halben Stunde.«

»Dann sind wir immer noch viel zu früh dran«, sagte einer ihrer Begleiter. »Um die Zeit ist in allen Clubs tote Hose.« Er nahm einen tiefen Schluck aus seiner Wodkaflasche.

»Scheiße alles«, sagte die Frau, spuckte ihren Kaugummi aufs Gleis und griff nach der Flasche.

Schwarz entfernte sich ein Stück von den vieren und ließ seinen Blick schweifen. Das alte Bahnhofsgebäude gegenüber lag im Dunkeln. Auf dem Parkplatz rechts daneben standen nur noch vereinzelt Fahrzeuge. In der Wirtschaft dahinter herrschte reger Betrieb und demnächst war mit den ersten angetrunkenen Gästen zu rechnen, die sich auf den Heimweg machten. In weniger als zehn Minuten würde die S-Bahn aus München noch einmal einen Schwung Pendler ausspucken. Für einen polizeilichen Zugriff war die Situation ein Alptraum.

Aber wo blieben Grenzebach und Engler überhaupt? Eigentlich müssten sie längst da sein.

Waren seine Überlegungen doch falsch gewesen? Hatte Grenzebach mit seinem Opfer etwas ganz anderes vor? Hatte er ihn in ein Versteck irgendwo in der Stadt verschleppt? Oder hatte Engler sich, als ihm klar wurde, was Grenzebach mit ihm vorhatte, gewehrt, und die Sache war eskaliert? War er vielleicht längst tot?

Die drei Männer tuschelten mit der Frau, die laut auflachte und die Wodkaflasche in Schwarz' Richtung schwenkte. »Auch einen Schluck?«

Er schüttelte den Kopf.

»Hilft gegen den Frust.«

»Gegen euren vielleicht. Danke.«

»Spießer.«

Schwarz reagierte nicht. Er ging bis zum Ende des Bahnsteigs und hielt dabei nach allen Seiten Ausschau. Von Grenzebach und Engler war immer noch nichts zu sehen. Er wählte eine Telefonnummer. »Kolbinger?«

»Anton. Ist er schon da?«

»Nein.«

»Ich bin auf dem Weg, aber der Ballistiker hat mich aufgehalten.«

»Was wolltest du denn von einem Ballistiker?«

»Einen Hinweis, aus welchem Grund Thomas Engler geschossen haben könnte.«

»Es war nicht Notwehr.«

»Das sagst du. Er behauptet, er wollte mit dem Mann, den er irrtümlich für Grenzebach gehalten hat, nur reden. Die Pistole hätte er zum Selbstschutz dabeigehabt. Aber als er dann brutal angegriffen worden sei ...«

»Brutal, Blödsinn. Der Junge konnte keinem ein Haar krümmen.«

»Glaube mir, Anton, es wird nicht einfach werden, Engler einen Tötungsvorsatz nachzuweisen.«

»Wie lange brauchst du denn noch?«, sagte Schwarz plötzlich mit gedämpfter Stimme.

»Ein paar Minuten.«

»Er ist da.«

»Mit dem Lokführer?«

»Sieht so aus.«

Er starrte zu den überdachten Fahrradständern auf der

anderen Seite der Gleise, hinter denen ein schwarzer Fiat anhielt.

»Zu wievielt seid Ihr, Kolbinger?«

»Leider nur zu zweit. Die anderen bringen Thomas Engler nach München und die Spurensicherung ist noch am Tatort.«

»Pass auf, es gibt zwei Straßen, die zum Bahnhof führen. Ihr nehmt die nördliche. Grenzebachs Fiat steht auf dem südlichen Parkplatz.«

»Verstehe.«

»Um 21.52 Uhr kommt eine S-Bahn aus München. Wir müssen unbedingt mit dem Zugriff warten, bis alle Fahrgäste vom Bahnsteig verschwunden sind.«

»Alles klar.«

Schwarz legte auf. Am Fiat erloschen die Scheinwerfer. Das Metalldach über den Fahrradständern warf einen langen Schatten auf den Wagen. Die beiden Männer machten keine Anstalten auszusteigen. Grenzebach, der hier bis vor drei Jahren gewohnt hatte, kannte wahrscheinlich den Fahrplan und wartete lieber ab. Wollte er Engler dann zwingen, mit ihm zur Unfallstelle zu gehen?

Schwarz registrierte eine Bewegung im Auto. Jetzt sah es so aus, als hätten die beiden eine Auseinandersetzung. Ja, er täuschte sich nicht. Er musste handeln.

Zwei Lichtpunkte kündigten die von Norden kommende S-Bahn an. Die Zeit dürfte reichen. Schwarz trat zur Bahnsteigkante, warf einen kurzen Kontrollblick in die andere Richtung, ging in die Hocke und sprang ins Gleisbett hinunter. Er landete auf beiden Füßen und stieg vorsichtig über die Schienen hinweg, um nicht zu stolpern. Am gegenüberliegenden Bahnsteig drückte er sich mit beiden Händen an der Betonkante hoch, ruderte einen Moment lang mit den Beinen in der Luft und gelangte glücklich auf die Plattform.

Die S-Bahn war schneller da als gedacht. Der Fahrer gab

ein Warnsignal und Schwarz zog sich, damit Grenzebach ihn nicht entdeckte, eilig hinter das Bahnhofsgebäude zurück.

51.

Achim Grenzebach zerrte an Englers Hemdkragen und schrie ihm ins Gesicht. »Jetzt sag mir endlich, wer diese Frau war!«

»Meine Frau.«

»Name?«

»Anna, Anna Engler.«

»Ich habe gesehen, wie sie in Deisenhofen bei dir eingestiegen ist.«

»Ja, stimmt. Dort hat sie damals gearbeitet.«

»Warum hast du das immer abgestritten?«

Der Lokführer schwieg.

»Hast du sie öfter mitgenommen?«

»Nein, nur dieses eine Mal. Ihre Mutter war zusammengebrochen – sie hat sich große Sorgen gemacht. Ich wollte sie beruhigen.«

»Du warst abgelenkt, deswegen bist du zu früh losgefahren.«

Er schüttelte heftig den Kopf. »Nein.«

»Lüg nicht!« Grenzebach schlug ihm ins Gesicht.

Engler zuckte nur leicht und sprach leiser weiter. »Annas Mutter hat in Sauerlach gewohnt. In Otterfing war ich wieder allein im Führerstand.«

Grenzebach schaute ihn entgeistert an.

»Du kannst sie selbst fragen. Sie sagt dir die Wahrheit, sie würde nie lügen.«

Grenzebach schlug mit der Faust auf seinen rechten Oberschenkel, dass es krachte. »Weißt du, was das ist? Kunststoff und Gießharz. Du hast da Haut, Muskeln und Nerven. Ich habe keine mehr und trotzdem ständig Schmerzen. Ich wache jede Nacht von einem wahnsinnigen Stechen auf, obwohl du mir mein Bein geklaut hast.«

»Das tut mir leid, sehr leid.«

»Jetzt? Warum hast du dich dann damals nicht entschuldigt?«

Engler wollte etwas sagen, brachte aber nichts heraus.

»Ich sag es dir: weil deine Scheißgeschichte nicht wahr ist.«

»Was soll ich denn tun, damit du mir glaubst?«

Grenzebach wurde unruhig. Die S-Bahn war eingetroffen. Dicht an seinem Wagen liefen Leute vorbei. Motoren wurden gestartet, Scheinwerfer huschten durch den Innenraum des Fiats. Klaus Engler schob seine Hand millimeterweise Richtung Türgriff.

»Vorsicht, Engler, mach keinen Fehler.« Er rieb mit dem Daumen an der Flasche. »Ich habe nicht nur das Nitroglycerin, ich habe noch ganz anderen Sprengstoff.« Er grinste. »Mit dem kann ich deinen Sohn hochgehen lassen.«

Der Lokführer starrte ihn verständnislos an.

»Ich weiß Dinge über ihn, die ihm das Genick brechen können.«

»Thomas?«

»Genau, Thomas, der diese großartige Reportage über dich geschrieben hat. Ich hätte fast geheult, so gerührt war ich. Aber du bist kein Opfer, Engler, und dein Sohn ist ein Schwein.«

»Das stimmt nicht.«

Grenzebach stöhnte. »Ach, Scheiße, was interessiert mich dein Sohn. *Du* hast mein Leben zerstört.«

»Ich weiß. Und ich werde dir alles erklären.«

Grenzebach musterte ihn verächtlich.

»Als ich damals hier am Bahnhof gehalten habe, war Anna

wirklich nicht mehr bei mir. Ich habe gewartet und beobachtet, wie die Fahrgäste ausstiegen. Es waren nicht viele. Ich habe geschaut, ob niemand mehr kommt, und dann auf den Knopf gedrückt, der die Türen schließt – alles korrekt wie immer, das schwöre ich. Dann bin ich losgefahren und habe Sekunden später deine Schreie gehört. Ich habe sofort gewusst, dass etwas Furchtbares passiert ist.«

»Quatsch. Du kriegst ein Warnsignal, wenn eine Tür offen bleibt.«

»Das hat genauso wenig funktioniert wie der Schließmechanismus.«

Grenzebach schüttelte den Kopf. »Das kann nicht sein.«

Der Lokführer machte eine resignierte Geste.

»Warum hast du das damals nicht gesagt?«

»Weil ... Ich habe mich kaufen lassen.«

»Kaufen?« Im nächsten Moment erstarrte Grenzebach. Er sah im Augenwinkel, dass sich auf Englers Seite ein Mann von hinten an den Wagen anschlich. Er hielt eine Pistole in der Hand.

Grenzebach riss den Kopf herum und sah in ein paar Metern Entfernung einen zweiten Bewaffneten auf sich zukommen. »Ich glaube dir nicht, Engler«, sagte er noch einmal und stieß die Wagentür auf.

Schwarz stand bei den Fahrradständern. Kolbinger hatte ihn gebeten, sich im Hintergrund zu halten und nur im Notfall einzugreifen – bei einem offiziellen Einsatz hatte er als Privatermittler nichts zu suchen.

»Bleiben Sie stehen, Polizei!«, rief Kolbinger. Grenzebach reagierte nicht und rannte humpelnd vom Wagen weg.

»Ich schieße!«, schrie Kolbinger und richtete die Waffe auf den Fliehenden. Der andere Polizist hatte inzwischen die Beifahrertür des Fiats geöffnet. Klaus Engler stieg langsam aus und entfernte sich ein paar Schritte vom Wagen. Dann knickten ihm die Knie weg und er musste sich auf den Bordstein setzen.

»Das ist meine letzte Warnung!«

Schwarz wusste, dass Kolbinger niemals schießen würde. Sein Ex-Kollege war ein ziemlich schwacher Schütze. Wegen eines Täters, dem vielleicht nicht einmal ein Kapitalverbrechen nachzuweisen war, ging er bestimmt nicht das Risiko ein, unbeteiligte Passanten zu verletzen. Schwarz konnte es also wagen, Kolbingers Schusslinie zu kreuzen und Grenzebach nachzusetzen.

»Anton! Bist du wahnsinnig?«, schrie Kolbinger.

Schwarz kümmerte sich nicht um ihn und versuchte, Grenzebach den Weg zu den Gleisen abzuschneiden.

»Anton, bleib weg von ihm!«

Grenzebach war trotz seiner Behinderung erstaunlich schnell, und Schwarz kam kaum hinterher. Ich will das nicht noch mal sehen, schoss es ihm durch den Kopf. Bitte nicht. Nicht wieder dieser Alptraum.

Grenzebach zwängte sich zwischen Büschen hindurch, hetzte den an dieser Stelle nicht sehr hohen Bahndamm hinunter, überquerte das erste Gleis und stellte sich am zweiten breitbeinig in den Schotter. Er schaute nach Süden und breitete langsam die Arme aus.

Am Bahndamm angelangt, erkannte Schwarz sofort, dass es nicht die Lichter einer S-Bahn waren. Das ist ein Zug, der nicht in Otterfing hält, dachte er. Vielleicht ein ›Integral‹ der ›Bayerischen Oberlandbahn‹. Der fährt viel schneller. Da bleibt von Grenzebach nichts übrig.

Er war jetzt auch im Schotter angelangt. Sein Blick ging wieder zu dem Zug, dessen helle Lok aus der Dunkelheit wuchs und eine Windwalze vor sich herschob. Das Summen wurde immer lauter.

Schwarz zögerte. Plötzlich hatte er Tim Burger vor Augen, der schräg über das breite Gleisgelände vor der Friedenheimer Brücke rannte, stolperte, sich fing und weiter stur auf die Lok zuhielt. Es waren nur noch wenige Meter. Der Aufprall war unvermeidlich.

52.

Hinterher konnte er es sich selbst nicht erklären, wie er es geschafft hatte. Sein Auftritt als Lebensretter war bestimmt alles andere als filmreif gewesen. Irgendwie hatte er einen Zipfel von Grenzebachs Parka zu fassen gekriegt und mit aller Kraft daran gezerrt. Sie waren beide gestürzt. Als der Zug an ihnen vorbeidonnerte, war Schwarz' Wahrnehmung merkwürdigerweise darauf fokussiert gewesen, dass er auf Grenzebachs Prothese lag. So war ihm gar nicht richtig bewusst geworden, wie knapp er mit dem Leben davongekommen war.

Inzwischen hatten Sicherheitsleute der Bahn das Gleisbett untersucht und freigegeben. Achim Grenzebach war einer ergebnislosen Leibesvisitation unterzogen worden und saß jetzt im Notarztwagen, der ihn in die nächste psychiatrische Klinik bringen sollte.

»Meinst du, dass Fluchtgefahr besteht?«, fragte Kolbinger.

Schwarz schüttelte den Kopf. »Ich glaube eher, dass er es noch mal versuchen wird.«

»Ich begleite ihn und rede mit den Ärzten.« Er schaute ungeduldig auf die Uhr. »Wo bleiben die Kollegen denn?«

»Ihr könnt ruhig schon fahren, Kolbinger. Für den Lokführer übernehme ich die Verantwortung.«

»Bist du wirklich fit, Anton?«

»Du weißt doch, dass ich immer erst zu Hause im Bett zu zittern anfange.«

Der Polizist, der Grenzebachs Wagen inspiziert hatte, streifte sich die Handschuhe ab und kam langsam näher. Er war auffallend bleich. »Ich habe da was gefunden. Also, wenn das Nitroglycerin ist, kriege ich einen Vogel. Ich bin die ganze Zeit in der Karre rumgeklettert.«

Kolbinger ließ sich seinen Schreck nicht anmerken. »Ich informiere die Kollegen vom Sprengstoff.«

Schwarz setzte sich neben Klaus Engler auf den Bordstein. Sie schauten zu, wie der Notarztwagen und das Polizeifahrzeug den Parkplatz verließen. Kolbinger grüßte noch einmal mit der Sirene, dann zogen sich auch die letzten Schaulustigen zurück und der Bahnhof lag wieder still da.

»Ich hätte ihm gern die ganze Geschichte erzählt«, sagte der Lokführer unvermittelt.

Schwarz schaute ihn fragend an.

»Damals hat an der S-Bahn eine Tür nicht funktioniert und das Warnsystem auch nicht. Ich habe es sofort nach dem Unfall gemeldet, aber man hat mir erklärt, das sei technisch gar nicht möglich. In den darauffolgenden Wochen habe ich jedoch mitbekommen, dass alle Züge überprüft wurden. Ich habe nachgefragt, was das zu bedeuten hat. Es hieß aber nur lapidar, dass die Wartungsarbeiten nichts mit meinem Unfall zu tun hätten.«

»Haben Sie das geglaubt?«

Er schüttelte den Kopf. »Ich habe mit meinem Vater geredet. Er hat gesagt, ich soll richtig auf den Busch klopfen und notfalls an die Öffentlichkeit gehen. Das ist an sich nicht meine Art, aber einen Brief habe ich geschrieben.«

»An wen?«

»An meinen Chef. Ein paar Tage später habe ich Besuch

von zwei Herren bekommen. Zu meiner Überraschung haben sie gewusst, dass Anna bei mir im Führerstand war. Wahrscheinlich hat uns am Bahnhof Deisenhofen eine Überwachungskamera gefilmt.«

»Achim Grenzebach hat also recht gehabt?«

»Nein, weil Anna eine Station vor Otterfing wieder ausgestiegen war.«

Schwarz nickte. »Was haben die Herren von Ihnen gewollt?«

Er seufzte. »Sie haben gesagt, es gäbe zwei Möglichkeiten für mich. Entweder ich vergesse die Geschichte, und sie drücken wegen Anna ein Auge zu, oder ich riskiere, dass ich nie mehr einen Zug fahre.«

»Und?«

»Ich bin eingeknickt. Sie können sich nicht vorstellen, wie ich mich dafür gehasst habe. Aber damals hatten wir alle Panik wegen des Stellenabbaus.«

»Haben Sie Ihren Sohn eingeweiht?«

Er schüttelte mit zusammengepressten Lippen den Kopf.

»Warum haben Sie in den Güterverkehr gewechselt?«

»Die Umschulung war Teil des Deals. Die hatten wahrscheinlich Angst, dass ich doch auspacke, wenn noch mal was passiert.«

Ein Polizeiauto näherte sich dem Parkplatz, kurz danach tauchte ein Zivilfahrzeug auf.

»Da kommt Ihr Taxi, Herr Engler. Und da sind auch die Sprengstoffexperten.«

Er reagierte nicht. »Hätte ich damals mehr Rückgrat gehabt, wäre Grenzebachs Leben anders verlaufen. Er hätte auf Entschädigung klagen können und sicher gute Chancen gehabt.«

»'n Abend. Wir suchen einen Herrn Engler«, sagte ein uniformierter Polizist.

»Das bin ich.« Er stand auf.

»Wir sollen Sie nach München bringen.«

Engler nickte und reichte Schwarz die Hand. »Danke für alles.«

»Keine Ursache.«

»Ich bin froh, dass Grenzebach lebt.«

Schwarz schaute Klaus Engler nach, bis er in den Wagen stieg. Für die Polizei war er nur ein Zeuge, aber seine Körpersprache verriet, wie schuldig er sich fühlte.

53.

Das ›Koh Samui‹ war längst geschlossen und wie jede Nacht von Jo und seiner Truppe peinlich sauber geputzt worden. Auf der Landsberger Straße staute der Verkehr sich Richtung Innenstadt. Die Autos waren meist mit vier, fünf Jugendlichen besetzt, die Plastikflaschen mit selbst gemixten Drinks kreisen ließen: Wodka mit Orangensaft oder Red Bull, Whisky mit Cola oder Tequila mit Eistee.

Schwarz schüttelte sich. Da war er doch lieber der Spießer, der bei seinem Dunklen blieb.

Sein Handy klingelte. »Anton Schwarz außer Dienst.«

»Auch bei mir?«

»Eva! Wie geht es dir?«

»Willst du mich immer noch abholen?«

»Aber natürlich. Wann kommst du?«

»Übermorgen um zehn.«

»Ich bin da. Wie ist es denn gelaufen?«

Sie schwieg.

»Nicht so gut?«

»Wie man's nimmt. Möchte ich dir nicht am Telefon erzählen.«

»Das verstehe ich. Dann schlaf gut, Eva.«

»Schlafen?« Eva lachte. »Ich habe noch nicht mal zu Abend gegessen.«

»Ja, klar. Stimmt.«

»Du klingst irgendwie verwirrt.«

»Bin ich auch.«

»Warum?«

»Das ist eine längere Geschichte. Ich freue mich, wenn du wieder da bist.«

»Ich mich auch.«

Seine Mutter schlief den Schlaf der Gerechten. Sie wachte nicht auf, als ihm die Wohnungstür zufiel, und auch nicht, als er fluchte, weil seine zu heftig auf den Tisch aufgesetzte Bierflasche überlief. In seiner Erschöpfung hätte Schwarz das Bier am liebsten von der Platte geschlürft, aber er raffte sich noch einmal auf und holte einen Wischlappen.

Seine Gedanken kreisten unaufhörlich um die letzten Stunden. Er bemühte sich verzweifelt, ihnen eine klare Richtung zu geben, aber das Durcheinander wurde immer größer: Rudi Engler tauchte auf der Suche nach seiner Pistole bei der jungen Frau von der Zulassungsstelle in Tölz auf, und Achim Grenzebach blickte ihn mit den unschuldigen Augen von Novalis an.

Ich muss den Laptop zurückbringen und Frau Sass sagen, dass ihr Sohn tatsächlich nur verführt wurde, war der letzte Gedanke, bevor Schwarz in einen komatösen Schlaf fiel.

Um vier Uhr morgens wachte er mit dem Kopf auf der Tischplatte auf. Alles roch nach Bier und seine Wange klebte. Vom Bett seiner Mutter her kam jetzt ein leises, nasales Pfeifen.

Schwarz erhob sich mit einem Seufzer und streifte, ohne die Schnürsenkel zu lösen, die Schuhe ab. Er schlüpfte aus seinem Hemd und löste die Gürtelschnalle. Dann griff er wie gewohnt in die Hosentasche, um sein Handy und den Schlüsselbund auf den Nachttisch zu legen.

Er stutzte und betrachtete nachdenklich den USB-Stick, den er von Grenzebachs Computer abgezogen hatte.

»Glaube mir, es wird nicht einfach werden, Engler einen Tötungsvorsatz nachzuweisen«, hatte Kolbinger gesagt.

Schwarz war überzeugt davon, dass Engler keineswegs mit friedlichen Absichten zum Schanzberghof gefahren war. Eher schon hatte er die Absicht gehabt, Grenzebach mit der Waffe in der Hand deutlich zu machen, dass er mit seinem Leben spielte, wenn er seine wahnwitzigen Rachepläne nicht sofort aufgab.

Das war eine Möglichkeit.

Doch da war jene Hasstirade gegen die Selbstmörder, die Engler unter dem Pseudonym Abaddon an das Suizidforum geschickt hatte. Für Schwarz war sie ein Indiz dafür, dass der stets kontrolliert auftretende Sohn des Lokführers völlig die Beherrschung verlieren konnte. Aber hieß das auch, dass er Novalis im Affekt getötet hatte?

Thomas Engler hatte seinem Vater mit enormem persönlichem Einsatz geholfen, das Trauma des Burger-Suizids zu überwinden. Er hatte ihn gesund gepflegt und sogar erreicht, dass die Familie sich nach dem Zerwürfnis über den Lokführerstreik wieder versöhnte. Dann hatte der neuerliche, von Grenzebach inszenierte Selbstmord vor Klaus Englers Lok wieder alles zunichte gemacht. Der Lokführer war nur noch ein Schatten seiner selbst und der mühsam gekittete Riss durch die Familie brach mit Vehemenz von Neuem auf.

Schwarz konnte sich gut vorstellen, wie verzweifelt Thomas Engler darüber war, dass sein Vater sich in einer psychiatrischen Klinik die Arme aufritzte und nie mehr in den alten Beruf zurückkehren würde. Er versuchte, sich auszumalen, was dieser empfunden hatte, als an dem einsamen Hof in den Voralpen statt des erwarteten, dämonischen Gegners plötzlich ein verschüchterter junger Mann vor ihm gestanden hatte, der stammelnd jede Schuld von sich wies.

Er hat vermutlich rot gesehen, dachte Schwarz, und in seinem wahnsinnigen Hass abgedrückt. Das war eine zweite mögliche Erklärung für die tödlichen Schüsse auf Novalis. Aber war es tatsächlich so gewesen?

Schwarz rief sich noch einmal den Augenblick ins Gedächtnis zurück, als er in der Dachkammer vor Grenzebachs PC saß und auf das Geschrei vor dem Hof aufmerksam wurde. Er hatte nichts von dem verstanden, was Thomas Engler gebrüllt hatte, aber die Tonlage war eindeutig. So eindeutig, dass er zuerst an einen Polizeieinsatz geglaubt hatte. Es waren regelrechte Befehle gewesen und Novalis hatte verzweifelt um Gnade gefleht. Außerdem war zwischen Englers letztem Kommando und den beiden Schüssen kein Zögern wahrzunehmen gewesen.

Es war eine Exekution, dachte Schwarz und erschrak über diesen Gedanken: Engler hat von Anfang an das Ziel gehabt, Grenzebach auszuschalten.

54.

Als Schwarz seinen Computer hochfuhr, der kaum weniger röhrte als sein Alfa, schreckte seine Mutter aus dem Schlaf hoch und starrte ihn verwirrt an.

»Ich bin's, Mama. Tut mir leid, aber ich muss noch arbeiten.«

Sie seufzte und legte sich wieder hin.

»Verdammt, warum dauert das denn so lange?«, fluchte

Schwarz. Er überließ den Computer sich selbst und öffnete sich ein Bier. Es schmeckte grauenhaft um diese Uhrzeit. Trotzdem nahm er noch einen Schluck.

Endlich war der PC so weit, dass er den USB-Stick anschließen und sich die gespeicherten Dateien ansehen konnte. Schwarz war sich darüber im Klaren, dass er eigentlich kein Recht hatte, so in Englers Privatsphäre einzudringen. Aber immerhin suchte er nicht nach Pornofilmen oder den Mails an einen Escort Service – die es durchaus gab –, sondern nach einem Mordmotiv.

Am Schanzberghof hatte er *Outlook* ja bereits geöffnet, war aber unterbrochen worden. Er zog den Schreibtischstuhl näher an den Tisch heran und nahm sich als Erstes Englers Terminkalender vor.

Das häufigste Wort war »Meeting«, an zweiter Stelle rangierte »PK« für Pressekonferenz, nicht selten war auch das Kürzel »HGG« eingetragen. Da daneben meistens der Name einer Zeitung oder Radiostation stand, folgerte Schwarz, dass es sich um Hintergrundgespräche handelte. In regelmäßigen Abständen hatte Thomas Engler Treffen, die er mit »CIO« gekennzeichnet hatte.

Schwarz gab die drei Buchstaben in eine Suchmaschine ein und las: »Der Chief Information Officer hat in einem Unternehmen die strategische und operative Führung im Bereich Informationstechnologie«.

Wieso, dachte Schwarz, hat er sich ständig mit dem höchsten EDV-Manager getroffen? Was hat der denn mit der Öffentlichkeitsarbeit der Bahn zu tun?

Die Spur war möglicherweise interessant, aber da Schwarz sich seiner begrenzten Kenntnisse im IT-Bereich bewusst war, verfolgte er sie fürs Erste nicht weiter. Stattdessen blätterte er in dem Kalender zurück. Plötzlich stutzte er. Im letzten Quartal 2007 hatte Thomas Engler beinahe so viele

Termine eingetragen wie im gesamten übrigen Jahr. Neben den üblichen Meetings, PKs und HGGs tauchte immer wieder der Name Kurella auf.

Wer war dieser Mann? Im Internet fand Schwarz nur Hinweise auf einen deutschen Schriftsteller, der sich in der Sowjetunion und DDR durch die rücksichtslose Verfolgung politisch Andersdenkender hervorgetan hatte, sowie auf dessen Vater, der sich als Psychiater vor allem für die Rassentheorie interessiert hatte. Beide waren so unsympathisch wie tot.

Schwarz trank noch einen Schluck, obwohl ihm das Bier morgens um halb fünf wirklich überhaupt nicht schmeckte.

»Oktober, November, Dezember 2007«, murmelte er. »Warum wird Thomas Engler in dieser Zeit plötzlich geradezu hyperaktiv?«

Die Erkenntnis traf ihn wie ein Blitz: der Lokführerstreik!

Schwarz erinnerte sich an die Fernsehbilder leerer Bahnsteige, frierender Fahrgäste und sich rechtfertigender Lokführer sowie an die hitzigen Diskussionen zwischen Politikern, Gewerkschaftern und Bahnvorständen in den Talkshows.

Seine Mutter warf sich im Bett herum. Träumte sie? Nein, wahrscheinlich übertrug sich nur seine wachsende Anspannung auf sie.

Er klickte die Datei an, in der Thomas Engler seine gesamte Korrespondenz ablegt hatte, und gab in die Suchleiste den Namen Kurella ein. Unter der Adresse *kurella@inforzz.de* waren Dutzende Mails abgelegt.

›Inforzz‹, dachte Schwarz, ist das nicht das Meinungsforschungsinstitut? Was hatte Thomas Engler denn damit zu tun?

Er öffnete die erste Mail. Kurella bat höflich um eine Gelegenheit, der Pressestelle der Bahn die Arbeit seines Instituts vorzustellen. Zehn Tage später hatte der Termin offenbar stattgefunden, denn Engler bedankte sich herzlich für das gute Gespräch und regte einen Meinungsaustausch unter vier Augen an. Dieser fand offenbar noch am selben Abend statt. Danach änderte der Stil der Korrespondenz sich auffällig. Die Partner duzten sich und vereinbarten für ihre häufigen Treffen von nun an offenbar Orte, wo die Gefahr, von Bekannten gesehen zu werden, gering war.

»Morgen 21 Uhr, Manzostüberl«, las Schwarz kopfschüttelnd. Der Stehausschank belegte in seiner privaten Liste der trostlosesten Münchner Kneipen einen der Spitzenplätze. Um was es bei diesen konspirativen Gesprächen gegangen war, verrieten die Mails allerdings nicht.

Schwarz überlegte. Er verließ ›Outlook‹ und durchsuchte den USB-Stick nach Dateien von ›Inforzz‹. Erst fand er nichts und wollte schon aufgeben, da stieß er unter dem Ordner ›Meinungsumfrage.doc‹ auf eine Reihe einfacher Word-Dokumente.

Das erste stammte vom 12. Oktober 2007 und hielt Reaktionen auf den ganztägigen Streik der Lokführer fest. Bahnkunden schilderten die Unannehmlichkeiten, die sie durch ausfallende Züge erlitten hatten. Unter dem Text stand die Anmerkung: »Herausarbeiten, dass der Streik die Falschen trifft, die Pendler nämlich, die auf die Bahn angewiesen sind und große Angst vor Jobverlust haben, wenn sie nicht zur Arbeit kommen«.

Irritiert öffnete Schwarz den nächsten Text. Er war am 25. Oktober geschrieben und fasste die Ergebnisse einer Umfrage zusammen, nach der knapp die Hälfte der Bevölkerung das Vorgehen der streikenden Lokführer als unverhältnismäßig empfand. Wieder endete der Text mit einem Hinweis zur Überarbeitung. »Zahlen anpassen! 60 % sagen, der Streik muss sofort beendet werden. Außerdem Stimmen zum wirtschaftlichen Schaden kreieren. Reale Zahlen dabei mit Faktor 5 multiplizieren.«

Schwarz glaubte seinen Augen nicht zu trauen. War es vorstellbar, dass Thomas Engler mit Kurellas Hilfe Meinungsumfragen des renommierten Inforzz-Instituts nicht nur gefälscht, sondern sogar dreist erfunden hatte? Und hatten viele Zeitungsartikel und Fernsehberichte während des Bahnstreiks sich möglicherweise auf diese gefälschten Daten berufen?

Ab dem 8. November 2007 verging kein Tag mehr ohne Stimmungsberichte oder Umfragen von der Streikfront. Sie wurden immer dramatischer, wie allein die Überschriften zeigten: »90 % der Deutschen lehnen Lokführerstreik kategorisch ab. – Lokführer von wütenden Fahrgästen angegriffen und verletzt. – Wann stoppt die Regierung die Amok-Gewerkschaft?« Außerdem verfasste Engler eigene Pressetexte und schlug sie Kurella zur Veröffentlichung vor, darunter: ›Rentner erleidet Herzinfarkt am Bahnhof. – Zug fährt nicht, Behinderter erfriert am Bahnsteig. – Schwangere kommt nicht rechtzeitig in Klinik, Baby auf Bahnhofstoilette geboren.‹

Schwarz drehte den Schreibtischstuhl zum Fenster. Die Landsberger Straße lag im Zwielicht der frühen Morgendämmerung. Bald würden unten im Imbiss die Vorbereitungen beginnen. Meistens wurden als Erstes die Messer geschliffen. Das wusste Schwarz, weil Jo sich vor einiger Zeit eine nicht gerade geräuscharme, elektrische Schleifmaschine zugelegt hatte.

Er versuchte, sich über die Bedeutung seiner Entdeckung klar zu werden. Ein Dreivierteljahr nach dem Ende des Streiks am 17. November 2007 war vermutlich kaum mehr zu klären, ob und wie sehr Thomas Englers Machenschaften der Sache der Lokführer tatsächlich geschadet hatten. Am Ende hatte die Gewerkschaft die meisten ihrer Ziele durchgesetzt, vor allem einen eigenen Tarifvertrag, die überfällige Lohnerhöhung und eine Reduzierung der Wochenarbeitszeit von 41 auf 40 Stunden.

Schwarz erinnerte sich an das Gespräch mit Engler über den Streik und den angeblichen Sympathieverlust der Lokführer bei der Bevölkerung. Es war unglaublich, wie perfekt dieser dabei seine wahren Gefühle und die Angst, der Schwindel könne doch noch auffliegen, kaschiert hatte. Der Mann, der monatelang mit großer krimineller Energie die Stimmung in der Bevölkerung manipuliert hatte, tat so, als wäre er stets nur um sachliche Aufklärung bemüht gewesen.

55.

Schwarz wachte mit einem eigenartigen Geruch in der Nase auf. Außerdem erinnerte er sich beim besten Willen nicht mehr, warum er von seinem Schreibtischstuhl nicht ins Bett, sondern in seinen Deckchair gewechselt hatte. Vermutlich hatte er nicht schlafen, sondern weiter über den Fall Engler nachdenken wollen – einen Fall, der ihn wie lange keiner mehr in Atem hielt, obwohl ihm der Ermittlungsauftrag längst entzogen worden war.

Was war das bloß für ein Geruch?

»Na, ausgeschlafen?«

Seine Mutter stand am Herd.

»Wie spät ist es?«

»Nicht spät für einen, der nachts arbeitet und tagsüber schläft.«

»Soll das ein Vorwurf sein?«

»Nur eine Feststellung.«

»Mama, meine Fälle richten sich nicht nach der Uhr.«

Sie wischte ihre Hände an der Schürze ab und kam näher.
»Geht's dir nicht gut?«

Er seufzte.

»Hast du die Geschichte immer noch nicht geklärt?«

»Sag mir doch bitte, wie spät es ist.«

»Gleich elf.«

»Elf?« Er sprang auf.

»Ich habe Kaffee gemacht.«

Er schnupperte an sich. »Erst muss ich duschen.«

»Das bist nicht du.«

»Nicht ich? Wer denn sonst?«

»Ich.«

»Bitte?«

Sie lachte. »Ich mache Kasche.«

»Kasche?«

»Einen Buchweizenbrei. Das Lieblingsessen meiner Mutter. *Zi Kasche braucht men nit kajne Zähn*«, hat sie immer gesagt.

»Es riecht schrecklich – so muffig.«

»Du bist ein gojischer Banause, Tonele, und wirst es immer bleiben.«

»Ich springe trotzdem schnell unter die Dusche.«

Zehn Minuten später trug Schwarz eine saubere schwarze Jeans und ein gebügeltes blaues Hemd. An der Wohnungstür hielt seine Mutter ihm die geklaute Espressotasse aus Grado hin. Er trank den Kaffee in einem Schluck aus.

»Willst du nichts frühstücken, Tonele?«

Er schüttelte den Kopf.

Er wählte den kürzesten Weg nach Milbertshofen, wäre aber, weil er am Frankfurter Ring in einen Stau geriet, beinahe zu spät gekommen. Rudi Engler hatte die Türen seiner Ausstellung schon geschlossen und wollte in die Mittagspause.

»Herr Engler, hätten Sie kurz Zeit?«

»Aber ja. Kommen Sie.« Er führte ihn zu einem Innenhof hinter der historischen Halle, wo einige Biertische und Bänke standen. Aber keiner setzte sich.

»Wie geht es Ihrem Sohn, Herr Engler?«

»Ganz gut. Ich habe ihn mit Anna aus der Klinik geholt. Die beiden wollen es noch mal miteinander versuchen. Und ich habe das Gefühl, diesmal schaffen sie es.«

»Sind Sie über das, was Ihr Enkel getan hat, informiert?«

»Ja, schrecklich. Ich begreife das nicht. Warum hat dieser Mann ihn angegriffen?«

Schwarz wusste nicht, was er sagen sollte. Engler sah ihn irritiert an. »Gibt es etwas, was ich wissen sollte?«

»Ich glaube schon.« Schwarz holte tief Atem und begann von seiner Entdeckung zu berichten. Er beschrieb Thomas Englers Aktivitäten während des Lokführerstreiks bewusst nüchtern und eher untertreibend. Rudi Englers Gesichtsausdruck wechselte zwischen ungläubigem Staunen und heller Empörung. »Das ist nicht wahr!«, rief er. »Was für eine Schweinerei.«

»Er hat vielleicht gedacht, das ist er seinen Chefs schuldig.«

»Meinen Sie?« Plötzlich hellte seine Miene sich auf. »Ja, natürlich, die haben ihn wahrscheinlich sogar mit den Manipulationen beauftragt.«

Schwarz schaute skeptisch.

»Der Vorstand hat doch alles daran gesetzt, dass der Börsenwert der Bahn nicht noch weiter sinkt. Genau, das ist die Erklärung.«

»Dazu wird es sicher eine Untersuchung geben.«

»Herr Schwarz, wir müssen Beweise finden, mit denen wir diesen Leuten das Handwerk legen. Es darf nicht passieren, dass die Großen wieder mal davonkommen und die Kleinen gehängt werden. Lassen Sie Thomas da draußen.«

»Das wird nicht möglich sein, Herr Engler. Ihr Enkel hat einen Menschen getötet. Mit Ihrer Pistole.«

Schwarz registrierte besorgt, dass der alte Mann bleich wurde und hyperventilierte. »Mit meiner P 38, sagen Sie?«

Schwarz konnte schwer einschätzen, wie belastbar Engler war. Trotzdem fuhr er fort. »Thomas hatte, als er zum Schanzberghof fuhr, vermutlich einen Plan.«

»Wahrscheinlich hatte er Angst und wollte diesem Grenzebach nicht unbewaffnet gegenübertreten.«

Schwarz nickte. »So habe ich es mir auch erklärt – bis ich die gefälschten Meinungsumfragen entdeckt habe. Herr Engler, Sie sollten der Wahrheit ins Auge sehen. Ihr Enkel wollte um jeden Preis verhindern, dass seine Machenschaften ans Licht kommen – deswegen hat er getötet.«

Engler wirkte mit einem Mal unendlich müde und ließ sich auf eine Bank sinken. Er starrte schweigend vor sich hin. Als er aufsah, hatte er Tränen in den Augen. »Ich begreife nicht, warum wir ihn verloren haben. Er war ein so begabter Junge. Vielleicht hätten wir ihn nicht so bewundern dürfen. Haben wir seinen Verstand zu sehr und sein Herz zu wenig gefördert? Oder gibt es einfach Menschen, die anders sind?«

Schwarz wusste nicht, was er darauf antworten sollte.

Plötzlich stand Engler auf und sah ihm in die Augen. »Wenn Thomas tatsächlich ein Mörder ist, muss er dafür zur Rechenschaft gezogen werden.«

56.

Am nächsten Morgen erklärte seine Mutter, sie werde mit zum Flughafen kommen. »Ich kenne Eva zwar noch nicht lange, aber sie hat mir gefehlt.«

»Ich glaube, sie wollte, dass *ich* sie abhole.«

»Ja, klar, weil du ein Auto hast.«

»Sie hat *mich* angerufen.«

»Na, weil ich keins habe.«

Schwarz seufzte. »Also gut.«

Seine Mutter betrachtete ihn irritiert. »Ich störe euch doch nicht?«

Mich schon, dachte Schwarz, ich würde Eva lieber allein willkommen heißen. Aber er sagte: »Nein, sie freut sich bestimmt, wenn du dabei bist.«

Sie musterte ihn. »Die halbe Wahrheit ist meistens eine ganze Lüge.«

»Mama, wirklich ...«

»Jetzt hau schon ab, nicht, dass sie warten muss.«

Schwarz konnte sich nicht erinnern, dass sein Alfa jemals im entscheidenden Moment gestreikt hätte. Einzelne Teile schon: die Heizung, die Klimaanlage, die Zentralverriegelung – aber doch nie der ganze Wagen.

»Das klingt leider sehr tot«, sagte Jo, den er in seiner Not zu Hilfe gerufen hatte. »Aber ein Cousin von mir war in Saigon Mechaniker. Ich rufe ihn gleich an, damit er ...«

Da war Schwarz bereits auf dem Weg zum Pasinger Bahnhof. Er erreichte die S-Bahn in letzter Sekunde. Nach exakt einundvierzig Minuten stieg er am Flughafen aus.

Ist es nicht wunderbar, dachte er, wenn ein Zug pünktlich ist?

Nicht pünktlich war Evas Air France-Flug, er hatte eine halbe Stunde Verspätung. Schwarz nutzte die Zeit und kaufte eine langstielige Rose – keine rote, sondern eine weiße, um Eva nicht in Verlegenheit zu bringen. Aber war eine einzelne Blume nicht ein bisschen armselig? Er durchforstete die Läden im Zentralbereich des Flughafens und entschied sich schließlich für Pralinen. Die Verkäuferin erriet, dass das Geschenk für eine Dame bestimmt war, und schlug die *zartschmelzenden Trüffel* vor.

Kaum, dass Schwarz die Packung in der Hand hielt, meldete sich unüberhörbar sein leerer Magen. Er kaufte einen Bagel mit Frischkäse und Lachs. Hinterher ging es ihm besser, allerdings störte ihn ein leichter Nachgeschmack. Es war nicht ausgeschlossen, dass Eva ihn zur Begrüßung küsste, da wollte er auf keinen Fall nach Fisch riechen. Glücklicherweise führte die Flughafenapotheke Zahnpflege-Sets für Reisende.

Schwarz steckte gerade an einem Waschbecken die Bürste zusammen, als er seinen Namen hörte. »Der Abholer Anton Schwarz bitte zum Meeting Point in Terminal 2.«

Er verließ die Toilette so hektisch, dass er beinahe über einen Kofferkuli stürzte. Toll, dachte er, alles wäre perfekt gewesen: Die Glastüren hätten sich geöffnet, ich hätte gewunken, sie hätte mich entdeckt und wäre mir strahlend entgegengerollt – stattdessen muss sie mich ausrufen lassen. Ich bin doch ein Depp.

Als Eva ihn heransprinten sah, lachte sie. »Du hast wohl heimlich trainiert?«

Schwarz war zu sehr außer Atem, um antworten zu können. Da sah er die weiße, langstielige Rose in ihrer Hand und realisierte, dass er *seine* Rose, die Pralinen und die neue Zahnbürste hatte liegen lassen. Er machte auf dem Absatz kehrt.

»Wohin willst du?«, rief Eva.

Er bremste ab. Sie hatte recht. Er hatte es verbockt, das war nicht mehr zu ändern. Er näherte sich ihr mit hängenden Schultern. »Herzlich willkommen daheim, Eva.«

Er beugte sich zu ihr hinunter und hielt ihr die Hand hin. Aber sie riss ihn in ihre Arme und küsste ihn. »Manchmal spinnst du ganz schön, Anton.«

»Stimmt.«

Dann küssten sie sich noch einmal. Und auf einmal war alles gut.

Auf dem Weg zur S-Bahn überquerten sie den Platz, auf dem bis einige Monate zuvor auf hohen Betonstützen ein rotschwarzer Transrapid für die schnelle Verbindung zum Münchner Hauptbahnhof geworben hatte. Inzwischen war das ehrgeizige Projekt der Bayerischen Staatsregierung und der Bahn begraben und das fünfzig Tonnen schwere Fahrzeug für einen symbolischen Euro an eine Firma in der Oberpfalz verkauft.

Die Rückkehr nach Pasing dauerte, ohne dass jemand die Verspätung erklärte, fünfzehn Minuten länger als die Hinfahrt, aber Schwarz genoss jede Sekunde mit Eva. Sie nahm seine Hand. »Stell dir vor, ich wäre fast zum Christentum konvertiert.«

»Wie bitte?«

»Ein junger Priester in der Klinik hat mir eine Wunderheilung in Aussicht gestellt. Er wollte mit mir nach Lourdes fahren.«

»Dann war er in dich verliebt.«

»Meinst du?« Sie grinste.

Schwarz erkundigte sich vorsichtig nach dem Ergebnis der medizinischen Untersuchungen. Eva wurde ernst. »Es gibt eine gute und eine schlechte Nachricht.«

Schwarz sah sie gespannt an.

»Die Operation ist möglich, aber das Risiko ziemlich hoch.«

»Dann lass dir bloß Zeit mit der Entscheidung«, sagte Schwarz. »Ich kenne einen, der trägt dich auch die steilsten Treppen hoch.« Eva lächelte und lehnte sich an seine Schulter.

ENDE

Zitiert wurde aus:

Je länger ein Blinder lebt, desto mehr sieht er. Jiddische Sprichwörter. Übersetzt von H. C. Artmann, Insel Verlag 1965.

Manfred Schell: Die Lok zieht die Bahn. Autobiographie, Rotbuch Verlag 2009.

Ich möchte danken:

Günter Dombrowa
Detlef Esslinger
Chaim Frank
Marion Krüsmann
Ellen Presser
Rachel Salamander
Manfred Schell
Sabine Thiele